영원한 내 것이란
아무 것도 없다네

고승열전 19 운허큰스님

영원한 내 것이란 아무 것도 없다네

윤청광 지음

우리출판사

윤 청 광

전남 영암 출생으로 동국대학교에서 영문학을 전공했고, MBC-TV 개국기념작품 공모에 소설 〈末島〉가 당선되었으며, MBC에서 〈오발탄〉〈신문고〉〈세계 속의 한국인〉 등을 집필했다. 그 동안 대한출판문화협회 상무이사 · 부회장 · 저작권대책위원장 · 한국방송작가협회 이사 · 감사 · 방송위원회 심의위원을 역임했고, 〈불교신문〉 논설위원을 거쳐 현재 〈법보신문〉 논설위원, 법정스님이 제창한 〈맑고 향기롭게 살아가기 운동〉 본부장, 출판연구소 이사장을 맡아 활동하고 있다. BBS 불교방송을 통해 〈고승열전〉을 장기간 집필했고, 《불교를 알면 평생이 즐겁다》《불경과 성경 왜 이렇게 같을까》《회색 고무신》 등의 저서가 있으며, 기업체 · 단체 연수회에 초빙되어 특강을 통해 '더불어 사는 세상'을 가꾸고 있다.

BBS 인기방송프로
고승열전 19 운허큰스님
영원한 내 것이란 아무 것도 없다네

2002년 10월 23일 개정판 1쇄 인쇄
2006년 7월 13일 개정판 2쇄 발행

지은이/윤청광
펴낸이/김동금
펴낸곳/우리출판사
등록/1988년 1월 21일 제9-139호
주소/120-013 서울특별시 서대문구 충정로 3가 1-38
전화/(02)313-5047, 5056
팩스/(02)393-9696
E-mail/woribook@chollian.net

ISBN 89-7561-190-6   03810

책값은 뒷표지에 있습니다.

· 지은이와 협의하여 인지를 붙이지 않습니다.
· 잘못된 책은 본사나 구입하신 서점에서 바꾸어 드립니다.

삼대독자를 병으로 잃은 한 여인네가 비탄에 빠져 부처님을 찾아와 슬픔에서 벗어나게 해달라고 호소했다. 부처님은 삼대 이상 살아온 집을 찾되, 사람이 죽은 일이 없는 집만을 일곱 집 찾아내어 쌀 한움큼씩만 얻어오면 슬픔에서 벗어나는 길을 가르쳐 주겠다고 했다. 이레가 지난 뒤 여인은 돌아와 말했다.
"부처님이시여, 사람이 죽지 아니한 집안은 단 한 집도 없다는 것을 이제야 알게 되었사옵니다."
"착하다 여인이여! 그대는 비로소 지혜의 눈을 뜨게 됐구나! 이 세상 모든 생명있는 것은 반드시 죽는 법. 아비의 죽음을 자식이 대신할 수 없고 자식의 죽음을 아비가 대신할 수 없음이니 이것이 바로 생자필멸의 법이라 할 것이다. 이 세상 모든 만물은 생겨나서 머물고 무너지고 없어지는 법칙에서 벗어날 수 없나니, 그래서 내가 제법무아요, 제행무상이라 일렀느니라."

차례

1
독립운동가 이학수 / 15

2
검은 두루마기를 찾아라 / 31

3
용이 여름을 만난 사연 / 47

4
조선총독이 바로 내 수양아들이오 / 63

5
북풍한설을 몸으로 막아내겠느냐 / 79

6
서기질이나 해먹자고 출가했더냐 / 95

7
대들보도 잊어버리고 서까래도 잊어버리고 / 111

8
갑 속에 든 칼 / 127

9
이 나라 불교를 일으켜 세우자면 / 143

10
다시 만주에서 / 157

11
조선독립단 본부 봉선사 / 171

12
달빛은 세상만물에 촉촉히 젖어든다 / 187

13
학의 다리를 잘라 오리에게 붙여주랴 / 203

14
오늘이 내 회갑이라구요? / 219

15
비구니 교육에 힘쓰는 까닭 / 235

16
세상에서 가장 귀한 보약 / 249

17
햇빛을 보게 된 불교사전 / 263

18
아, 계산을 해보면 모르겠느냐 / 279

19
큰법당 / 295

20
나 다시 오련다 / 309

역경의 신기원을 이룩하신 큰스님

　운허 용하(耘虛 龍夏) 큰스님은 나라를 위해선 투철한 애국자로, 후배를 위해선 훌륭한 교육자로, 자신을 위해선 철저한 수행인으로, 학식에서는 고금을 관철한 지식인으로, 고매한 인품은 두루 자비의 광명이 되어 널리 비추었으니 근세 한국 불교가 배출한 큰 별이었습니다.

　천재적 자품으로 일찍이 학문을 통달하였고, 입산 이후로도 나라의 독립과 민족의 자존을 위하여 독립운동에 앞장서 투쟁하셨으니, 이후의 수행정진과 후학 지도에서 보여준 열정적 인간상이 대조적이면서도 옳음을 위해서 진리의 길을 걸으신 모습을 여실히 보여주고 있다 하겠습니다.

　큰스님에게서 빼어 놓을 수 없는 또 하나의 특징적 업적은 방대한 팔만대장경의 한글화 작업을 주도하여 역경(譯經)의 신기원을 이룩하신 점입이다.

　불교의 대중화, 생활화를 위하여 최우선적 포교의 과제가 어려운 한자 경전을 한글화하여 중생속에 가깝게 있도록 접목시키는 작업이라고 볼 때, 큰스님의 업적은 한국 불교 불멸의 금자탑이라 하겠습니다.

　금생에 다하시지 못한 역경, 포교를 위하여 내생에도 반드시 이 땅에 다시 태어나셔서 미진한 부분을 완성시키겠다 하신 원력 보살이시여, 돌이켜 볼수록 큰스님의 자리가 크고도 넓습니다.

　이제 큰스님 생전의 편린을 책으로 접하게 되니 문도의 영광임을 주체할 길 없으며, 만천하 사대부중의 인생길에 귀감을 삼아 주시기를 권청하는 바입니다.

불기 2539년 10월
운악산 봉선사 운악산문회
회장 만허 조직 (인)

1
독립운동가 이학수

경기도 양주군 광릉 일대는 울울창창한 수목들이 하늘을 가리고 빽빽이 서있어 그야말로 별천지. 최근 바로 이 울창한 삼림 속에 수목원이 만들어져 삼림욕을 즐기려는 인파가 몰려들고 있다.

도심의 매연과 공해에 심신이 찌들어 있던 사람들은 이 천혜의 삼림이 내어뿜는 달고 신선한 공기를 호흡하며 새로운 삶의 활력을 얻기도 하고 호젓한 산책길이 주는 여유로움을 누리기도 한다.

바로 이 광릉 수목원을 이웃에 두고 유명한 사찰 봉선사가 자리잡고 있다. 광릉 수목원이 오늘날의 정취를 간직하게 된 것도 사실 봉선사와 긴밀한 관계가 있다고 한다. 해방을 전후로 해서 봉선사 스님들이 팔뚝만한 잣나무 가지를 여기저기 심어놓은 것이 바로 이 아름드리 고목들로 성장하게 된 것이다.

봉선사는 지금으로부터 530여 년 전인 서기 1469년 조선왕조 예종 1년에 창건된 유서깊은 고찰이다. 6백 년 수도 서울 근방의 봉(奉)자나 경(慶)자를 포함한 이름을 갖고 있는 사찰들의 창건이 모두 그러하듯 봉선사도 조선시대 선왕의 명복을 빌기 위한 원찰로 세워졌다. 세조의 비 정희왕후 윤씨가 선왕인 세조의 능침을 이곳에 모신 것이다.

수목원을 곁에 끼고 있는 탓인지 봉선사의 공기는 더할 나위없이 청량하다. 한번에 무려 오백 명의 대중이 모여 법회를 열 수 있는 우람한 청풍루를 지나 경내로 들어서면 숲에서 불어오는 삽상한 바람이 코끝을 감싸고 돈다. 서울 근교 사찰에서는 도무지 볼 수 없는 풍광이다.

봉선사 경내에 들어서 가장 눈에 띄는 것은 뭐니 뭐니 해도 석가모니 부처님을 주불로 모신 법당이다. 처음으로 이 봉선사를 찾은 참배객이라면 법당에 붙여진 현판을 쳐다보는 순간 신선한 충격을 받게 될 것이다. 봉선사 법당 정면에 붙여진 현판은 여느 절에서는 보지 못했던 색다른 현판이기 때문이다.

대부분의 우리나라 사찰 법당 앞에는 '대웅전', '대웅보전' 등의 한문 현판이 붙어 있기 마련 아니던가. 그러나 이 봉선사 법당 정면에는 한문 현판이 아닌 한글로 '큰법당'이라고 씌어진 현판이 붙어 있다.

큰법당.

우리말로 풀어쓴 '큰법당'이라는 이 현판을 만나는 순간 우리는

불교가 우리 앞으로 성큼 다가와 아주 가까워진 듯한 친근감을 피부로 느끼게 된다. 이렇게 한문으로 '대웅전'이라 쓰지 아니하고 기어이 우리말로 풀어서 '큰법당'이라는 현판을 우리나라에서 맨 처음 써붙인 분은 과연 누구일까.

바로 우리들의 운허 큰스님.

운허 큰스님은 한문으로 되어 있는 팔만대장경을 우리말 우리글로 옮겨놓기 위해 평생을 바친 분이었으니 오늘날 우리가 굳이 운허대종사나 운허대선사라는 호칭을 쓰지 아니하고 우리말 우리글로 운허큰스님이라 칭하는 뜻도 바로 그 크나 큰 뜻을 기리고자 함이다.

1921년 1월 6일.

왜정 치하, 만주의 밤거리는 칠흑처럼 어두웠다. 살을 에일 듯한 세찬 바람이 얼어붙은 거리를 휩쓸고 지나갈 때마다 소매 깊숙이 손을 집어넣고 밤길을 가던 사람들은 어깨를 잔뜩 움츠린 채 뛸 듯이 걸음을 재촉했다.

밤이 깊어지면서 쌀가루 같은 흰 눈발이 휘날리기 시작했다. 눈은 대지에 닿기도 전에 흙먼지와 뒤섞이며 회오리바람 속에 말려들었다. 바람에 밀린 눈발이 길 가장자리에 두텁게 쌓여갈 즈음 큰길 한쪽에서 중국인 복장을 한 삼십대 가량의 사내가 나타났다.

사내는 얼굴을 마구 할퀴며 달려드는 눈발을 거침없이 맞으며 뚜벅뚜벅 걸어오고 있었다. 사내는 큰길과 주택가를 연결하는 작은 골목으로 접어들고 있었다. 골목으로 몸을 꺾으면서 사내는 재빨리 주위 동정을 살폈다. 대단히 빠르고 날카로운 눈길이었다.

골목 초입에 서있는 한 낡고 허름한 여인숙에서는 희미한 불빛이 새어나오고 있었다. 주점을 겸하고 있는 여인숙의 1층에서는 취객들이 불러대는 노랫소리가 처량하게 흘렀다. 사내는 여인숙 입구에 잠시 서서 불빛이 흘러나오는 2층의 어느 방을 쳐다보더니 이윽고 여인숙 안으로 들어섰다.

잠시 후 여인숙 2층 구석방에서는 세 사내가 고개를 맞대고 무언가 진지하게 논의하고 있었다. 이들은 모두 조선인들로 왜경의 감시를 피해 만주로 와서 항일투쟁을 전개하고 있던 독립운동가였다.

다들 목소리를 한껏 낮추고는 있었지만 번쩍이는 눈빛이나 심각하게 고개를 끄덕이는 태도로 봐서, 이날의 모임은 대단히 중대한 결정을 위해 마련된 자리인 것 같았다.

이윽고 예의 중국인 복장의 사내가 신중한 어조로 나머지 두 사람을 향해 입을 열었다.

"자 그럼 이제 더 이상 셋이 한자리에 모일 기회가 없을 것이니 마지막 약조를 단단히 해두어야겠소."

"옳은 말이오, 이동지. 서울에 잠입할 때까지는 각자 행동해야 할 것이니 우리 셋이 머릴 맞대고 모이는 것은 오늘밤이 마지막인 셈이구려."

이동지라고 불린 사내가 고개를 끄덕이며 말했다.

"오, 그렇소. 내일 여기서 기차를 타고 모레는 압록강 철교를 건너 조선땅에 들어갈 것이오."

이야기를 듣고 있던 나머지 사내가 담배불을 붙이며 중국인 복장의 사내에게 반문했다.

"아 그러니까 기차는 한 기차를 타되 행동은 각각이다 그런 말이지요, 이동지?"

"그렇소. 아 그리고 이 시간부터 날 이동지라 부르지 마시오. 상해임시정부에도 이미 보고를 해서 허락을 받았소만 나는 이제부터 이학수도 아니고 이시열도 아니고 조욱석이오. 우리에게 부여된 특별 임무는 독립자금 모금과 비밀단체 결성이오. 만일의 경우 왜경에게 체포되면 우리 광한단의 조직비밀을 지키기 위해서는 최악의 경우 자결할 각오를 해야 할 것이오."

말을 마친 사내가 나머지 두 동지를 돌아보았다. 잠시 후 두 동지의 비장한 목소리가 연이어 울려퍼졌다. 그것은 조직을 수호하기 위해서라면 죽음까지도 불사하겠노라는 최후의 다짐이었다.

"고문에 못견뎌 비밀을 털어놓느니 차라리 죽어서라도 비밀을 지켜야지요."

"그렇소. 그럴 각오없이 감히 어떻게 독립운동을 하겠소이까."

말없이 듣고 있던 사내는 순간 퍼뜩 고개를 들더니 오른쪽 가운데 손가락을 입술에 대며 재빨리 속삭였다.

"쉬이! 앞으로는 두번 다시 독립이니 운동이니 그런 소리는 입에 담지 않도록 하시오. 아 그리고 서울 남대문역에 당도하면, 잘 기억해두시오. 서린동 대련장 여관에 투숙하도록 하시오. 서울 서린동 대련장 여관이오."

"서린동 대련장 여관…… 잘 알았소이다."

이 세 사내가 속한 조직은 일명 의흥단이라고도 불리워졌던 광한단이라는 독립운동 비밀단체였다. 이 광한단의 비밀단원이던 세 사람 중 이동지라고 불리워졌던 사내는 본명이 이학수로 바로 훗날의 운허스님.

당시만 해도 운허스님은 불교에 대해서는 전혀 아는 게 없었다. 오로지 운허스님은 조선의 광복을 위해 자기 한몸 돌보지 않고 독립운동에 매진하던 젊은 식민지 지식인의 한 사람이었을 뿐이었다.

국내에서 3·1운동이 발발하여 독립만세운동이 들불처럼 전국에 퍼져나가자 독립운동에 대한 일제의 탄압은 더욱 거세어졌다. 일제의 감시와 탄압을 피해 만주로 건너가 독립운동을 전개하던 운허스님은 광한단 조직으로부터 독립자금 모금과 비밀조직 확보를 위해 서울로 잠입하라는 명령을 받게 되었다.

세 사람이 여인숙에서 결의를 다진 다음 날이었다.

이학수라는 본명을 버리고 조욱석이라는 가명으로 활동을 시작한 운허스님은 다른 동지 두 사람과 함께 서울행 기차에 몸을 실었다. 기차는 긴 누에 같은 몸체를 굴리며 막 압록강 철교를 건너고

있었다.

  운허스님은 창 밖으로 펼쳐지는 그림 같은 조선의 산하를 바라보며 콧등이 시큰해졌다. 실로 3년 만의 귀국길이 아니던가. 짙푸른 강물이 가슴 안에 그득 들어차는 느낌이었다. 눈발은 더욱 거세어지고 있었다. 희끗희끗한 눈송이가 부나비처럼 날아와 창유리에 달라붙었다가 투명한 빗금을 남기며 사라져 갔다.

  그때였다.

  갑자기 일본경찰의 검문검색이 시작되었다.

  순간 가슴이 서늘해진 운허스님은 짐짓 태연한 기색으로 창 밖을 내다보았다. 다른 두 동지들의 안위가 은근히 걱정되기도 했다. 일본경찰은 날카로운 눈빛을 빛내며 객실을 둘러보았다. 철컥거리는 둔중한 군홧발소리가 점점 가까이 다가오고 있었다.

  그런데 어느 순간인가, 군홧발소리는 더 이상 들려오지 않았다. 운허스님은 이 잠깐 동안의 정적 속에서 자신의 뒤통수로 쏟아지는 따가운 시선을 느꼈다. 스님은 서서히 고개를 들었다.

  일본경찰은 실눈을 뜨고 운허스님을 노려보고 있었다. 운허스님은 침착하게 그 시선을 맞받았다. 이런 때일수록 태연한 자세를 유지해야 했다. 일본경찰은 운허스님의 거리낌없는 눈빛에 잠시 주저하더니 마침내 입을 열어 말했다.

  "이것봐! 당신 조센징이지?"

  "예. 나는 조선사람이오만."

"그렇다면 도강증 좀 보여주실까?"

난데없이 도강증을 보여달라니 이게 무슨 소리인가. 운허스님은 눈을 둥그렇게 뜨고 일본경찰을 쳐다보았다.

"도강증이라뇨?"

일본경찰의 입가에 한줄기 차가운 웃음이 스쳐갔다. '네깐놈이 그러면 그렇지!' 하는 득의의 표정이었다. 거만한 자세로 뒷짐을 지고 서있던 그는 튀어나온 배를 한껏 더 내밀며 깐깐한 어조로 소리쳤다.

"이 조선놈 이거, 소식이 먹통이로구만! 양력 2월 2일을 기해서 도강증 없이는 압록강 철교를 넘나들 수 없다는 걸 모른단 말이야?"

"그런 말은 미처 못 들었는데요."

"수상한 작자로구만! 조사를 해봐야겠으니 보따리를 들고 날 따라와!"

"예, 예에?"

운허스님은 도강증이 없는 수상한 조선사람이라는 이유로 일본경찰에 붙잡혀 신의주역에서 곧장 경찰서로 끌려가 조사를 받게 되었다. 전혀 예기치 않았던 일로 붙잡히게 되었으니 참으로 난감하기 그지없었다.

그러나 다른 한편으로 생각해 보면 계획에 차질이 생기기는 했지만 다른 두 동지가 붙잡히지 않은 것만 해도 실로 천만다행이

었다.

'어떠한 고문과 폭력에도 굴하지 않으리라.'

운허스님은 굳은 각오로 조용히 눈을 감은 채 일본경찰의 심문을 기다렸다. 잠시 후 땅딸보 경찰의 심문이 시작되었다. 땅딸보는 의자에 앉자마자 책상부터 탁 치며 협박조로 소리쳤다.

"바른 대로 대라! 거짓말하면 전기고문을 할테니까!"

"……."

"이름이 뭐지?"

"조우석이라고 합니다……."

"조우석이라. 아 그러면 직업은 무엇인가?"

"예. 보통학교 훈돕니다."

"보통학교 훈도라면 …… 선생님이란 말인가?"

"그렇소이다."

"오! 그래애?"

땅딸보는 가소롭다는 듯이 비웃음을 흘리며 말했다.

"그러면 조센징 가운데서도 아주 인텔리로구만 그래, 음?"

"……."

땅딸보의 길고 가늘게 째진 눈이 돌연 운허스님의 가방으로 향했다. 그는 의심이 가득한 눈초리로 그 가방을 노려보며 말했다.

"그 가방 속에는 무엇무엇이 들어 있지?"

"예. 책 몇 권하고 두루마기가 한 벌 들어 있을 뿐, 다른 건 없으니 직접 열어보시지요."

 태연자약한 운허스님의 대답에 복주머니처럼 축 늘어진 땅딸보의 양볼이 보기 흉하게 실룩거렸다. 자존심이 상했던 모양이었다. 그는 갑자기 운허스님의 가방을 거칠게 훽 낚아채더니 안에 든 물건을 책상 위에 좌르르 쏟았다.

 두루마기 한 벌과 책 몇 권뿐이라는 운허스님의 대답은 거짓이 아니었다. 아무리 가방 안을 살펴보아도 트집 잡을 만한 물건은 전혀 보이지 않았다. 땅딸보의 얼굴은 서서히 실망으로 일그러졌다.

 그는 신경질적인 손길로 가방에서 나온 책들을 뒤적였다. 땅딸보는 그 책들 가운데서 역사책 한 권을 발견했다. 그 역사책의 제목을 확인한 땅딸보는 고개를 갸우뚱하게 기울이며 혼잣말처럼 중얼거렸다.

 "으응? 아니! 이건 일본 역사책 아닌가?"

 "예, 그렇습니다."

 땅딸보는 같잖다는 듯 실실 웃으며 비꼬는 투로 말했다.

 "조선놈이 일본 역사책을 본다? 무슨 이유로 이런 역사책을 보는 거지?"

 "조선 아이들에게도 일본 역사를 가르치라는 지시가 내려왔으니 아이들에게 가르치려면 내가 먼저 일본 역사를 제대로 알아야 할 것 아니겠습니까?"

 "아! 아하! 고거 참, 기특한 생각이로구만 그래? 아, 그런데 당

신은 어째서 도강증 없이 국경을 왔다갔다 했나?"

"아 그것은 제가 겨울방학 중에 만주 친척집에 갔다가 법이 바뀐 줄도 모르고 돌아가는 길이라 이렇게 됐습니다."

"호오, 그래애?"

"네."

"도강증 없이 국경을 왔다갔다 하면 일년 이상 삼년 이하의 징역에 처할 수 있다는 사실을 알고 있나?"

"잘 몰랐습니다만."

땅딸보는 여덟 팔 자로 기른 콧수염을 손가락으로 배배 꼬면서 말했다.

"흐음. 당신은 일본 역사책을 보는 기특한 선생이니까 특별히 생각해서 구류처분 십일만 시키겠다. 유치장에 들어가서 열흘만 고생해!"

운허스님은 곧 유치장으로 끌려갔다. 끼익 하는 기분나쁜 소리를 내며 유치장 철문이 둔중하게 열렸다. 숨도 제대로 쉴 수 없을 만큼 코를 찌르는 악취에 잠시 멈칫거리고 있던 운허스님의 뒤에서 젊은 헌병의 날카로운 호령소리가 들려왔다.

"어서 들어갓!"

서울에 도착하여 활동을 개시하기도 전에 속수무책으로 잡힌 것이야 허망한 일이긴 했지만, 비밀독립단원 신분이 탄로나지 않은 것만 해도 천만다행이었다. 특히 운허스님은 만약의 경우를 예상하여 가방 속에 늘 일본 역사책을 넣어가지고 다녔는데 이번에 그 덕을 톡톡히 본 셈이었다.

어쨌든 열흘 동안의 구류생활을 마치고 신의주 경찰서에서 풀려난 운허스님은 그 길로 곧장 경의선 기차를 타고 서울로 달려갔다.

운허스님이 서울 남대문역에 당도한 것은 1921년 1월 19일 밤이었다. 기차에서 쏟아져나온 승객들에 밀려 역전에 당도하고 보니 늦은 저녁이었는데도 꽤 많은 사람들로 북적거렸다. 장사꾼, 인력거꾼, 손님을 마중 나온 사람들이 수런거리는 사이로 누군가 조용히 운허스님을 불렀다.

속삭임에 가까운 낮은 음성이었다.

"여보쇼, 조선생!"

깜짝 놀란 운허스님이 뒤를 돌아보니 만주에서 같이 기차를 탔던 두 동지 중 하나가 빙긋이 웃음짓고 있는 게 아닌가. 어떻게든 서울에 도착하면 동지들과 연락이 닿겠지 하는 막연한 생각뿐이었는데 이렇게 쉽사리 만나게 되자 기쁘기 한량없었다.

운허스님은 재빨리 주위를 둘러보고 나서 자연스레 걸음을 옮기며 말했다.

"아, 아니! 김형이 여긴 어쩐 일이시오!"

"조동지. 아, 아니 조선생이 오시기를 기다리고 있었지요."

"아아, 그래요?"

"매일밤 세시발 기차가 당도하는 시간에 나와 있었습니다."

"그래, 계획대로 사업은 잘됐습니까?"
"별다른 차질은 없었습니다만 생각했었던 것보다 여기 물가가 비싸서 노잣돈이 다 떨어져갑니다."
"숙소는?"
"조선생이 일러주신 대로 서린동 대련장 여관입니다."
김동지의 대답에 운허스님은 깜짝 놀라 소리쳤다.
"아니! 아직도 대련장 여관에 묵고 있었단 말이오?"
"조선생이 오시기를 기다리느라구요."
"한 장소에 오랫동안 투숙을 하면 놈들의 눈에 탄로나기가 쉬워요. 오늘밤엔 당장 숙소를 옮기도록 합시다."
"알겠습니다. 그렇게 하지요."
그날밤 운허스님은 숙소를 곧바로 종로 견지동 견지장 여관으로 옮겼다. 그리고 모자라는 노잣돈을 충당하기 위해서 멀리 고향에 있는 내종사촌 형에게 비밀스런 부탁의 편지를 보냈다.

　　긴한 볼일로 서울에 와있는 바
　　노잣돈이 모자라서 그러니
　　은밀히 돈을 마련해서 송금을 해주시되
　　조우석이라는 이름 앞으로 보내주시오.

내종사촌 형에게 편지를 보내놓은 지 열흘쯤 지나서였다.

서울에 잠복해서 비밀활동을 벌이고 있는 몇몇 비밀단원을 만나고 밤늦게 견지동 골목을 막 들어섰을 때였다. 개짖는 소리가 연달아 들리더니 맞은편에서 한 사내의 그림자가 모습을 드러냈다. 여관 골목쪽으로 걸어가던 운허스님은 순간 멈칫하면서 그 사내의 움직임을 예의 주시했다.

"메밀묵 사려, 메밀묵!"

그 목소리는 구성지기 이를 데 없는 메밀묵 장사의 그것이었다. 그러나 이 골목 저 골목을 수런스레 돌아다니던 메밀묵 장사는 순간 운허스님 앞으로 다가오면서 소리쳤다.

"아유, 선생님! 여기 메밀묵 좀 사시죠!"

'휴우! 내가 너무 긴장했구나.'

운허스님은 혼자 빙긋이 미소짓고는 걸음을 재촉하기 시작했다. 그런데 메밀묵 장사는 재빨리 운허스님 앞으로 다가와서는 소곤거리는 것이었다.

"조선생!"

김동지였다.

"아니 김형?"

"쉬이!"

메밀묵 장사로 변장한 김동지는 재빨리 눈짓하면서 속삭였다.

"모른 체하고 들으세요. 여관 골목으로 들어가지 마세요. 곧장 골목을 빠져나가 안국동 로터리로 달아나십시오. 한시간 후에 용산

역에서 만납시다."

"아니 대체 무슨 일이오!"

"놈들이 여관을 덮쳤어요. 이동진 체포됐구요."

"아니!"

"자세한 이야긴 이따 만나서 합시다."

"……"

김동지는 아연실색하여 망연히 서있는 운허스님을 향해 굽신굽신 절을 하며 짐짓 큰소리로 말했다.

"아유, 감사합니다, 선생님. 정말 감사합니다! 메밀묵 사려! 메밀묵!"

운허스님이 무어라고 대답할 사이도 없이 메밀묵 장사는 다시 어두운 골목 저편으로 사라져가고 있었다.

"이럴 수가……"

운허스님의 입에서 낮은 탄식이 새어나왔다.

"아니 놈들이 여관을 덮쳐 이동지를 체포했다니……. 아니 그럼 내 편지를 받은 내종 형님이 왜놈들한테 밀고를 했단 말인가."

2
검은 두루마기를 찾아라

당시 운허스님은 비밀독립단원이었으므로 신분을 가장하기 위해 검정 두루마기에 중절모를 쓰고 있었다. 메밀묵 장사로 변장한 김동지와 헤어진 후 스님은 평상시의 걸음걸이로 태연히 안국동 로터리쪽을 향해 걸어가고 있었다.

그러나 나머지 비밀단원을 체포하기 위해 혈안이 되어 있던 일본경찰은 견지동 골목을 중심으로 요소요소에 일본인 순사를 풀어놓고 있었다. 운허스님은 겉으로는 태연한 척 걸음을 옮기면서도 눈으로는 저들의 마수가 아직 미치지 않은 곳을 찾아 감시망을 요리조리 피해 나갔다.

운허스님이 안국동 로터리에 거의 다 왔을 때였다.

학교 교문앞 골목길로 접어든 운허스님의 앞에 일본인 순사 두 명이 떡하니 버티고 서있는 게 아니겠는가. 그들은 정면으로 스님을 주시하고 있었다.

'이 노릇을 어떻게 한다? 부딪칠 것인가, 달아날 것인가.'

운허스님은 순간적인 판단으로 왼쪽 골목길로 몸을 돌려 뛰기 시작했다.

학교 앞에 서있던 일본 순사들은 잠시 멈칫하더니 곧 호루라기를 요란스레 불어대며 운허스님을 쫓아왔다. 철컥거리는 군홧발 소리와 호루라기 소리에 놀란 동네 개들이 덩달아 짖어대기 시작했다.

참으로 위기일발이었다.

그러나 스님은 이런 위급한 상황을 이미 여러 번 겪은 터였다.

골목 안 으슥한 곳에 몸을 숨긴 스님은 재빠른 솜씨로 두루마기를 벗어 뒤집어 입었다. 검정 두루마기가 하얀 두루마기로 둔갑을 한 셈이다. 참으로 놀라운 순발력이요 기지였다. 운허스님은 턱까지 차오른 숨을 조금 진정시키고는 다시 몸을 돌려 천천히 골목을 되돌아 나왔다.

얼마 지나지 않아 운허스님은 자신을 뒤쫓아온 일본인 순사들과 딱 마주쳤다. 일본인 순사는 헉헉 숨을 몰아쉬며 다급히 물었다.

"여보쇼! 방금 이 골목으로 검정 두루마기 입은 사람 도망가는 거 못 봤소?"

"검정 두루마기요?"

"그렇소."

"예. 저쪽 기마대 있는 곳으로 뛰어가던데요?"
"아, 알았소. 자, 빨리빨리!"
이렇게 해서 운허스님은 참으로 아슬아슬하게 왜경의 손에서 벗어나 용산역 앞으로 달려가게 되었다. 이제나 저제나 운허스님이 도착하길 기다리던 김동지가 재빨리 다가왔다.
"조선생, 여기요, 여기요!"
"아니 메밀묵 장사를 찾고 있었더니……."
"아유, 조선생도! 아, 정거장 앞에서 메밀묵을 팔면 수상하다고 잡아가게요?"
"헌데 대체 이게 어떻게 된 노릇이란 말이오?"
"노잣돈 보내라고 보낸 그 편지가 화근이었던 것 같소."
"아니 그럼 내 내종사촌 형이 놈들한테 밀고라도 했다고 그러더란 말입니까?"
"그건 잘 모르겠는데 놈들이 여관에 들어왔을 때 난 마침 복도 끝에 있는 변소에 있었단 말입니다. 두 놈이 들어오는 것 같더니 여관주인에게 조우석이란 사람이 들어있는 방이 어디냐, 고향에서 돈 가져왔다 그러더니만 덮쳤어요."
"망할 자식들! 일가 친척한테 가는 편지까지 모조리 검색을 하고 있었던 모양이군. 내종 사촌에게는 괜찮을 줄 알았는데."
그러나 한탄하고만 있기에는 너무 시간이 없었다. 저들의 손에서 벗어났다고는 하나 체포된 동지를 고문하여 또 무슨 정보를 캐

낼지도 모르는 일! 일단 서울에서 계획한 일을 무로 돌리고 훗날을 기약할 수밖에 없었다.

두 사람은 안타까운 눈길로 서로를 바라보았다. 김동지가 먼저 입을 열었다.

"아무튼 일이 이렇게 됐으니 우린 빨리 서울을 벗어나야 합니다. 신분이 탄로난 이상 서울엔 머무를 수가 없으니 어서 몸을 피하도록 합시다. 조우석이란 그 이름도 더 이상 쓰지 말구요."

"알았소이다. 그럼 우리 여기서 헤어지기로 하고 만일의 경우 만주로 탈출하지 못하면 조선땅 안에서 변성명을 하고 지내다가 훗날을 기다리기로 합시다."

"그래요! 어디서 어떻게 숨어 있든 독립운동만 계속하면 우리의 사명을 다하는 거 아니겠소?"

"그렇소. 자 그럼 부디 몸조심하시오. 우리 기어이 살아서 광복의 날을 맞이합시다. 자 그럼!"

"몸조심하시오!"

두 사람이 서울을 탈출한 이 날은 1921년 2월 15일.

김동지와 헤어진 운허스님은 그날밤 용산역에서 경원선 기차를 타고 북쪽으로 향했다. 딱히 어디로 가겠다는 작정이 있었던 것은 아니었다. 객실 안에 자리를 잡은 운허스님은 자신이 처해 있는 상황을 냉정히 분석해 보기 시작했다.

'검정 두루마기에 중절모자를 쓴 조우석이라는 삼십대의 남자는

틀림없이 지명수배가 되어 있을 것이다.'

운허스님은 쓰고 있던 중절모자를 벗어 버렸다. 그리고 이미 뒤집어 입은 하얀 두루마기 차림으로 변장을 한 채 이번에는 이름을 박용하로 바꾸었다. 또한 박용하라는 사람의 신원과 직업과 고향을 정하여 반복해서 외웠다.

다음날 오후.

운허스님은 평강역에서 기차를 내렸다. 발바닥이 부르트도록 몇 시간을 걸어온 끝에 당도한 곳은 강원도 홍천군 동면. 이날밤 운허스님은 어느 허름한 객주집에 들었다. 늦은 저녁상을 물린 후 객주집 대청마루에 앉아 쉬고 있는데 때마침 그 객주집에 웬 스님들이 들어와 잠시 쉬었다 나가는 것이었다.

그 스님들을 보는 순간 운허스님의 마음에 묘한 생각 하나가 번개처럼 스쳐갔다.

'깊고 깊은 산속 암자에 한동안 숨어 있으면 안전하지 않을까.'

생각할수록 신통방통한 묘안이었다. 잠시 후 운허스님은 점잖은 목소리로 객주집 주인을 불렀다.

"여보시오, 주인장!"

"아, 예!"

부엌에서 뒷설거지를 하고 있던 객주집 아낙이 물묻은 손을 행주치마에 문지르며 얼른 달려왔다.

"부르셨습니까, 손님?"

"예. 내가 보자하니 웬 스님네들이 이 객주집에서 쉬어들 가시는 것 같던데. 스님들이 맞죠?"

"아, 예에! 탁발들 나오셨다가 다리가 아프시면 곧잘 우리집에 들리셔서 쉬었다들 가시곤 합죠."

맘씨 좋게 생긴 객주집 아낙은 뻐드렁니가 드러나게 헤실헤실 웃으며 대답하는 것이었다. 운허스님은 은근한 목소리로 슬쩍 아낙에게 물었다.

"그 스님들 계시는 절이 여기서 멉니까?"

"아 아유, 아닙니다요! 아 여기서 시오리만 산으로 들어가면 바로 산속에 있습지요."

"흐음…… 거 이름이 뭐라고 하는 절이던가요?"

"아 예. 절은 크지는 아니해도 수타사라구요, 아 옛날 옛적에 원효스님께서 직접 당신 손으로다가 지으신 절이라고 해서 그 이름 하나는 그저 따르르 하지요. 호호호."

아낙이 수다스러이 떠들어대는 동안 운허스님은 생각에 잠긴 얼굴로 중얼거렸다.

"수타사라."

"예, 손님. 다들 수타사라고들 부르지요."

"여기서 한 시오리라고 그러셨지요?"

"아 예, 손님."

운허스님의 질문에 일일이 대답하던 주모는 문득 이상한 생각이

들었는지 이렇게 물었다.
"아니 근데 저 손님께서 이 겨울에 수타사에 가시게요?"
운허스님은 너털웃음을 터뜨리며 대수롭잖은 표정으로 말했다.
"하하. 아 그렇게 유명한 사찰인데 여기까지 와서 구경 한번 안하고 간대서야 말이 되겠소이까? 허허허."
"아이구! 예에. 아 그럼 내일이라도 다녀오시지요, 뭐!"
"예에. 참으로 좋은 절을 소개해주셔서 고맙습니다."
"아유, 뭘요."
다음날 동이 트자마자 운허스님은 아침을 일찍 챙겨먹고 객주집을 나서게 되었다.
왜경에게 쫓기는 신세가 된 운허스님은 이렇게 해서 산속 절간에 몸을 숨기기 위해 강원도 홍천군 동면 덕지리에 있는 수타사를 찾아가게 되었다. 객주집에서 시오리 정도만 걸어가면 된다고 했으니 아무리 산길이라도 반나절이면 족하리라 생각한 운허스님은 느긋한 걸음걸이로 눈덮인 산야를 감상하며 길을 더듬어 나갔다.
헌데, 막상 산길로 접어들고 보니 시오리가 아니라 삼십리도 더 되는 것 같았다. 게다가 눈보라까지 사정없이 내리치는 것이었으니 초행길이 더딜 수밖에 없었다. 중간에 길을 잃기도 여러 번, 가까스로 길을 더듬어 수타사에 당도하고 보니 해는 이미 져서 사방이 어두워지기 시작했다.
새벽밥을 먹고 점심마저 꼬박 굶은 탓에 허기가 져서 사지에 힘이 없었을 뿐만 아니라, 온종일 눈보라 속에 동태처럼 꽁꽁 언 몸은 손가락으로 꼬집어도 감각이 없을 정도였다. 그래도 수타사를 제대로 찾아왔다는 생각에 안도의 숨을 내쉰 운허스님은 사력을 다해 소리쳤다.

"여보십쇼! 여보십쇼!"

그러나 눈보라가 심한 탓인지 휘잉 하는 바람소리만 메아리로 들려올 뿐 안에서는 아무 대답도 들려오지 않았다. 쌓인 눈의 무게를 못 이긴 솔나무가지가 뚝뚝 부러지고 있었다.

"여보십쇼! 이 절에 아무도 안 계십니까요, 예에? 여보십쇼!"

어찌나 추운지 위아래 이빨이 턱턱 부딪쳐와 제대로 소리를 지를 수가 없었다. 잠시 후 문소리가 나더니 젊은 스님 한 분이 문 밖으로 고개를 내밀었다.

"아니 거기 누가 오셨소이까?"

"아 예. 저······ 지나가던 나그넨데 잠시 쉬어갈까 하여 들렸습니다."

"지나가던 나그네?"

젊은 스님은 폭설이 몰아치는 절마당에 흰 두루마기를 입고 유령처럼 서있는 운허스님을 어이없다는 표정으로 바라보았다.

"예, 그렇습니다. 날이 어두워져서 그러니 하룻밤만 자고 가게 해주십시오."

"어이쿠! 이 산속에 지나가던 나그네라니 그 원! 아무튼 어디

들어오시기나 하시구랴."

"아 이거 정말 고맙습니다, 스님."

운허스님이 거듭 고개를 숙이며 예의를 차리는데 방안에서 기다리던 스님의 퉁명스런 목소리가 울려퍼졌다.

"아 어서 들어오고 문 좀 닫으시오! 구들장 다 식겠소!"

"아 예 스님, 죄송합니다. 이거 그럼 염치불구하고 실례하겠습니다, 스님."

방에 들어온 운허스님은 스님 앞에 고개를 숙이며 깍듯이 예를 갖췄다.

"초면인데 인사부터 올리겠습니다. 소생 박용하라고 합니다."

"아, 예. 난 용주라는 중이오. 속가성은 문가오만 여기선 주지를 맡은 중이오."

"아, 예."

용주스님은 운허스님의 행색을 위아래로 살피다가 이상스럽다는 듯이 입을 열었다.

"헌데 이 산속에 어쩐 나그네라고 그러셨소이까."

"아, 예. 저 사실은 아랫마을 객주집에 들렀다가 객주집 주모가 하도 이 절 자랑을 하기에 구경이나 하고 갈까 하고 나섰던 길입니다만."

"으음. 그러면 이 산골마을에 무슨 볼일로 오셨더란 말이시오?"

"아, 예. 에 그건."

예상치 못한 질문에 당황한 운허스님은 조금 더듬거리다가 아무렇게나 둘러대고 말았다.
"저. 오갈 데 없는 사람이라 그냥 이렇게 떠돌아 다니면서 얻어먹고 살고 있습니다, 스님."
"흐음. 보아 하니 그래두 막일이나 하고 다닐 사람 같진 않아 보이는데……."
"허허. 그거야 어릴 적에 어깨 너머로 천자문을 좀 봐둔 덕분에 서당 훈장 노릇도 가끔 해먹고 살았습죠."
"음, 그래요."
용주스님은 그제서야 수긍이 간다는 듯 고개를 끄덕였다. 온종일 떨다 따뜻한 방 안에 들어온 운허스님은 긴장과 피곤이 일시에 풀리는 것을 느꼈다. 운허스님은 망설이던 끝에 수타사를 찾아오던 내내 생각하던 이야기를 용주스님에게 넌지시 꺼내었다.
"헌데 스님!"
"왜 그러시오?"
"이거 허구헌날 떠돌아 다니면서 살기가 지겹기도 하고 힘도 들고 해서 말씀인데요. 스님 밑에서 저도 머릴 좀 깎고 중노릇하며 살 수는 없을런지요."
"아니! 거 보아하니 나이도 들어 보이는데 이제야 머리 깎고 중이 되겠다구요?"
"떠돌이 신세가 하도 지겨워서 그렇습니다, 스님. 저 그러니."

용주스님은 운허스님의 말허리를 딱 분지르며 대뜸 물었다.
"아 대체 금년에 어떻게 되셨소?"
"제 나이 말씀입니까요? 금년에 만 서른입니다, 스님."
"흐음. 서른이라면 나하고 나이가 엇비슷하니 내 밑에선 중이 못되겠소이다."
"아니 왜 나이가 엇비슷하면 안되는 겁니까요?"
"내 밑에서 머릴 깎으면 내 상좌가 되는 법. 속가로 따지자면 내 자식뻘이 되는 셈이니 곤란한 일이 아니겠소."
"아니 그, 그러면 어느 절로 가면 머리를 깎을 수 있겠습니까요?"
운허스님이 난처한 표정으로 묻자 용주스님은 한참을 생각하는 눈치더니 마침내 이렇게 대답했다.
"내 은사가 계시는 봉일사로 가보시오."
"봉일사는 어디 있는데요?"
"회양군 난곡에 가면 봉일사가 있는데 그 절엔 내 은사이신 경송스님이 계시니 그 분을 찾아가도록 하시오."
다음날 날이 밝자마자 산에서 내려온 운허스님은 객주집에 들러 하룻밤을 쉬었다. 어차피 지명수배된 처지로 버젓이 저자거리를 들락거릴 수는 없을 터였다. 그렇다면 수타사 용주스님이 소개해 준 대로 어디 한번 경송스님을 찾아가 보리라 마음먹은 운허스님은 이번에는 또 회양군 난곡을 향해 길을 떠나게 되었다.

눈은 내리지 않았으나 찬바람에 뼛속까지 얼어붙을 지경이었다. 운허스님은 휘몰아치는 광풍을 고스란히 맞으며 꼬박 사흘을 걷고 걸어서야 난곡이라는 면 소재지에 당도할 수가 있었다. 운허스님은 난곡에서 제일 먼저 만난 늙은 노파에게 봉일사 가는 길을 물었다. 헌데 이 할머니는 말도 안된다는 듯이 손을 훼훼 휘저으며 말리기부터 하는 것이었다.

"아니, 그래 이 엄동설한에 봉일사로 올라가시게요?"

"예. 여기서 몇리나 되는지요?"

"아, 리수로야 이십리가 조금 넘는다고 합지요마는. 에이그! 그 워낙 첩첩산중이라 원!"

"아니 길이 그렇게 험하단 말씀입니까요?"

"험하다 마다요! 아 게다가 큰눈이 한번 왔다 하면 두 길도 쌓이고 세 길도 쌓이고 해서 한번 올라갔다 하면 눈이 녹기 전에는 아예 내려오지도 못하는 절간이라우."

"아 예. 하지만 아직 눈이 많이 쌓이지는 아니했으니 올라갈 수야 있겠습죠."

"으음, 글쎄올습니다요. 아 이번 겨울엔 어찌 된 일인지 아직 큰 눈이 쌓이지는 아니했습니다마는. 아 그래도 또 누가 알아요? 오늘 밤이라도 큰 눈이 올지. 에이그."

인정 많은 할머니는 엄동설한에 첩첩산중을 찾아가려는 이 낯선 길손이 못내 걱정스러운지 혀를 연신 끌끌 차는 것이었다. 할머니

로서야 자식 같은 나이의 젊은 길손이 사서 고생을 하려는 게 안타까웠을 것이다. 오갈 데 없이 쫓기는 신세인 이 길손의 사정을 알 리가 없을 것이었다.

운허스님은 한시도 지체할 수 없을 정도로 마음이 바빴다.

운허스님은 봉일사를 향해 발길을 재촉했다. 그런데 한나절도 더 걸려서 가까스로 봉일사에 당도하고 보니 아, 이런 변이 있나. 절간에는 아무도 없는 게 아니겠는가.

깊고 깊은 산속 절간에 사람이라고는 그림자조차 보이질 아니했으니 참으로 괴이한 일이었다. 운허스님은 조심스럽게 발걸음을 옮겨 법당 앞으로 다가갔다.

"여, 여보십시오! 이 절에 스님 아니계십니까요, 예?"

그러나 돌아오는 것은 휑한 바람소리뿐, 절간은 쥐죽은 듯이 고요했다.

"여보십시오, 스님! 이 절에 아무도 안계십니까요, 예?"

낭패였다. 생살을 파고드는 칼바람을 헤치고 가파른 산길을 더듬어 천신만고 끝에 기어이 당도한 봉일사가 텅텅 비어 있었으니 참으로 난감한 일이었다.

법당 문을 열어보아도 부처님만 홀로 앉아 웃고 계실 뿐 인기척이라고는 찾을 길이 없었다. 스님이 거처하실 만한 방문을 열어보아도, 부엌문을 열어보아도 도무지 사람구경을 할 수가 없었다. 운허스님은 법당 앞에 쭈그려 앉아 장탄식을 했다.

"허허. 참! 이거 낭패로구만! 그렇다고 올라온 산길을 다시 내려갈 수도 없고. 대체 이 일을 어찌하면 좋다? 하긴 그 경송스님이라는 분이 잠시 출타하셨을지도 모를 일이니까 돌아올 때까지는 기다려 보는 도리밖에 없지."

겨울날은 성급히도 저물어 갔다. 한동안 법당 앞에 앉아 있던 운허스님은 드디어 한기를 이기지 못하고 벌떡 일어났다.

"어휴, 추워! 주인없는 방이지만 우선 실례 좀 해야겠다."

운허스님은 평소 스님이 거처한 듯한 방으로 다가가 문을 열었다. 절을 비운 지 며칠이 지났는지 방안에서는 싸늘한 냉기가 뿜어져 나오고 있었다. 슬그머니 손을 뻗어 구들장을 만져보던 운허스님은 저도 모르게 소리쳤다.

"어이쿠! 이거 구들장이 아주 얼음장이로구만 그래!"

운허스님은 우선 부엌으로 들어가서 아궁이에 불부터 지피기 시작했다. 그런 다음 부엌 살림들을 하나하나 챙겨 살펴보았더니 철사줄로 얽어놓은 깨진 독 안에 양식이 들어있는 것이 아니겠는가. 극심한 통증처럼 밀려오는 시장기를 억지로 눌러 참고 있던 운허스님은 깨진 독 안에 들어있는 양식을 보자마자 환성을 질렀다.

"오! 그래! 양식이 여기 있으니 우선 죽이라도 좀 끓여 먹어야겠는데. 옳거니! 이건 바로 소금간이렷다. 으흠, 그리고 이건 간장이고 또 여긴 된장도 넣어 두었구만."

운허스님은 주인없는 절간에서 이것 저것 찾아내서 우선 죽을

끓여 요기를 했다. 따뜻한 음식물이 속에 들어가니 살 것 같았다. 남은 것은 출타하신 경송스님을 기다리는 일뿐이었다. 그러나 해가 지고 밤이 되어도 용주스님의 은사스님이라는 경송스님은 돌아오지 않았다.

운허스님은 호롱에 불을 밝히고 앉아 주인이 돌아오기만을 기다리고 있었다.

시장기가 가시고 따뜻한 방 안에 홀로 앉아 있으려니 노곤한 게 졸음이 밀려왔다. 멀리서 산짐승 소리가 들려왔다.

"어허! 저건 산짐승 소리가 아닌가. 스님이 밤중에 돌아오시기는 틀린 일이니 문단속이나 잘하고 자는 게 좋겠구나."

다음날 아침 단잠에서 깬 운허스님은 무심코 방문을 열다가 소스라치게 놀라고 말았다. 온세상이 하얗게 온통 눈으로 뒤덮여 있는 게 아닌가. 눈도 보통눈이 아니라 폭설이었다.

"아니?"

밤새도록 내린 눈은 이미 한길이 넘게 쌓여 있었고 계속해서 펑펑 쏟아지고 있었다. 그야말로 이제는 산속에 갇힌 채 오도가도 못할 처지가 되고 만 것이다.

"어휴 참! 어제 마을 어귀에서 만났던 그 할머니의 만류를 들었어야 하는 건데."

운허스님은 그제서야 후회를 했지만 그러나 때는 이미 늦어 있었다. 주인없는 이 절간을 지키며 해동되기만을 기다리는 수밖에는 다른 도리가 없었다. 깨진 독에 남아있는 양식도 아껴 먹지 않으면 몇날이나 버틸 수 있을지 알 수 없는 일이었다.
 이렇게 해서 뜻하지 않았던 혼자만의 산중생활이 시작되었다. 운허스님은 아침 저녁으로 죽을 쑤어먹고, 심심하면 절간에 있던 경책을 보기도 하고 목탁을 두드려보기도 하면서 해동되기만을 기다리고 있었다.

3
용이 여름을 만난 사연

그러던 그해 삼월초순이었다.

운허스님이 방 안에 앉아 불경을 뒤적이고 있는데 느닷없이 밖에서 들려오는 소리가 있었다.

"허허…… 이거 주인없는 절간에 웬 사람이 들어앉아 있는고?"

얼마 만에 들어보는 사람소리던가. 운허스님은 반가운 마음에 와락 문을 열고 나갔다. 문 밖에는 웬 나이 지긋한 스님 한 분이 낡은 바랑을 메고 서 있었다. 얼굴에는 가는 주름이 거미줄처럼 엉겨 있었지만 운허스님을 쏘아보는 그 눈빛은 마치 아이처럼 맑고 천진하기 그지없었다.

"아이고! 이거 웬 스님이십니까요?"

"허허 이런! 그렇게 방 안에 들어앉아 주인 행세를 하고 있는 당신은 대체 누구란 말이던고?"

"아, 예. 저는 빈 절간을 지키고 있는 나그네입니다마는 스님은 대체 뉘신가요?"

스님은 그 말을 듣자마자 재미있다는 듯이 손뼉을 치며 박장대소를 하기 시작했다.

"하하하하. 이거 지나가던 나그네가 주인노릇을 하고 주인이 나그네 신세가 됐구만 그래! 하하하하."

"예에?"

주인이 나그네 신세가 되었다는 말에 운허스님은 눈이 화등잔만 해졌다.

"아니 그러시면 스님께서 바로 그 경송스님이십니까요?"

"그렇네만…… 젊은이가 내 법명을 알고 있는 걸 보니 단순히 지나가던 나그네는 아닌 모양이로구먼."

"예, 사실은."

운허스님이 봉일사에 머물게 된 경위를 말하려 하자 경송스님은 손을 내저으며 운허스님의 말을 막는 것이었다.

"음, 아닐세. 부처님께 인사부터 올리고 와야겠으니 자네 얘긴 그 다음에 듣기로 허세."

"아 예, 예. 그럼 어서 다녀오십시오, 스님."

운허스님이 허리를 굽히며 인사를 하는 것도 본체 만체 경송스님은 휘적휘적 법당을 향해 걸어갔다. 운허스님은 얼떨떨한 기분으로 경송스님을 뒷모습을 바라보고 있었다. 주인없는 절간에 들어와 양식을 축내고 있던 자신을 탓하기는커녕 재미있다는 듯이 손뼉을

치고 웃던 경송스님의 기인다운 풍모가 예사롭지 않게 가슴을 파고 들었다.

　봉일사 주지 경송스님이 법당에 다녀오신 뒤에야 운허스님은 비로소 정식 인사를 올리고 스님 앞에 마주앉았다. 말없이 고개를 끄덕이며 앉아 있던 경송스님이 이윽고 입을 열었다.

　"그래. 자네는 어디서 온 누구라고 하였던고?"

　"예. 소생 박용하라고 하옵고 고향은 평안도 양덕군 구룡면 인평리옵니다."

　그러나 박용하라는 이름도 가명이요 평안도 양덕군 구룡면 인평리라는 고향도 사실은 꾸며댄 것이었다. 왜경의 추적을 받고 있던 몸이라 변성명을 했던 것이다.

　"으음…… 그래. 헌데 대체 내 법명을 어떻게 알고 찾아왔는고?"

　"예. 수타사에 가서 머리를 깎고자 하였더니 거기 계신 용주스님께서 봉일사로 경자 송자 어른 스님을 찾아뵈라 일러주셨습니다."

　"허면 내 밑에서 머리를 깎고 출가하고 싶다는 말이던가?"

　"그렇습니다, 스님!"

　"으음…… 내 밑에서 머리를 깎고 승려가 되면 나는 은사가 되고 자네는 상좌가 되니 이는 속가의 아비와 자식 사이가 된다는 것을 알고 있는가?"

　"예. 그것은 수타사 스님한테 들어서 알고 있습니다."

"그래서 한 가지 더 물어보겠는데."

"예, 스님."

"음. 부모와 자식 간에 숨기는 일이 있어서는 아니 될 것이니 바른대로 일러야 할 것이야."

"예, 스님."

"그동안 대체 어디서 무슨 일을 하던 사람인고?"

"예. 저……그건 저 세상이 하도 어수선하고 볼썽사나워서 그냥저냥 떠돌아 다니며 얻어먹고 지내왔습니다, 스님."

"그냥저냥 떠돌아 다녔다? 호오. 그래 머슴살이를 했단 말이던가, 날품팔이를 했단 말이던가, 그것도 아니면 각설이 노릇을 했단 말이던가."

경송스님은 주장자 끝으로 방바닥을 톡톡 두드리며 마치 노랫가락을 읊조리듯 말했다. 운허스님은 빙긋이 웃으며 대답했다.

"아, 예. 그동안 어떤 마을에서는 축문도 써주고 또 어떤 마을에서는 천자문도 가르쳐주고 그러면서 얻어먹고 지내왔습니다, 스님."

"오, 그래애? 허면 글을 볼 줄도 알고 쓸 줄도 안단 말이지?"

"예. 어렸을 적부터 어깨 너머로 글을 좀 배운 덕택에."

"난 글은 아주 일자무식이야. 볼 줄도 모르고 쓸 줄도 몰라."

"아휴! 설마 그러실 리야 있겠습니까."

"허허, 이 사람! 나는 무식쟁이란 말이야. 글을 배운 일도 없고

배울려고도 안했어. 게다가 나는 제자 같은 거 둘 생각도 없고 키울 생각도 없어."

"하오나 스님!"

"게다가 나는 돌아다니기를 워낙 좋아해서 걸핏하면 절간을 비워두고 나혼자 가고 싶은 데로 실컷 돌아다니다가 돌아오고 싶으면 돌아오는 그런 중이야!"

"예."

"그러니 내 밑에서는 젊은 중들도 살려고를 안하고 며칠 있다가 다들 떠나버렸어. 배울 게 없다는 게지! 그러니 자네도 일찌감치 다른 절 다른 중을 찾아가는 게 좋을 게야."

"아, 아닙니다. 소생은 기어이 스님 밑에서 머리를 깎고 싶사옵니다."

"어이구! 이 사람 참 별난 사람일세! 아 나 같은 무식쟁이 중을 은사로 두어 봐야 별볼일 없대두 그래!"

"아, 아닙니다, 스님!"

"음. 자네 정말 올데갈데 없는 사람인가?"

"예. 그렇습니다, 스님. 그러니."

"으음. 올데갈데가 저엉 없다면 양식이 떨어질 때까진 이 절에서 먹고 지내게."

"예. 고맙습니다, 스님!"

"허지만 양식이 떨어지면 이 절을 떠나야 할 것이야."

"예, 스님. 잘 알겠습니다."

출가득도를 정식으로 허락받은 것은 아니었지만 어쨌든 당분간은 봉일사에 눌러지낼 수 있게 되었으니 그나마 다행한 일이었다. 사실 처음 운허스님이 입산출가하기로 마음먹은 것도 불교에 뜻을 두었기 때문이 아니라 사건이 잠잠해질 때까지 피신할 데를 찾아온 것이었으므로 소기의 목적은 달성한 셈이었다.

그런데 한 가지 이상한 일은 절에 양식이 떨어질만 하면 생각지도 않은 참배객이 공양미를 짊어지고 와서 불공을 드리고 가는 것이었다. 깨진 독 안의 양식은 떨어질 듯 떨어질 듯 하면서도 용케 바닥을 드러내지 않았다. 정말 신기한 일이었다.

그러던 그해 봄이었다.

겨우내 쌓였던 눈이 녹아 계곡 아래로 돌돌 흘러내리고, 진달래, 철쭉이 앞서거니 뒤서거니 다투어 화사하게 피어나는 완연한 봄이었다. 운허스님은 경송스님의 상좌 아닌 상좌 역할을 하며 이것저것 시중도 들어드리고, 절살림을 돌보기도 하면서 세월을 보내고 있었다.

어느 날, 아침 공양을 마친 운허스님은 방 안에서 경책을 보고 있었다.

"아유! 아유, 숨차!"

누군가 헉헉거리며 산을 올라오는 소리가 들려왔다.

"스님 안에 계세요? 스님! 아유, 스님!"

문 밖에서 들려오는 늙은 여인의 목소리에 운허스님은 보던 경책을 탁자 위에 올려놓고 무심코 문을 열었다.

"아니?"

밖에 서있는 늙은 아낙을 보는 순간 운허스님은 흠칫 놀라고 말았다. 바로 지난 겨울 봉일사 오르는 길을 알려주었던 그 할머니가 커다란 보퉁이를 이고 서있는 게 아닌가.

"아이구! 스님은 지금 법당에 계시는데요. 우선 짐부터 내려놓으시지요."

운허스님은 얼른 절마당으로 내려가 할머니가 이고 있는 보퉁이부터 내려주며 말했다.

"아유, 힘들어. 아유! 이잉?"

할머니는 보퉁이를 내려놓고 큰숨을 내리쉬고서야 운허스님을 알아보았다.

"아니! 그러고보니 손님은 이거 지난 겨울에 올라오신 그 손님 아니시우?"

"아, 예. 저를 알아보시겠습니까요?"

"아, 알아보다 마다요! 아유, 그렇잖아도 손님이 올라간 뒤에 큰눈이 내렸길래 내 아주 걱정을 태산같이 했었는걸. 아니 그래 그후 여태 이 절에 계셨수, 그래?"

"하하. 예에. 경송스님 오실 때까지 기다리느라구요."

"어유, 원 저런! 그래 스님은 지금 법당에 올라가 계신다구요?"

"예."

운허스님을 상대로 한동안 이런저런 이야기를 늘어놓던 할머니는 문득 생각이 났는지 자신이 가져온 보따리를 가리키며 말했다.

"아유 참! 여기 그 공양미 보따리 속에 편지 몇 장 들었을 게유. 우리 아들이 그러는데 금강산 유점사에서 이 절로 보낸 편지라고 그럽디다."

"아, 예. 그럼 나중에 스님께 전해올리겠습니다."

그날밤 운허스님은 금강산 유점사에서 보내온 편지봉투를 주지스님께 전해올렸다. 그런데 경송스님은 편지내용을 알아볼 생각도 아니한 채 운허스님에게 말했다.

"그 편지 뜯어볼 것도 없으니 내일 아침 아궁이에 처넣고 불쏘시개로나 쓰도록 하게!"

이 당시 봉일사는 금강산 유점사의 말사였으므로 본사인 유점사의 행정감독과 지시를 따라야 하는 게 도리였다. 그런데도 봉일사 주지 경송스님은 유점사에서 보낸 편지를 태워버리라고 하는 것이었으니 운허스님은 의아하기 짝이 없었다.

"하오나 스님! 불쏘시개를 하더라도 내용을 알아본 연후에 태우도록 하는 게 옳을 것 같은데요?"

"으음. 보나마나 뻔한 것이야! 작년 절살림 내역을 알려라, 금년 절살림 계획을 알려라. 허구헌날 그런 소리뿐인걸 뭐."

"그렇다면 더욱 자세히 보셔야지요, 스님!"

"그렇게 궁금하거든 자네가 뜯어보게나. 어차피 난 까막눈이 니까."

"그럼 제가 뜯어보겠습니다."

운허스님은 편지 봉투를 뜯어 소리내어 읽기 시작했다.

"작년도 결산보고 및 신년도 예산안 제출 독촉의 건이라. 상기 서류를 금월 말일까지 제출치 아니하는 사찰에 대하여는 엄중한 감사를 실시할 것이며, 인사조치도 불사할 것이니 유념할사."

운허스님은 편지를 읽다 말고 경송스님에게 말했다.

"아이구 스님! 어쩌시려구 여태 서류를 보내지 않으셨어요? 빨리 보내지 않으시면 감사를 실시하고 인사조치도 불사한다는데요?"

"음…… 망할 녀석들! 할테면 하고 말테면 말라지! 그까짓 것 누가 겁낼 줄 아는가?"

"아, 아닙니다, 스님! 이런 서류는 제때 제때 보내주셔야 하는 겁니다요. 제가 작성을 해드릴테니까 스님께선 말씀만 해주십시오."

"흠, 자네가 서류를 꾸며주겠단 말인가?"

"예. 그러니 말씀만 해주시면 됩니다."

운허스님은 이야기가 나온 김에 아예 종이를 펴들고 경송스님에게 물었다.

"에, 작년도 절살림 결산서부터 작성해야 겠는데요. 얼마나 들어왔고 얼마가 지출이 됐고 얼마가 남아있다고 작성하면 될지요?"
"으음. 그럼 말이야 이렇게 쓰게."
"예, 스님."
"작년 절살림은 먹고 살고 남은 것 없고, 금년 절살림은 들어오는 것도 먹고 사는 것도 섣달그믐께 가봐야 알겠다."
"하하하하."
경송스님의 장난스러운 대답에 운허스님은 한바탕 폭소를 터뜨렸다.
"원 스님두! 결산서류나 예산안 서류는 그렇게 작성하는 것이 아닙니다요 스님!"
"아니긴 이 사람아! 아 사실대로 그렇게 꾸며서 보내도록 해!"
"하하. 예, 알았습니다, 스님. 그럼 제가 알아서 작성해 보내도록 하겠습니다."
봉일사 주지 경송스님은 그런 분이었다.
비록 글을 배우지는 못하신 분이었지만 참으로 걸림없고 단순한 어린아이 같은 그런 스님이었다. 그러나 그렇다고 해서 결산서류를 엉터리로 꾸며 보낼 수는 없는 일이었다. 해서 운허스님은 조목조목 빈틈없이 서류를 작성해서 유점사로 보냈다.
유점사로 서류를 작성해서 보낸 그날밤이었다.
윗목에서 차를 우려내고 있는 운허스님을 조용히 지켜보고 있던 경송스님이 문득 말을 걸어왔다.

"여보게."

"예, 스님."

"자네 정말로 이 절에서 안 떠날 셈인가?"

"양식 떨어질 때까진 있어도 좋다고 그러시지 않으셨습니까?"

"허면 자넨 지금 양식 떨어질 날만 기다리고 있다 그런 말이던가?"

"그건 아니옵니다만."

"음. 자넨 일도 잘하고 서류도 잘 꾸미니 공연히 공밥을 먹일 게 아니라 차라리 머리를 깎아서 부려먹어야겠네."

정말 듣던 중 반가운 소리가 아닐 수 없었다. 운허스님의 얼굴이 기쁨으로 환해졌다.

"네, 스님! 그렇게 하시지요!"

"허면 내일이 마침 오월 초하룻날이니 내일 머리를 깎도록 하세."

"고맙습니다, 스님! 그렇게 하시지요!"

그런데 경송스님은 운허스님의 얼굴을 뚫어지게 쳐다보며 가라앉은 목소리로 묻는 것이었다.

"자네 이름이 분명히 박용하라고 그랬지?"

"예? 예."

허를 찌르는 경송스님의 질문에 순간적으로 당황한 운허스님은 제대로 대답도 못하고 대충 얼버무리고 말았다. 그 잠깐 동안의 동요를 눈치챈 것이었을까. 경송스님의 얼굴에는 평소에는 잘 내보이지 않던 진지함이 서려 있었다.

운허스님은 긴장된 낯빛으로 경송스님의 이어지는 말을 기다렸다.

"자네 고향은 분명히 양덕군 구룡면 인평리라고 그랬고."

"예."

"다른 일은 한 적이 없고 떠돌이 신세라고 그랬구?"

"예."

"으음."

"……."

놀랍게도 경송스님은 운허스님이 한 말을 고스란히 기억하고 있었다. 운허스님은 자신의 속마음을 속속들이 간파당한 것만 같은 느낌이 들었다. 그러나 경송스님은 고개를 숙이고 앉아 있는 운허스님을 말없이 바라보기만 할 뿐이었다.

이윽고 경송스님의 착 가라앉은 목소리가 방 안에 울려퍼졌다.

"건너가서 자도록 하게. 머린 내일 깎도록 하세."

"예, 스님."

그러나 운허스님은 도무지 잠이 오질 않았다. 어두운 방안으로 교교한 달빛이 흘러들었다. 간간히 두견새가 울었다. 짝을 찾는 것일까, 두견새의 그 소리는 마치 설움을 토해내는 소리처럼 들렸다.

'아! 어찌해야 옳단 말인가!'

어떤 이유에서건 스승에게 이름도 고향도 속인 것이 못내 마음에 걸렸다.

결국 운허스님은 한밤중에 경송스님을 찾아뵙고 무릎을 꿇었다.

"대체 무슨 일인가? 머리 깎을 생각이 변하기라도 했던가?"

"아니옵니다, 스님. 용서하십시오, 스님!"

"대체 무엇을 용서하란 말이던고?"

"제 본명은 이학수요, 제 본고향은 평안도 정주군 신안면 어부동 입니다."

"으흠. 헌데 어찌해서 변성명을 하고 고향을 숨겼던고?"

"예. 독립운동을 해오던중 서울에 잠입하여 동지를 규합하고 왜놈들의 경찰지서를 일제히 습격하려다가 그 계획이 탄로되어 왜경에게 쫓기는 몸이 되었습니다. 그래서."

"그래서? 내일 머리 깎을 생각이 변했단 말이던가?"

"아, 아닙니다, 스님!"

운허스님을 의미심장한 눈길로 바라보고 있던 경송스님은 뒷짐을 지고 돌아서며 담담한 어조로 말했다.

"난 앞으로도 자네가 박용하라고만 알고 있겠네. 그 나머지 일은 모르는 것으로 해두세."

운허스님의 눈에서 뜨거운 눈물 한줄기가 주루루 흘렀다.

"예, 스님. 고맙습니다. 정말 고맙습니다!"

1921년 음력 5월 초하룻날이었다.

봉일사 주지 경송스님은 손수 운허스님의 머리를 깎아주면서 자애로운 목소리로 물었다.

"자네 이름이 용하라고 했는데 무슨 자 무슨 자를 쓰던가?"

"예. 용용 자 여름 하자로 해주십시오, 스님."

"나야 무식해서 글을 모르네만 여름용이라 으음. 아니지 용이 먼저니까 용이 여름을 만났다. 그것 참 좋은 법명이 되겠군, 그래! 으음? 허허허. 용이 여름을 만나야 장마를 만날 것이고 장마를 만나야 승천할 것이 아니겠는가, 으응? 허허. 그러면 내 자네의 법명을 용하라고 하겠네."

"예, 스님. 참으로 고맙습니다!"

"여보게 용하!"

"예, 스님."

"이렇게 머리를 깎아놓고 보니 두상이 아주 잘생겼구먼 그래! 음? 허허허허."

"고맙습니다, 스님! 정말 고맙습니다!"

"여보게 용하!"

"예, 스님."

"나야 배운 것이 없어서 잘은 모르겠네마는 왜놈들을 죽이고 왜놈지서를 불지르고 그런 것만이 독립운동이 아닐 것이야."

"예?"

"어리석은 백성들 눈을 뜨게 해주고 제정신을 차리게 해주는 것.

그것도 분명 독립운동일 게야."

"예, 스님."

"중노릇 제대로 잘해서 조선백성들을 도탄에서 건져내주면 바로 이것이 큰 독립운동일 것이니 세상을 크게 보고 큰일을 하도록 하시게."

"예, 스님! 스님 말씀 깊이깊이 새기도록 하겠습니다!"

왜경에게 쫓기면서 지어붙인 이름 용하.

그 용하를 법명으로 삭발출가하여 불문에 들어오게 되었으니 세상인연이란 과연 얼마나 오묘한 것인가. 사실 운허라는 법호는 훗날 얻은 것이었고, 스님은 평생토록 용하라는 법명을 아꼈다. 이 용하라는 법명이야말로 독립운동을 하던 한 열혈청년을 불문으로 들어오게 한 기묘한 인연을 맺어주었기 때문이었다.

4
조선총독이 바로 내 수양아들이오

용하라는 법명으로 삭발출가한 지 닷새째 되던 날이었다.

봉일사의 본사인 금강산 유점사에서 느닷없이 감찰스님 한 분을 파견했다. 경송스님은 뜨악한 표정으로 감찰스님에게 말했다.

"허허! 이거 대체 어쩐 일이시오, 그래? 꾸며보내라는 서류는 이미 다 꾸며보냈거늘 내가 보낸 서류를 받아보지 못했다는 말이시오?"

"아니올시다. 받아보았습니다."

"아니 그럼 그 서류를 받아보시고도 여기까지 오셨던 말씀이시오?"

"대체 이 서류를 작성해준 사람이 누굽니까?"

"왜요? 그 서류에 어디 잘못된 구석이라도 있었단 말이십니까?"

"잘못된 구석이 있어서가 아니라 조목조목 빈틈없이 너무 잘 작성을 해서 모두들 탄복을 했소이다."

"오호! 아니 그렇다면 잘 꾸민 것도 무슨 잘못이란 말씀입니까?"

평소 경송스님의 기인과도 같은 행적과 어린아이 같은 성격을 잘 알고 있던 감찰스님은 허허 웃으면서 넉살좋게 대꾸했다.

"허허 참 스님두! 아니 내가 언제 잘못했다고 그랬습니까? 이렇게 서류를 잘꾸민 사람이 대체 어떤 사람인지 그걸 좀 알아보고 싶어서 왔다 그 말입니다. 대체 누구한테 부탁을 해서 이 서류를 작성하였소이까?"

"음. 누구한테 부탁을 하기는요. 바로 내 상좌한테 시켰지요."

"예에? 아니 스님 상좌 가운데 이런 인재가 언제 있었단 말씀입니까?"

"식객 노릇을 한 지는 몇달 됐고 상좌 삼은 지는 며칠 됐소이다."

"그래요? 아니 대체 그 상좌가 누군지 어디 한번 만나나 봅시다."

"만나서 뭘 어쩌려고 이러십니까?"

"뭘 어쩌긴요! 이 서류를 작성한 사람이 출가승려이거든 무조건 유점사 본사로 데려오라는 주지스님의 분부가 계셨소이다."

출가승려거든 무조건 본사로 데려가리라는 말에 경송스님은 화를 발칵 내며 소리쳤다.

"아니 유점사 본사에 데려다가 뭘 어쩌실려구요!"

"원 참 스님두! 아니 이런 훌륭한 인재를 말사에 썩혀둬서야 되겠습니까? 본사에 데려다가 공부도 시키고 사무도 보게 해야지요. 말하자면 출세길을 열어주자 그런 말씀입니다요, 스님."

"으음."

훌륭하고 똑똑한 제자를 이름없는 말사에서 썩히지 말고 출세길을 열어주자는 말에 경송스님은 할말을 잃고 상념에 빠져 들었다. 정녕 오랜만에 마음의 문을 활짝 열고 제자 용하에게 정을 담뿍 쏟아부었던 경송스님이었다.

그러나 감찰스님의 말을 듣고 보니 진정으로 제자를 아끼고 사랑하는 마음이 있다면 훨훨 날개짓을 하며 저 푸른 창공을 마음껏 비상할 수 있도록 놓아주는 게 스승된 도리가 아닐까 하는 생각이 퍼뜩 드는 것이었다.

한동안 미간을 찌푸리며 생각에 잠겨 있던 경송스님은 마침내 속시원하다는 표정으로 이렇게 말했다.

"그래요. 그 뭐 양식 떨어지면 내쫓으려고 그랬더니 차라리 잘됐구만!"

"아니 그건 또 무슨 말씀이십니까? 아니 저런 출중한 인재를 내쫓으려 했다니요!"

경송스님의 웅숭깊은 마음을 알 리 없는 감찰스님이었다.

"하여튼 잘됐소이다! 난 더 이상 데리고 있을 생각이 없으니 데려가도록 하시오!"

그날밤 경송 주지스님은 운허스님을 법당으로 데리고 갔다.
"용하야!"
"예, 스님."
"부처님께 하직인사를 올리거라."
"예에? 하직인사를 올리라니요, 스님?"
 감찰스님과 나눈 대화의 내용을 알 리 없는 운허스님은 부처님께 하직인사를 올리라는 스승의 말에 가슴이 덜컹 내려앉았다. 경송스님의 표정은 여느 때 같지 않게 착 가라앉아 있었다.
"이것 보게, 용하!"
"예, 스님."
"나 같은 무식한 중 밑에서는 큰사람이 못되네. 그러니 유점사로 따라가도록 하게."
"아니 그게 무슨 말씀이시옵니까, 스님? 저는 이 절에서 스님을 모시겠습니다."
"허허 이거 이런 무식한 소리! 아 이 사람아! 왕대밭에서 왕대나는 법! 거 자넨 큰스님들 밑에 가서 커야 큰중이 될테니 아무 소리 말고 따라가라면 따라가!"
"하, 하오나 스님!"
 은사스님의 느닷없는 호령에 운허스님은 머리를 조아리며 매달렸으나 경송스님은 고개를 가로 저으며 냉정한 얼굴로 말했다.
"나는 내 상좌가 나 같은 땡초가 되는 거 원하지 않네. 내일 아

침 당장 이 절을 떠나도록 하게."

"스, 스님!"

사미계를 받은 지 채 열흘도 되기 전에 운허스님은 금강산 유점사로 발탁되어 봉일사를 떠나게 되었다. 경송스님도 읍내 나갈 일이 있다면서 걸망을 챙겨 들고 앞장서 산을 내려갔다. 운허스님은 은사스님의 뒤를 묵묵히 따라걸었다.

휘적휘적 걸어가는 경송스님의 뒷모습이 허전하고 고적해 보였다. 불가에서의 사제지간이란 부모자식지간과 같다는 말이 새삼 아프게 다가왔다. 사미계 받은 지 불과 열흘도 안됐지만, 봉일사에서 식객 노릇 하며 지낸 지난 몇달 동안 쌓은 정이 그만큼 도타웠던 것이다.

산을 막 내려가 아랫마을에 당도할 무렵, 웬 할머니의 목소리가 두 스님의 침묵을 갈랐다.

"아유! 아유 이거! 오늘 아침에는 웬일로 스님들이 이렇게 한꺼번에 행차시랍니까요, 그래?"

며칠 전 봉일사에 편지를 전해주었던 바로 그 노보살이었다. 주지스님은 얼굴에 부드러운 미소를 띠우며 노보살에게 말했다.

"예. 이 용하상좌가 유점사로 떠나게 돼서요!"

"아이고 저런! 쯧쯧. 아 나이먹은 상좌를 두셔서 주지스님 든든하시겠다 했더니마는. 아 왜 또 큰절로 떠나 보내십니까요, 그래?"

"허허허. 중노릇 제대로 하려면 큰절에 가서 공부를 하고 와야 하니까요."
"오호라! 그러니까 가도 아주 가는 게 아니라 공부하고 돌아온다 그런 말씀이십지요?"
경송스님은 아무 말 없이 빙그레 웃기만 했다. 운허스님이 얼른 노보살에게 말했다.
"예, 보살님! 제가 공부하고 돌아올 때까지 오래오래 사셔야 합니다요."
"아이고 그래야지요. 암! 그럼 어여 가서 공부 잘하고 돌아오시우!"
노보살은 인정많게 웃으며 두 스님의 모습이 안 보일 때까지 손을 흔드는 것이었다. 갈림길에 이르자 경송스님은 발길을 멈추고 운허스님에게 말했다.
"자. 그럼 난 여기서 읍내로 나가봐야겠네."
"예, 스님. 하오면 제가 다시 돌아와서 모실 때까지 평안히 잘 계십시오, 스님."
"그래. 내 걱정은 마시게."
말을 마치고 돌아서려던 경송스님은 문득 생각난 듯이 고개를 들어 제자의 눈을 응시했다.
"여보게 용하!"
"예, 스님."
"이 무식한 중 부탁이 꼭 한 가지 있네."

"예, 스님. 분부내리시지요."
"다른 사람은 봉일사에 오기 전에 다 죽었고 박용하라는 중이 새로 태어났네. 김학수고 이학수고 다 이미 죽었고 박용하만 살아있단 말일세."
"예, 스님."
"출가수행자 박용하가 가야 할 길, 해야 할 일. 그 나머지는 다 잊어버리게."
"예, 스님. 명심하겠습니다."

제자의 앞날을 염려하는 자애로운 은사스님의 말씀에 운허스님은 콧날이 시큰해졌다. 어느 누가 이렇듯 살뜰히 자신의 장래를 내 일처럼 걱정하고 배려해 주겠는가.

운허스님은 경송스님의 모습이 사라진 뒤에도 한참을 그 자리에 붙박혀 있었다.

송화가루가 온산을 뒤덮고 있었다. 누우런 꽃가루들이 광목천처럼 펄럭이며 나무와 나무 사이를 날고 있었다. 바람이 조금 거세어지면 꽃가루들은 마치 해일처럼 마을을 쓸고 지나갔다. 문득 눈물이 쏟아졌다.

운허스님은 주먹을 그러쥐었다. 출가수행자 박용하가 가야 할 길. 그것은 운허스님의 새로운 삶의 시작이었다. 또한 그것은 보다 진정한 의미의 독립운동의 길이기도 했다.

운허스님은 유점사에 당도하자마자 곧바로 유점사 종무소 법무계 서기로 임명되었다. 종무소를 총괄하시던 스님 한 분이 운허스님을 따로 불렀다.
"이것보시게, 용하."
"예, 스님."
"자넨 아직 사미의 신분으로 마땅히 궂은 일, 힘든 일부터 시켜야 마땅한 일이로되 주지스님으로부터 특별한 당부가 있으셨기에 종무소 법무계 서기소임을 맡도록 한 것이야."
"예, 스님. 고맙습니다."
"필체가 뛰어나고 서류작성에 빈틈이 없는 걸 보면 그동안 세속에서 한가락 해온 사람 같은데 대체 세속에서는 무슨 일을 하던 사람이신가?"
"아, 아닙니다, 스님. 그저 어깨 너머로 조금 보고 눈에 익혔을 뿐, 별다른 일은 해본 일이 없사옵니다."
"이미 삭발출가한 이상 군이 세속일을 더 이상 캐묻진 않겠네만 그 대신 자네가 명심해둬야 할 일이 있네."
"예, 스님. 말씀하시지요."
"공양주나 채공이나 원무소임을 맡지 않은 대신 종무소 서기소임을 맡았다고 해서 거드름을 피우거나 자만심을 가져서는 안될 것이네."
"예, 스님."
"초발심자경문이나 사미율의를 공부하는 일에 게으름을 피워서

도 아니 될 것이며 나이가 좀 들었다고 해서 나이어린 스님들을 깔보는 일이 있어서도 아니 될 것이야."

"예, 스님. 스님 분부대로 명심하도록 하겠습니다."

운허스님의 사무처리 능력에는 모두들 혀를 내두를 정도였다. 그도 그럴 것이 운허스님은 일찍이 한학숙에서 사서삼경을 다 배워 마치고 평양 측량강습소를 마치고 측량기사로 실무경력까지 쌓은 실력자였던 것이다.

거기다 평양의 대성중학에서 공부한 뒤에는 만주 봉천에서 동창학교 교원으로 근무하다가 독립운동에 투신, 여동학교를 설립하고 '새배달'이라는 잡지사를 경영하며 종횡무진으로 활약하던 경력의 소유자였으니 유점사 종무소 서기로서는 과분한 능력을 갖추고 있었다.

금강산 유점사 종무소 서기 소임을 맡아보고 있던 그해 겨울, 그러니까 1922년 양력 1월이었다. 하루는 유점사 주지스님이 친히 운허스님을 불렀다.

"부르셨사옵니까, 주지스님?"

"음, 그래. 용하, 자네 은사가 경송스님이시지?"

"그러하옵니다, 스님."

"그 경송스님의 은사스님. 그러니까 자네한테는 노스님이 되시는 스님이 누구이신지 알고 있는가?"

은사스님의 은사스님. 그러나 사미계를 받은 지 열흘도 못되어 유점사 종무소에서 일하게 된 운허스님이 그것을 알 턱이 없었다. 운허스님은 머리를 조아리며 주지스님께 말했다.
"거기까지는 미처 알아뵙지 못하였습니다, 스님."
"자네 은사스님의 은사스님, 그러니까 속가 항렬로 따지자면 자네 할아버지뻘 되는 스님이 바로 홍월초 스님이시네."
"예, 스님."
"그 월초 큰스님께서 서찰을 보내오셨는데 손상좌인 자넬 친히 한번 보고 싶으니 속히 보내라고 하셨네. 그러니 어서 행장을 꾸려 저기 저 경기도 양주군 봉선사로 큰스님을 찾아뵙도록 하게."
"예, 스님."
주지스님 말씀이라 대답은 넙죽이 잘했지만, 운허스님으로서는 정말이지 영문을 제대로 알 수 없는 일이었다.
'흠. 이거 정말 뭐가 뭔지 알 수가 없는 일이구나!'
운허스님은 주지스님이 시키는 대로 행장을 꾸리다 말고 고개를 갸웃거리며 중얼거렸다.
그도 그럴 것이 운허스님은 경송스님을 은사로 득도해서 열흘도 채 모시지 못했으니 절집안의 법도는커녕 절집안의 촌수조차 제대로 구별할 줄 모르는 형편이었다. 게다가 유점사에 온 후로도 곧바로 서기 소임만 맡아 사무보는 일에 바빴으니 절집안의 예절이나 법도를 제대로 익힐 기회가 없었던 것이다. 그러니 할아버님뻘 되

시는 큰스님을 찾아뵈라는 주지스님의 분부가 어리둥절할 수밖에 없었다.

행장을 다 꾸린 운허스님은 다시 주지스님께 아뢰었다.

"주지스님 분부대로 행장 다 꾸려왔습니다, 스님."

"음, 그래. 그러면 여기 주소를 적어놨으니 여기 적힌 대로 찾아가면 될 것이네. 이것은 승려증하고 노잣돈이니 잘 간수하도록 하게."

"예, 스님."

"그리고 이건."

주지스님은 웬 서찰 한 통을 꺼내어 운허스님에게 내밀며 말했다.

"자. 이건 월초큰스님께서 따로 써보내신 서찰인데 이 서찰은 일본관원들에게 보이라는 서찰이니 행여라도 자넬 취채하거나 길을 막는 일본관원이 있거든 서찰을 그 일본관원들에게 보이라는 분부이시니 따로 잘 간직했다가 급할 적에 내보이도록 하게나."

"예, 스님."

"자, 그럼 지체하지 말고 어서 길을 떠나도록 하게나."

"예, 스님. 하오면 주지스님 분부 받자옵고 경기도 양주 봉선사에 다녀오겠사옵니다."

"그래그래. 초행길이니까 물어물어 가도록 하고 험한 산길은 피하도록 하게나."
"예, 스님. 분부대로 하겠습니다."
운허스님은 경기도 양주땅 봉선사를 향해 발길을 남쪽으로 남쪽으로 옮기고 있었다. 평생 단 한번도 가본 적이 없는 길이었다. 하루종일 걷고 걷다가 그날밤 평강역 근처 객주집에 들게 되었다. 객주집에서 하루 유한 뒤 다음날 아침 평강역에서 기차를 탈 생각이었다.
저녁식사를 마치고 일찍이 잠자리에 든 운허스님이 풋잠에 빠져들었을 때였다. 갑자기 밖에서 수런거리는 소리가 나더니 누군가 문고리를 다급하게 흔드는 것이었다.
"어, 거 이 밤중에 누구시오?"
"아 여보세요, 스님 스님! 아유 스님, 벌써 주무십니까요?"
다급한 주모의 목소리가 문 밖에서 들려왔다.
"아니 왜 그러십니까?"
"아 지서에서 순사나으리들이 나오셨는데 한 사람도 빠짐없이 나오랍니다요!"
지서에서 순사가 나왔다는 주모의 말에 깜짝 놀란 운허스님은 문을 열고 주모에게 물었다.
"무슨 일인데 이러십니까요?"
"아유 글쎄 낸들 알겠습니까요? 뭐 수상한 사람을 조사한대나 봅니다. 스님도 어서 짐 챙겨들고 저리로 나가보세요!"

　객주집 주모 역시 짜증스러운 건 마찬가지인지 순사쪽을 턱으로 가리키며 툴툴거렸다. 툭하면 수색이다 뭐다 하는 핑계로 지서에서 순사가 나와 객주집을 뒤집어놓는 모양이었다.
　"아, 예에."
　운허스님은 건성으로 대답을 하면서 주모가 턱짓으로 가리키는 쪽을 흘낏 넘겨다보았다. 객주집 문앞에 일본 순사 두 명이 총을 든 채 지키고 서서 투숙객 한 사람 한 사람을 조사하고 있었다.
　긴장된 순간이었다. 그러나 버젓이 승려증까지 있는 자신을 저들이 어쩔 것인가. 운허스님은 경송스님의 마지막 당부를 기억했다.
　'다른 사람은 봉일사에 오기 전에 다 죽었고 박용하라는 중이 새로 태어났네. 김학수고 이학수고 다 이미 죽었고 박용하만 살아있단 말일세.'
　그렇다. 지금 걸망을 싸고 있는 이 사람은 독립운동가 이학수가 아니라 출가수행자 박용하다! 운허스님은 사뭇 태연한 기색으로 걸망을 챙겨들고 방에서 나왔다. 객주집 문앞을 지키고 서 있던 일본순사 하나가 운허스님을 위아래로 훑어보며 말했다.
　"이봐, 당신은 진짜 중이야?"
　"예. 보다시피 출가수행자요."
　"진짜인지 가짜인지 승려증을 내놔 봐."

"그러지요. 자 여기 있소이다."

"어디봐!"

일본순사는 운허스님이 내미는 승려증을 거의 빼앗듯이 받아들더니 눈살을 찌푸리며 말했다.

"야, 이거 무슨 승려증이 한문으로만 되어 있어 이거! 당신 이름이 뭐야?"

"거기 적혀있는 대로 박용하요."

"이게 진짜 이름이다 그런 말인가?"

"그렇습니다."

"고향은 어디야?"

"출생지는 거기 적혀 있는 대로 양덕군 구룡면 인평리요."

"그럼 소속은 대체 어느 사찰인가?"

"금강산 유점사요."

"그런데 대체 어디로 가는 길인데 이런 데 투숙했지?"

"경기도 양주에 있는 봉선사로 가는 길이라 여기 평강역에서 기차를 타려고 여기 들었소이다."

"경기도 양주 봉선사라고 그랬는가?"

"그렇소이다."

"그 절엔 무슨 용건으로 가는 길인가? 유점사 중이 경기도 절에는 무슨 일로 가는가 말이야!"

"글쎄올시다. 그건 나도 잘모르는 일인데 높은 스님께서 호출을

하셔서 가는 길이오."

"높은 스님이라니? 누구 말인가?"

"그렇게 궁금하면 어디 한번 직접 보시지 그래요?"

운허스님은 걸망 안에 있는 노스님의 서찰을 내주며 말했다.

"아니 대체 이게 뭐란 말이지?"

"불밝은 데서 잘 보도록 허시오. 높으신 스님께서 친히 써보낸 서찰이니까."

일본 순사는 서찰을 내미는 운허스님의 자신만만한 태도에 은근히 기가 눌리는지 고개를 갸우뚱하며 봉선사 노스님의 편지를 읽기 시작했다.

"가만! 아니 이거 일본관헌에게 알리는 글이요?"

운허스님은 어서 읽기나 하라는 듯 순사를 향해 빙긋이 미소지을 뿐이었다.

이 글을 쓴 이 늙은 중은 홍월초라는 중인 바 조선총독이 바로 내 수양아들이오. 이 글을 소지하고 있는 이 중은 바로 내 손자라. 이 아이의 신원은 나 홍월초가 보증하는 바이니 지체없이 통과시켜 경기도 양주 봉선사로 보내주기 바라오. 만에 하나라도 이 아이를 지체시켜 내가 도모하는 일에 차질이 생기게 되면 총독에게 알려 그 책임을 엄히 추궁할 것인즉 이 점 각별히 유념토록 하시오.

편지를 읽고 난 일본순사는 하얗게 질린 얼굴로 운허스님을 돌아보며 말했다.
"아, 알았습니다. 그만 들어가서 편히 주무십시오."
일본순사는 운허스님을 향해 거수경례를 붙이더니 동료들을 데리고 서둘러 객주집을 빠져나가는 것이었다.

5
북풍한설을 몸으로 막아내겠느냐

　운허스님이 경기도 양주 봉선사에 당도한 것은 음력 섯달 그믐날 오후였다. 참배객의 발길이 끊어진 겨울 산사의 마당에는 휘몰아치는 바람소리와 풍경소리만 들려올 뿐 인기척이라고는 찾을 길이 없었다.
　조선시대 선왕의 명복을 빌기 위한 원찰로 세워진 봉선사의 위세나 교종갑찰로서의 품격은 3천여 평의 대지 위에 늘어선 건물들과 고즈넉한 자연의 어울림으로도 능히 알 수 있을 것만 같았다.
　운허스님은 대웅전, 삼성각, 어실각, 방적당, 판사실, 청풍루, 식당루 등 장중하고 유려한 품격을 갖춘 경내를 기웃거렸다. 아직 사찰의 풍속이나 예의범절을 제대로 익히지 못했던지라 법당참배를 올릴 생각은커녕 도대체 어디 가서 누구를 찾아야 하는지도 도통 짐작할 수가 없었다.
　운허스님은 바랑을 짊어진 채 한참 동안 망설이고 서 있다가 신발 두어 켤레가 놓여 있는 방문 앞으로 조심스럽게 다가갔다.
 "실례합니다! 실례합니다! 누가 안에 안 계십니까요?"
 잠시 후 조용히 방문이 열리며 반백의 노보살이 고개를 비죽 내밀었다. 노보살은 의아스러운 표정으로 운허스님을 바라보며 말했다.
 "아니 어느 절에서 오신 스님이시우?"
 "아, 예. 금강산 유점사에서 온 길입니다만."
 "금강산 유점사요?"
 "예."
 "어느 스님을 찾으시는데요?"
 "아, 예. 월 자 초 자 노스님을 찾아뵈러 왔습니다만."
 "아 그러시면 말이유. 이 오른쪽으로 돌아가시면 대중방이 있는데 거기 가서 물어보시면 노스님 어디 계신지 거기선 알 수 있을 거유."
 "아, 예. 고맙습니다, 보살님! 그럼."
 운허스님이 합장을 하고 대중방이 있는 곳으로 걸어가자 노보살이 황급히 불러세웠다.
 "아유, 저. 이것보시우, 스님!"
 "예에?"
 "이 절에 처음 오신 것 같은데 법당에 가서 부처님께 인사부터 올리고 가시구랴. 안 그랬다간 노스님한테 불호령이 떨어지실 게

유."

"아, 예. 그러겠습니다, 보살님."

노보살의 가르침 대로 운허스님은 부랴부랴 법당 참배를 마치고 나서 대중방으로 들어가게 되었다. 방 안에는 마침 여러 스님들이 빙 둘러앉아 있었다. 운허스님은 정중히 목례를 하고 나서 비어있는 맞은편 가운데 자리에 가 앉았다.

헌데 운허스님이 그 자리에 앉아 모여앉은 스님들에게 눈인사를 건네는데 어째 인사를 받는 표정들이 묘했다. 그중에는 운허스님 쪽을 눈짓으로 가리키며 수군거리는 스님네들도 있었다. 잠시 후 나이 지긋한 한 스님이 운허스님을 불렀다.

"아 여보시게! 거기 앉지 말고, 이 아래쪽으로 내려오시게."

"아, 아닙니다. 괜찮습니다."

"허허. 이 아래쪽으로 내려오래도 그러는구만!"

"아, 아닙니다. 정말 괜찮습니다."

"허허! 이 사람 이거 오후 세시에 머리 깎았구만 그래!"

그 스님의 말이 끝나기가 무섭게 다들 배꼽을 잡고 킬킬거리기 시작했다. 속가에서 아랫목이란 어른이 앉는 자리가 아니던가. 운허스님은 어리둥절해 하면서 물었다.

"아니 무슨 말씀이신지요?"

"무슨 말이기는! 머리 깎은 지 몇시간도 안된 중이다 그런 말이야!"

"아 예에. 하오나 머리 깎은 지는 일년이 다 되어가는데요!"
"예에끼! 이런! 아 머리 깎은 지 일년이 다 되어간다는 사람이 그래 앉을 자리 설 자리 구별도 못한단 말인가?"
"예에? 아니 하오면."
"그 자리는 어간이니 노스님이 앉으시는 자리야. 아 어서 이 말석으로 내려오란 말일세!"
그제서야 말귀를 알아들은 운허스님의 얼굴이 확 붉어졌다. 운허스님은 얼른 일어서며 모여앉은 대중을 향해 고개를 숙였다.
"아 아이구 이거! 제가 법도를 잘 몰라서 큰죄를 지었습니다. 여러 스님들, 부디 용서하여 주십시오!"
운허스님이 황망히 제자리를 찾아가는 모양을 지켜보고 있던 좌중의 한스님이 껄껄 웃으며 농담을 던졌다.
"아 이 사람 이거! 삭두물도 아직 덜마른 모양일세!"
"하하하하."
그때 방문 근처에 앉아 있던 한 스님이 손가락을 입에 대며 낮게 소리쳤다.
"쉬잇!"
그 스님의 신호로 삽시간에 웃음이 멎었다. 대중들은 일제히 허리를 펴며 앉은 자세를 바로 했다.
이윽고 홍월초 노스님이 방 안으로 들어오셨다. 노스님은 모여앉은 대중들을 휘익 한번 둘러보시고는 아까 운허스님이 앉으려던

한가운데 빈 자리에 앉으셨다.
　당시 양주 봉선사에 머물고 계시던 홍월초 스님은 당대 불교계의 걸물이었다. 천하에 그 위세가 따르르한 조선총독을 자신의 수양아들쯤으로 치부해 버리는가 하면, 동국대학교의 전신인 명지학교를 설립하고 서오능 입구에 있는 수국사를 창건하기도 한 통이 큰 스님이었다.
　좌중을 한바퀴 훑어보던 월초 노스님의 시선이 운허스님에게 고정되었다. 운허스님은 겸허한 눈으로 노스님의 시선을 맞받았다. 월초스님의 입가에 가느다란 미소가 어렸다. 대중들은 의아한 표정으로 월초스님과 운허스님을 번갈아 바라보았다.
　"음…… 그래 네가 바로 박용하란 아이더냐?"
　"예. 그러하옵니다, 스님."
　"니 스승 경송이 하도 니 자랑을 하기에 너를 한번 보고자 불렀느니라."
　"예, 스님."
　"입산출가하기 전에는 대체 어디서 무슨 일을 했던고?"
　"달리 무슨 특별한 일을 한 적은 없었습니다, 스님."
　"글을 아주 썩 잘한다고 들었는데 글공부는 어디까지 했던고?"
　"저…… 어깨 너머로 배웠을 뿐 특별한 글공부를 한 적은 없었습니다, 스님."
　"그래애. 허면 금강산 유점사에서는 무슨 공부를 어디까지 했느냐?"

"공부는 별로 하지 못한 채 종무소 사무만 보고 있었사옵니다."

"공부는 안하고 종무소 사무만 봤다?"

월초스님의 얼굴에 못마땅한 기색이 떠오르자, 옆에 있던 한 스님이 싱글거리며 말참례를 하였다.

"말씀도 마십시오, 스님. 이 사람 이거 방에 들어오자마자 어간에 떡 버티고 앉았던 사람입니다요!"

"무엇이라고?"

"와하하하!"

수백 개의 자갈이 부딪치는 것 같은 대중들의 떠들썩한 웃음소리가 한차례 회오리처럼 지나갔다. 운허스님은 쥐구멍이라도 있으면 숨어버리고 싶은 심정이었다. 월초 노스님은 달아오른 얼굴로 어쩔 줄 모르고 앉아 있는 운허스님을 말없이 바라보고 있다가 이윽고 무거운 신음을 토하며 입을 열었다.

"으음…… 니가 이 방에 들어와서 이 어간에 앉았더란 말이냐?"

"법도를 몰라서 큰 죄를 지었사오니 용서하십시오, 스님!"

"허허! 이게 대체 무슨 소리던고? 아니 그래 경송이 머리를 깎아준 게 지난 오월이었다고 그랬거늘 아직도 앉을 자리조차 구별하지 못하더란 말이냐?"

"죄송합니다, 스님. 그동안 경책 한 권 변변히 볼 기회가 없었고 발우공양 한 번도 해본 일이 없었사옵니다."

"아니 그러면 그동안 중노릇은 아니하고 머리 깎은 사무원 노릇만 하고 있었더란 말이냐?"

"예. 그, 그런 셈이옵니다, 스님."

"허허. 이런 멍청한 것들! 사슴을 시켜서 밭이나 갈게 허다니!"

노스님은 불쾌한 표정으로 자리에서 벌떡 일어나더니 운허스님에게 말했다.

"이것봐라, 용하야!"

"예, 스님."

"내 따로 너에게 이를 말이 있으니 날 따라오너라."

"예, 스님."

월초 노스님은 운허스님을 데리고 당신이 거처하시는 방으로 건너갔다. 운허스님과 독대한 노스님은 심각한 표정으로 입을 열었다.

"이것봐라. 용하야."

"예, 스님."

"내 경송한테서 얘기를 듣고 입조심하라고 단단히 일렀다마는 너는 중이 되고 싶어서 중이 된 게 아니고 피신하려고 머리를 깎았으렷다!"

"그, 그건 아니옵니다, 스님."

"흐음. 그게 아니라면?"

"처음에는 물론 몸을 숨기기 위해서 절을 찾아갔었습니다."

"음, 그래. 처음엔 피신하기 위해서 절을 찾아갔었는데?"
"아무도 없는 절간에서 혼자 오랫동안 지내다 보니 여러 가지 생각들을 많이 하게 되었습니다."
"무슨 생각을 했단 말인고?"
"예. 빼앗긴 우리 조선을 다시 찾자면 우린 독립운동을 해야 합니다."
"그래 그 독립운동을 위해 지서를 습격해서 불을 지를려고 그랬다면서?"
"예. 어차피 독립운동을 하는 데 있어서는 두 가지 방법밖에는 없으니까요, 스님!"
"두 가지 방법이라고 하면 대체 무엇무엇이더냐?"
"예. 한 가지는 무력투쟁이요 다른 하나는 민족교육이라고 생각합니다."
"민족교육?"
이 나라 조선을 찾기 위한 독립운동 문제가 화제에 오르자 운허스님의 얼굴은 자신도 모르게 상기되어 갔다. 운허스님은 격정적인 목소리로 열변을 토하기 시작했다.
"그렇습니다, 스님! 백성들이 깨어 있었던들 이렇게 나라를 뺏기는 일은 없었을 것이옵니다."
"으음, 그래. 허면 어리석은 백성들이 깨어나게 하려면 대체 무엇을 어떻게 해야 할 것인고?"

"예, 스님. 백성들을 계몽시켜야 하고 교육시켜야 합니다."
"음. 좋은 생각이구나. 허면 과연 너는 백성들을 계몽시키고 교육시킬 만큼 모든 능력을 다 갖추었느냐?"
"……."
헛점을 찔린 운허스님은 할말을 잃고 말없이 앉아 있었다.
"이것봐라, 용하야!"
"예, 스님."
"백성들을 깨우치고 빼앗긴 나라를 다시 찾자면 남을 계몽시키고 교육시키기 전에 우선 나부터 힘을 길러야 하고 지혜를 갖추어야 한다. 그렇지 아니하겠느냐?"
"그, 그야 물론 지당하신 말씀이시옵니다."
"너와 내가 이렇게 만난 것도 삼세의 인연이요, 용하 네가 이렇게 머리를 깎은 것도 전생의 인연이다. 기왕에 머리를 깎고 산문 안에 들어왔으니 너는 우선 중다운 중부터 되어야 한다."
"하오나 스님!"
"내 말을 더 들어라! 용하 니가 중다운 중이 되고 나면 나머지 다른 일은 저절로 다 이루어질 것이니 그리 알고 우선 중이 되는 공부부터 부지런히 하도록 해라. 남을 가르치고 남을 깨우치려면 나부터 배우고 깨쳐야 하는 법! 내 말 알겠느냐?"
"예, 스님. 하오나 저는 비록 삭발은 했사옵니다만 아직도 나라 찾는 일에 떨쳐나서고 싶은 때가 한두 번이 아니옵니다."

운허스님의 눈자위가 붉어지는가 싶더니 곧이어 뜨거운 눈물이 두 눈 가득 차오르기 시작했다. 일본경찰에 쫓겨 입산한 지 어언 일년. 신분을 속이고 하고 싶은 말조차 가슴 깊이 묻어두고 살아온 그 시간 동안 억누르고 잠재워왔던 격정이 봇물처럼 한꺼번에 밀려왔다.

지금이라도 나라 찾는 일에 다시 떨쳐나가고 싶은 마음! 시시때때로 치밀어오르는 그 붉은 마음을 달래며 얼마나 많은 밤을 잠못들며 지새웠던가.

치밀어오르는 격정을 참지 못해 급기야 눈물을 뚝뚝 흘리기 시작하는 운허스님을 묵연히 바라보고만 있던 노스님이 돌연 입을 열었다.

"내가 이 촛불을 불어서 끄겠다. 후우!"

방 안은 졸지에 어둠에 휩싸여 버렸다. 예기치 못한 노스님의 행동에 깜짝 놀란 운허스님이 눈물을 그치고 소리쳤다.

"아니 스님!"

"불을 꺼버리니 이 방은 지금 캄캄하다. 그렇지 않으냐?"

"예, 스님. 캄캄하옵니다."

"게다가 밖엔 겨울바람이 세차게 불고 있다."

"예, 스님."

"이 방 안에 가득한 어둠을 몰아내려면 대체 어찌해야 하겠느냐? 몽둥이를 휘둘러서 이 어둠을 몰아내겠느냐, 아니면 칼을 휘둘

러 이 어둠을 없애겠느냐?"

"그건. 아니될 일이옵니다, 스님."

"밖에 부는 저 북풍한설을 몸으로 막아내겠느냐, 담을 쌓아 없애겠느냐? 몽둥이를 휘두르고 칼을 휘두르는 것만이 능사가 아니다. 이 방 안에 가득한 어둠은 칼을 휘둘러도 사라지지 아니하고, 몽둥이를 휘둘러도 없어지지 아니한다. 용하 너는 대체 이 방안에 가득한 어둠을 어찌해서 물리치겠느냐?"

"예. 저는 이 방안에 가득한 어둠을 몰아내려면 촛불을 밝히면 될 것이라고 생각하옵니다."

월초 노스님은 바로 그거라는 듯이 무릎을 치며 말했다.

"바로 알았느니라! 촛불을 밝히면 어둠은 사라진다. 촛불을 밝혀야 할 사람이 촛불을 찾지 아니하고 칼을 휘두르는 일은 없어야 할 것이니 그래서 나는 너에게 중다운 중이 되어 지혜로운 사람이 되라고 말하는 것이다. 내 말 알아들었느냐?"

"예, 스님. 깊이깊이 명심하겠습니다."

월초 노스님과의 만남은 운허스님에게 새로운 자각을 가져다 주었다. 불가에 입문한 지 어언 일년이 되었으나 단 한번도 이런 가르침을 던져준 사람은 없었다. 노스님의 방을 물러나온 운허스님은 매서운 북풍을 그대로 맞으며 추운 줄도 모르고 절마당에 한동안 서 있었다.

뺨을 스치는 차가운 바람마저도 상쾌하게만 느껴졌다. 운허스님은 수많은 별이 무리지어 떠있는 밤하늘을 올려다보았다. 밤하늘이라고 해서 검기만 한 것은 아니었다. 쳐다보면 쳐다볼수록 이상하게 푸른 빛이 도드라져 보였다.
　'그렇구나! 우리의 삶도 조선의 앞날도 어둡기만 한 것은 아니구나!'
　운허스님은 저 가슴 밑바닥에서 북받쳐 오르는 기쁨에 가슴을 울렁이며 오래도록 검푸른 밤하늘을 바라보는 것이었다.
　봉선사에 온 바로 그날부터 운허스님의 새로운 인생이 다시 시작되었다. 스님은 뒤늦게 머리를 깎은 늦깎이임을 스스로 채찍질하면서 궂은 일을 자청해서 해내기 시작했다. 나무를 해오기도 하고 청소를 하기도 하고 아침 일찍 일어나 새벽밥을 지어놓기도 했다.
　금강산 유점사 종무소에서 서기일을 보는 동안에는 절집안의 풍속이나 예의범절은커녕 절집안에서 쓰는 용어조차도 제대로 배울 기회가 없었던 운허스님은 경기도 양주 봉선사에 머물기 시작하면서 비로소 수행자다운 수행자의 길을 찾아든 것이다.
　운허스님은 유점사에서와는 전혀 다른 각오로 절생활을 바르게 익히기 위해 궂은 일, 힘든 일을 가리지 않고 해치웠다.
　하루는 열심히 장작을 패고 있는 운허스님을 본 노보살이 깜짝 놀라 외쳤다.
　"아이고! 객스님이 이렇게 장작을 패시면 어쩐답니까요! 고만 들어가서 쉬시지요!"

"아, 아닙니다요 보살님. 저도 이제는 객식구가 아니라 이 봉선사 식구가 되었습니다요!"

"아 그래도 그렇지! 아 이런 힘든 일은 나이 젊은 스님들 시키고 들어가서 공부나 허시우!"

"아닙니다요! 힘든 일 궂은 일도 다 공부라고 노스님이 그러셨습니다요!"

노보살은 한겨울에도 땀이 흐를 정도로 열심히 장작을 패는 운허스님을 더 이상 말릴 재간이 없었던지 혀를 차며 물러갔다.

그런데 그 며칠 후였다.

또 무슨 할일이 없을까 해서 공양간 주위를 얼쩡거리던 운허스님을 딱한 표정을 바라보던 노보살이 구석진 곳으로 스님을 끌고 갔다.

"아유! 저 이것 좀 보시우, 스님!"

"예? 아 저 말씀입니까요?"

"아 그렇게 이 일 저 일 아무거나 손대지 말고 이리 좀 오시우."

"아, 예."

"절에선 말이우 정해진 소임에 따라서 맡은 일이 정해져 있다우. 그렇게 아무나 이 일 저 일하는 게 아니란 말예요."

"아니 무, 무슨 말씀이신지요, 보살님?"

"아, 밥짓는 일은 공양주가 맡는 뱁이고 땔나무는 부목이 맡는 뱁이고 또 반찬은 채공이 맡는 뱁이고 아, 된장국 한 가지도 아무나 끓이는 게 아니란 말이우.”

운허스님은 그제야 알겠다는 듯이 씨익 웃으며 노보살에게 말했다.

“아, 예. 그러니까 일마다 각각 책임맡은 사람이 따로 있다 그런 말씀이십니까?”

“그래요. 국 끓이는 소임을 맡은 스님은 갱두라고 부르구요. 채소밭 소임을 맡은 스님은 원두라고 부르구요. 또 그 손님대접을 맡은 스님은 지객이라고 부르구요. 제각각 맡은 소임이 따로 있으니 이 일 저 일 함부로 손대는 게 아니란 말이우.”

“아, 예. 아이구 이거 제가 그만 뭘 잘 몰라서 그랬습니다.”

“노스님께서 따로 분부가 있으실 것이니 그때까지는 경책이나 부지런히 봐두는 것이 좋을 것이우.”

“아, 예. 허지만 남들은 다 일들을 허시는데 나만 놀고 먹는 것 같아서요.”

“얼핏 보면 스님들이 다 빈둥빈둥 놀고 먹는 것 같지요? 하지만 어림도 없는 소리에요. 스님들마다 제각각 맡은 소임이 있고 해야 할 일이 다들 있어요. 아 하다못해 정낭 청소까지도 책임지는 사람이 다 있다니깐요!”

과연 그랬다.

얼핏 겉으로 보기에는 아무런 규약도 제약도 없이 편하게만 사는 것 같았지만 사찰에는 엄한 규칙이 있었고 서열이 있었고 빈틈

없는 예의범절이 있었고 무서운 법도가 있었다. 그 사찰법도와 규칙을 알아나가는 과정 속에서 운허스님은 자신도 모르게 조금씩 달라져가기 시작했다.

그 변해가는 모습을 말없이 지켜보고만 계시던 월초 노스님이 어느 날 운허스님을 불렀다.

"부르셨사옵니까, 스님?"

"그래. 내가 널 불렀느니라. 넌 그동안 경책을 제대로 보지 못했으렷다?"

"예, 스님."

"허면 너는 이제부터 초발심자경문과 사미율의를 배워 마쳐야 할 것이다."

"예, 스님."

"무릇 경을 볼 적에는 흐트러진 자세로 보아서는 아니될 것이니 엎드려서 보거나 누워서 보는 일은 결코 없어야 할 것이요, 반드시 정좌하여 경건한 마음으로 경을 읽고 배워야 할 것이다."

"예, 스님. 분부대로 거행하겠사옵니다."

"또한 경을 읽고 배울 적에는 글자만을 달달 외우는 일이 있어서는 아니될 것이요, 그 글 속에 담긴 참다운 뜻을 마음에 새겨 배워야 할 것이네. 한번 배워 마음에 새긴 가르침은 반드시 그대로 실천해야 할 것이다."

"예, 스님. 명심하겠사옵니다."

"그리고 너는 이미 나이 들어 늦게야 발심을 했으니 남들보다 두 곱 세 곱 열심히 공부해야 할 것이다."

스님의 목소리는 엄하기 그지없는 것이었으나 손상좌를 내려다 보는 그 눈빛은 자애롭기 그지없었다. 운허스님은 노스님의 그 따뜻한 눈길에 감격하여 고개를 조아릴 뿐이었다.

"예, 스님. 스님의 분부 깊이깊이 명심하겠사옵니다."

6
서기질이나 해먹자고 출가했더냐

　1922년 3월 운허스님은 봉선사에서도 그 발군의 실력을 인정받아 종무소 서기에 임명되어 사무를 보는 한편 본격적인 경전 공부에 착수해서 능엄경을 보기 시작했다.
　운허스님은 사무를 보는 틈틈히 시간을 내어 능엄경의 모서리가 나달나달 닳아지도록 보고 또 봤다. 종무소 일이 바빠 도무지 경책을 들여다볼 짬을 내지 못할 때에는 밤잠을 줄여가며 능엄경을 읽었다.
　불법의 이치란 참으로 오묘하여 한걸음 다가섰다 생각하면 저만큼 물러서고 다시 한걸음 다가서면 또 어느새 저만치 아련한 곳에서 아지랭이처럼 타오르는 것이었다. 운허스님은 입술이 바짝바짝 타는 줄도 모르고 책장을 넘겼다. 그러는 사이 봄이 가고 또 여름이 지나갔다.
　한 장을 넘길 때마다 꽃이 피었다 지고, 또 한 장을 넘길 때마다 연푸르던 잎새가 그 투명한 물기를 잃고 뚝뚝 떨어져 내렸다. 눈을 들어 하늘을 바라보니 어느새 가을이었다.
 하루는 홍월초 스님이 운허스님을 불러 앉혔다.
 "이것 봐라, 용하야."
 "예, 스님."
 "넌 오늘부터 당장 봉선사 서기 소임을 내놔야 하겠다."
 "예에? 아니 무, 무슨 말씀이시온지요, 스님?"
 "봉선사 서기 자리를 당장 그만두란 말이다."
 "아니? 하오면 제가 서기 소임을 잘못하기라도 했는지요, 스님?"
 "잘하고 잘못하고가 없다. 오늘 당장 서기 자리 내놓고 걸망이나 챙기도록 해라."
 "예에? 걸망을 챙기라니요, 스님?"
 "지난 섯달 그믐날 니가 유점사에서 여기로 왔을 때 중되는 공부를 시키지 아니했음을 보고 '사슴을 시켜 밭갈이를 했었구나' 하고 탄식을 했었다. 기억나느냐?"
 "예, 스님."
 "이 봉선사 또한 우선 부려먹자고 너에게 서기를 맡겼으니 이는 마치 대들보감으로 키워야 할 나무를 부지깽이로 써먹는 격! 넌 여기서 서기나 보고 있을 사람이 아니니 이 봉선사를 떠나야 할 것이다."

"예에?"

　봉선사 서기 소임을 맡아 빈틈없고 틀림없이 사무처리를 잘하는 데다가 밤잠을 줄여가며 경전공부를 열심히 하고 있던 차에 그야말로 느닷없이 걸망을 챙겨 봉선사를 떠나라는 것이었으니 그야말로 운허스님에게는 청천벽력 같은 소리였다.

　월초 노스님이 아니었던들 어찌 제대로 된 경전공부를 시작이나 해봤겠으며 말없이 지켜보던 노스님의 따뜻하고 인자한 격려의 시선이 없었던들 어찌 밤잠을 줄여가며 피가 바짝바짝 마르도록 애태워 능엄경의 세계를 헤매었겠는가.

　운허스님은 노스님 발치에 엎드려 간절히 호소했다.

　"스님! 그동안 제가 이 봉선사에서 크게 잘못한 일이 한두가지가 아닐 줄 아옵니다. 하오나 그동안 저지른 잘못을 너그럽게 용서하여 주시고 제발 이 봉선사를 떠나라는 말씀만은 거두어주십시오, 스님!"

　그러나 노스님은 단호히 고개를 흔들었다.

　"안될 소리! 넌 이 봉선사를 떠나야 한다!"

　"하오나 스님! 소승 스님 법하에서 공부하고 싶사오니 허락하여 주시옵소서, 스님!"

　"너는 그럼 삭발하고 승복 입어 변장을 해서 숨어지내며 서기질이나 해먹자고 출가하였더란 말이냐?"

　"그, 그건."

서기질이나 해먹자고 출가했느냐는 월초 노스님의 말에 운허스님은 할말을 잃고 힘없이 고개를 꺾었다. 그때껏 운허스님은 종무소에서 맡은 직분을 충실히 하고 틈틈히 공부하는 것만이 노스님의 자신에 대한 사랑과 관심에 부응하는 일이라고 생각해 왔던 것이다.
　　그제서야 노스님의 의중을 깨닫기 시작한 운허스님은 묵묵히 앉아 스님의 다음 말을 기다렸다.
　　"서류나 뒤적이고 돈이나 계산하고 사무나 보는 것은 중이 할 짓이 아니니 참으로 중다운 중이 되려면 오늘 당장 봉선사를 떠나야 할 것이다."
　　"하오면 스님! 대체 어디로 떠나라는 말씀이시옵니까?"
　　"여기 내가 서찰 한통을 써뒀다. 자, 이걸 받아라. 어서 받아! 그리고 잘 간직하도록 해라!"
　　"예."
　　"듣자하니 니가 있던 금강산 유점사 반야암에서 법회를 설립하고 경학을 가르친다 하니 그 서찰을 반야암에 전하고 거기서 경학을 제대로 배우도록 해라."
　　"스님!"
　　월초 노스님의 자상한 배려에 감격한 운허스님은 더 이상 말을 잇지 못하고 눈물을 글썽였다. 스님은 이미 자신이 일체의 잡사에서 벗어나 공부에만 집중할 수 있도록 세심히 방책을 세워두고 있

었던 것이다.

"앞으로 다달이 학자금 십원씩을 보내줄 것이니 다른 걱정은 말고 공부만 해야 할 것이다. 여기 노잣돈이 있으니 오늘로 당장 떠나도록 해라!"

"예, 스님. 하오면 소승 스님 분부대로 따르도록 하겠습니다."

운허스님은 월초 노스님의 분부대로 걸망을 챙긴 뒤 금강산 유점사를 향해 길을 떠나게 되었다. 운허스님은 큰절과 함께 월초 노스님께 하직인사를 올렸다. 노스님은 흐뭇한 표정으로 고개를 끄덕였다.

이때 아까부터 창공을 선회하던 까치 두마리가 어린 잣나무 가지 위에 사뿐히 앉았다. 스님은 잣나무 위에 올라앉은 까치를 미소 띤 얼굴로 바라보면서 조용히 입을 열었다.

"이것봐라, 용하야."

"예, 스님."

"고개를 들어 저 잣나무를 보아라."

"예."

"까치가 우짖고 있는 저 잣나무 말이다."

"예, 스님."

"저 잣나무는 아직 나이가 덜 들어서 잣열매가 아직 열리지 아니한다."

"예, 스님."

"우선 당장 요긴하게 쓰자고 하면 저 잣나무를 톱으로 베어내서 서까래감으로 팔아먹거나 도끼질을 해서 땔나무로 쓸 수는 있을 것이다."

"예, 스님."

"허나 몇년이나 더 참고 기다리면서 저 잣나무를 잘 가꾸고 키우면 머지 아니해서 저 잣나무에 잣열매가 주렁주렁 열리게 될 것이야."

"예, 스님."

"그렇게 되면 두고두고 잣열매를 따서 수많은 사람들에게 혜택을 주게 될 것이니 우선 당장 급하다고 베어쓰는 게 옳겠느냐, 아니면 후사를 도모하기 위해서 어린 잣나무를 키우고 가꾸는 게 옳겠느냐?"

"후사를 도모하는 게 옳겠습니다, 스님."

노스님은 운허스님의 대답에 만족한 듯이 껄껄 웃으며 말했다.

"허허허…… 그럼 됐느니라. 어서 그만 떠나도록 해라."

홍월초 노스님의 아낌없는 후원과 배려의 덕택으로 다시 금강산 유점사 반야암으로 들어간 운허스님은 법화경을 비롯한 본격적인 경학공부에 몰두하게 되었다. 봉선사 월초 노스님은 매월 한달도 거르지 아니하고 십원씩의 학자금을 금강산으로 보내주었고, 손상좌인 운허스님이 조금도 그런 면에 신경쓰지 않고 공부에만 전념할 수 있도록 해주었다. 이런 사실 하나만으로도 월초 노스님이 운허

스님을 얼마나 아끼고 후대했는지 짐작할 수 있겠다.

　1923년 가을, 그러니까 운허스님이 금강산에 두번째로 들어와 경학공부를 하기 시작한 지 만 일년이 지난 어느 날이었다. 운허스님은 참으로 뜻밖에도 유점사에서 육촌형인 춘원 이광수를 만나게 되었다.

　일제의 체포망을 피해 입산출가한 지 삼년 만에 평소 뜻이 잘 통했던 속가 친족을 만난 운허스님은 반가움과 놀라움에 호흡이 멎을 지경이었다. 운허스님은 뛰는 가슴을 억지로 진정시킨 뒤 춘원의 곁으로 다가가 조용히 입을 열었다.

　"아니! 이것보시게, 춘원형!"

　"아, 아니 이게 누구신가! 자네는 학수 아니신가?"

　의외의 장소에서 몇년 동안 거의 소식이 끊긴 육촌 아우를 만난 춘원의 놀라움은 경악에 가까운 것이었다. 게다가 육촌 아우는 머리 깎고 승복을 입은 스님의 모습이 아닌가.

　"쉬잇! 자 이쪽으로 오시게."

　운허스님은 재빨리 주변을 살펴보고 나서 춘원 이광수를 구석진 자리로 끌고갔다. 육촌형인 춘원 이광수는 엉겁결에 끌려가긴 하면서도 이미 출가승려의 신분이 된 아우의 모습을 의아한 얼굴로 연신 뜯어보는 것이었다.

　"아니 이게 대체 어떻게 된 노릇이란 말이신가?"

　"놀라시기는 왜 그렇게 놀라시는가. 형이 보시다시피 난 이미 삭발출가한 승려의 몸, 옛날의 이학수가 아니라 박용하라는 승려의 신분이네."
"아니 글쎄 자넨 만주에서 독립운동을 하다가."
"쉬잇! 우리가 여기서 이럴 게 아니라 날 따라오시게. 저기 저 모퉁이를 돌아가면 아주 조용한 바위굴이 있으니 그리로 가세."
"그러세."
두 사람은 유점사 모퉁이를 돌아 조용한 바위굴 앞에 마주 앉았다. 두 사람은 맞잡은 손에 굳게 힘을 주고 있을 뿐, 오랜만의 해후에 목이 메어 한동안 입도 열지 못하고 마주 바라보고만 있었다. 이윽고 운허스님이 먼저 입을 열었다.
"이게 정말 몇년 만인지 모르겠구만. 그래 그동안 형께선 잘 지내셨는가?"
"아, 이 사람아! 자꾸 그렇게 말끝마다 형, 형 하시지 말게. 나이도 동갑인 터!"
"허허허. 무슨 말씀! 오뉴월 하루볕이 무섭다고 했는데 형이 나보다 생일이 빠르니 형이랄 수밖에. 아니 그런데 형께선 이 유점사엔 대체 어쩐 일이신가?"
"나야 금강산 구경을 나왔다치고. 아니 대체 자네는 어찌 된 일이란 말인가. 만주에서 독립운동을 한다던 자네가 느닷없이 머리를 깎고 승려가 되어 내 앞에 나타났으니 말일세."
"왜경에게 쫓기는 신세가 되다보니 산으로 숨어들었지."

"음. 그럼 신분을 감추기 위해서 승려로 변장을 하고 있단 말이신가?"

"아. 그것만은 아니야. 변장을 하느라고 머리를 깎은 게 아니라 진짜로 출가득도하여 수행자가 됐어."

"아니 그렇다면?"

"처음에는 물론 신변을 감추기 위해 산으로 숨어들었지. 헌데."

"헌데 지금은 진짜 승려란 말이신가?"

운허스님은, 도무지 믿지 못하겠다는 듯이 눈을 둥그렇게 뜨고 자신을 바라보는 춘원의 얼굴을 바라보며 빙긋이 웃음지었다.

"처음에는 불교가 어떤 종교인지 짐작조차 못했지. 헌데 막상 산속으로 들어와서 스님들하고 함께 지내면서 경전을 읽어보니 이건 그야말로 기가막힌 가르침이 가득 들어 있었어."

"불교경전에 말씀이신가?"

"경전공부를 제대로 하려고 이 금강산 유점사 반야암에 들어왔는데 여기 와서 법화경을 제대로 배우고 보니 인생의 모든 진리가 이 법화경에 다 들어있는 게 아니겠는가."

"아하! 아니 정말 그토록 좋은 경전이란 말이신가?"

"음. 형도 한번 꼭 읽어보시게. 오묘한 진리와 비유에 형도 아마 놀라실 거네."

"무슨 경전이라고 그러셨는가?"

"그동안 내가 배운 경은 법화경이지."

"법화경?"

"음. 알고 보니 불교경전에는 법화경 말고도 능엄경, 화엄경, 아함경, 금강경 등 수없이 많은 경전이 있는데, 그 속에 담긴 가르침이 그야말로 구구절절 금과옥조요, 지혜의 덩어리라네."

"허허. 이 사람 이거 그러고보니까 자네 어느새 영락없이 중물이 들어도 단단히 들었네그려, 으응? 허허허."

"허허허……."

두 사람은 한바탕 호쾌한 웃음을 터뜨렸다. 운허스님과 춘원과의 관계는 인척관계를 떠나 친구와 같은 것이었다. 한사람은 뛰어난 문재를 자랑하는 당대의 최고 문사였고, 다른 한사람은 일본의 식민지로 전락한 나라의 앞날을 뼈아프게 생각하며 독립운동을 하던 사람이었지만 서로의 재주와 능력을 아끼는 마음만은 남달리 각별했다.

"내가 필사본 한 권을 드릴테니 형도 꼭 한번 법화경을 읽어보시게. 과연 탄복하시게 될 것이니."

"자네가 이토록 찬탄하는 걸 보니 나도 한번 봐두기는 봐둬야겠구먼."

"자 그럼 내가 필사본 한권을 드릴테니 반야암으로 올라가도록 하세."

"쇠뿔은 단김에 빼겠다 그런 말이군 그래, 음? 허허허."

"하하하."

운허스님의 육촌형인 춘원 이광수는 이날의 인연을 계기로 해서 법화경을 읽게 되었고 바로 그 법화경에 심취해서 법화경을 백번 독파하겠다는 큰 서원을 세우게 될 만큼 열렬한 불자가 되었다.

훗날 춘원 이광수가 원효대사, 이차돈의 죽음 등 불교사상이 가득 담긴 유명한 소설을 쓰게 된 것도 다 지극한 불심 덕분이었다고 하겠다. 결국 운허스님은 춘원 이광수에게 불교와의 인연을 맺어준 장본인인 셈이었다.

그로부터 육개월 뒤인 이듬해 봄이었다. 세상잡사를 잊어버리고 경학공부에만 매진하고 있던 운허스님 앞으로 봉선사 월초 노스님의 서찰이 날아왔다.

〈이 서찰을 받아보거든 지체하지 말고 봉선사로 돌아오너라. 늙은 중 월초가 당부하노라.〉

"알겠습니다, 노스님. 지체없이 곧 돌아가뵙도록 하겠습니다!"

운허스님은 월초 노스님을 대하기라도 하듯 노스님의 정다운 필체가 담긴 봉투 앞에 공손히 고개를 숙이는 것이었다. 서찰을 받은 즉시 곧바로 걸망을 챙겨진 운허스님은 지체하지 않고 경기도 양주 봉선사로 돌아왔다.

노스님은 그윽한 눈매로 운허스님의 눈을 들여다보며 천천히 입을 열었다.

"그래 금강산 유점사 반야암 물맛은 어떠하더냐?"

"예. 참으로 희유하고 희유하였사옵니다."

"허면 부처님 가르침은 과연 어떠하던고?"

"예. 참으로 오묘하고 오묘하여 세월 가는 줄을 몰랐사옵니다, 스님."

"허허허. 용하 이 녀석이 이제 어지간히 절밥 먹은 흉내를 내게 되었구먼 그래! 허허허."

"아니옵니다, 스님. 아직도 멀었습니다."

"그래. 절밥 먹은 흉내를 내기에는 아직도 멀었다는 것을 알았으면 그것을 안 것만으로도 됐느니라!"

"아니옵니다, 스님. 과찬이시옵니다."

"허허. 이젠 이 녀석이 아주 제법이구만 그래! 응? 허허허."

손상좌가 하는 말 한마디 한마디가 기특하고 흐뭇한지 한동안 웃음을 짓던 노스님의 얼굴이 문득 진지한 표정을 되찾았다.

"으음. 이것봐라, 용하야!"

"예, 스님."

"부처님이 우리에게 전해주신 보물 봉우리가 수십 개요 수백 개요 수천 개니라."

"예, 스님."

"그 많은 보물 봉우리 가운데서 너는 이제 겨우 한 봉우리를 곁눈질로 구경한 데 불과하구나. 어찌하겠느냐? 그 많은 보물봉우리를 다 한번 올라가보겠느냐, 예서 그만두겠느냐?"

"기어이 다 한번 올라가보겠습니다."

"길이 험하고 산이 험해서 혼자 힘으로는 찾아가기가 힘들 것이니라."

"예. 길을 알고 계시는 분을 스승으로 삼아 묻고 배워서 찾아가야 할 줄 아옵니다."

"과연 내 눈이 아직 늙지는 아니했구나! 사람 하나는 제대로 봤으니 말이다, 으응? 허허허."

"과찬이시옵니다, 스님!"

"이것봐라, 용하야."

"예, 스님."

"너는 이 봉선사에 더 있어봤자 또 서기 노릇이나 시켜먹으려 들 것이니 여기 머물러 있을 생각 말고 곧바로 떠나도록 해라."

"떠나라 하오시면 어디로 가라는 분부시온지요?"

"내 너를 기다리면서 이미 서찰 한 통을 따로 써두었으니 이걸 가지고 떠나도록 해라."

월초 노스님은 품에서 서찰 한 통을 꺼내 운허스님에게 건네었다. 운허스님은 두 손을 공손히 내밀어 서찰을 전해받았다. 하룻밤 쉬어가라는 말조차 없었고, 또다시 떠날 채비를 하라는 분부였지만 운허스님은 그 서찰 한 통만으로도 오로지 손상좌의 공부만을 생각하는 월초 노스님의 보이지 않는 살뜰한 정을 가슴 뻐근하게 느꼈다.

운허스님은 콧잔등이 시큰해옴을 느끼며 조용히 노스님께 여쭈었다.
"어디 계시는 어느 분한테 이 서찰을 전해올릴까요, 스님?"
"부산 동래 금정산에 가면 범어사가 있느니라."
"예, 스님."
"그 범어사 강원에 지금 진진응 대강백이 머물고 계신다 하니 그 스님께 서찰을 전하고 거기서 경학을 참구해야 할 것이다."
"예, 스님. 분부대로 하겠사옵니다."
"노잣돈 여기 따로 마련해 두었으니 가지고 가도록 해라."
"이 은혜 어찌 다 갚아야 할지 몸둘 바를 모르겠사옵니다, 스님."
"이 녀석아! 이것은 거저 주는 게 아니다. 너는 요다음에 열배 백배 천배로 갚아야 되는 게야, 인석아! 그거나 제대로 알고 있어라!"
"예, 스님. 결코 잊지 않겠사옵니다."
노스님은 운허스님의 눈에 물기가 차오르는 걸 보더니 짐짓 큰 소리로 바깥을 향해 소리쳤다.
"문 밖에 공양주 보살님 와 계시는지 모르겠구먼!"
미리 밖에 대기해 있었던 듯 노스님의 말이 떨어지기가 무섭게 노보살의 목소리가 들려왔다.
"예, 스님. 분부하신 대로 대령하고 있사옵니다."
"옷 가져왔거든 이 아이한테 주도록 허시우."

"예, 스님."

잠시 후 방 안으로 들어온 노보살의 손에는 깨끗이 빨아 차곡차곡 접은 옷이 한 벌 들려 있었다.

"으음. 용하야. 비록 새옷은 아니다마는 새로 빨아놓으라고 한 것이니 갈아입고 가도록 해라."

"아니옵니다, 스님. 이대로도 괜찮습니다, 스님."

"허어. 넌 괜찮을지 모르지만 때국물이 쪼르르 흐르는 그 옷을 입고 가면 봉선사가 욕을 먹는다. 헌옷이라도 아껴입되 깨끗하게 빨아입어야 하느니라."

"예, 스님. 잘못됐습니다."

노보살이 건네주는 옷을 떨리는 손으로 받아든 운허스님의 눈에서 후두둑 눈물이 떨어져 내렸다.

7
대들보도 잊어버리고 서까래도 잊어버리고

운허스님은 또다시 봉선사를 떠나 이번에는 부산 동래 범어사 강원에서 당대의 대강백이신 진진응스님 밑에서 경학을 배우게 되었다. 이때 진응스님께 배운 경은 바로 원각경과 화엄경.

진응스님 밑에서 배운 이 일년 동안 운허스님의 공부는 일취월장하게 되었다. 그것은 무엇보다 험한 산, 험한 길을 헤쳐나가는 데 의지할 스승을 잘 선택한 덕분이었다. 운허스님은 경학 공부에 스스로 나태해진다고 느껴질 때마다 틈틈이 호국의 얼이 배인 금정산 기슭을 헤매며 자신을 채찍질하곤 했다.

이곳은 임진왜란 당시 부산진성을 부수고 동래로 쳐들어온 왜군이 '싸울테면 싸우고 싸우고 싶지 않거든 길을 빌려내라'며 명나라를 치기 위한 길을 터줄 것을 요구했을 때, 동래 부사 송상현은 '싸워죽기는 쉬워도 길을 빌려주기는 어렵다'고 하며 죽기를 각오하고 싸워냈던 곳이었다.

또한 불살생의 파계를 감수하며 나라와 정의를 위해 분연히 일어선 서산대사가 승병을 거느리고 왜적과 맞서 싸웠던 곳이 바로 이곳이었다. 이런 호국 전통을 이어받아 1919년 삼일운동 당시에는 범어사에서 공부하던 학생들이 한용운 선생의 지시에 따라 '범어사 학림의거'라는 독립만세운동을 일으키기도 하지 않았던가.

운허스님은 걸어 들어갈수록 푸근하고 넉넉한 가슴을 열어놓고 있는 금정산을 오르면서 천년 세월을 하루같이 불국토의 토대 역할을 해온 이 산의 공덕을 아련하게나마 느낄 수가 있었다. 금정산의 맑고 투명한 공기를 호흡할 때마다 운허스님은 한 핏줄을 이은 후손으로서 위대한 조상들과의 정신적 교감을 이루는 것만 같았다.

근 일년 동안 강원 공부를 마치고 진진응 스님이 범어사를 떠나시자 운허스님도 걸망을 짊어지고 다시 봉선사로 돌아오게 되었다.

월초 노스님은 공부를 마치고 돌아온 운허스님을 불러들였다. 노스님은 운허스님이 큰절을 올리자마자 앞에 앉게 하고는 지난 일년 동안 범어사에서 공부한 내용부터 차근차근 점검하기 시작했다.

"그래 진진응 스님 회상에서는 무슨 경을 배웠던고?"

"예, 스님. 원각경을 배우고 화엄경을 보았습니다."

"강원에서 발우공양을 할 적에 매일 오관게를 외웠으렸다?"

"예, 스님."

"나는 과연 이 귀한 음식을 먹을 자격이 있는가 없는가 늘 살폈으렸다?"

"예, 스님."

"으음…… 그래 그 밥값을 치를 만큼 열심히 배워마쳤다고 생각하느냐?"

"부지런히 배우느라고는 배웠사오나 다 배워마쳤다고는 할 수 없겠사옵니다."

"허면 내 이번에는 그동안 과연 공부를 얼마나 부지런히 했는지 시험할 것이니 저녁 예불 끝나거든 다시 내 방으로 와야 할 것이다. 알겠느냐?"

"예, 스님. 분부대로 하겠습니다."

그날밤 저녁예불을 마친 뒤 운허스님은 월초 노스님 앞에 단정히 무릎을 꿇고 앉았다. 노스님의 칼날 같은 질문을 기다리는 운허스님의 눈빛은 씻은 듯이 맑게 가라앉아 전연 흔들림이 없어 보였다.

"그래 네가 분명 원각경을 배웠다고 그랬으렸다?"

"예, 스님."

"허면 부처님께서 원각경에 이르시기를 사람의 육신을 무엇이라고 하셨던고?"

"예. 보현보살이 부처님께 여쭈시자 부처님께서는 이렇게 말씀하셨습니다. 사람의 이 육신은 네가지 요소로 화합된 것으로 털이며 손톱이며 살이며 뼈는 다 흙으로 돌아갈 것이요, 침이나 콧물, 피와 눈물은 모두 물로 돌아갈 것이요, 더운 기운은 불로 돌아가고 움직이는 기운은 바람으로 돌아갈 것이니 이 네가지 요소가 인연이 다해 마침내 뿔뿔이 흩어져버리면 이 허망한 육신은 과연 어느 곳에 있을 것인가. 이 육신은 원래 그 자체가 없었던 것. 지수화풍 네 가지가 인연으로 만나 형상을 이루었으니 그 인연 다하여 다시 흩어지면 지수화풍 네가지 요소로 돌아갈 것이니 참으로 육신은 허망한 것이요 집착할 것이 못된다 하셨습니다."

"으음. 허면 대체 무엇이 생사의 근본이라 이르셨던고?"

"예. 모든 중생들에게는 시작없는 옛적부터 갖가지 애정과 탐심과 음욕이 있어서 생사에 윤회한다 하셨습니다."

"허면 내 한가지만 더 너에게 물어볼 것이니라."

"예, 스님."

"그동안 절밥을 그만큼 먹었고 경학 또한 그만큼 배웠거늘 누가 너에게 무엇이 지옥이고 무엇이 극락이냐고 물으면 넌 과연 한마디로 어떻게 이르겠느냐?"

"예. 자비로운 마음이 곧 극락이요 악독한 마음이 곧 지옥이라 답하겠사옵니다."

"자비로운 마음이 곧 극락이요 악독한 마음이 곧 지옥이다?"

"그렇사옵니다, 스님."

"어째서 그러한고?"

"예. 자비로운 마음에서는 죽이고 빼앗고 성내고 욕하고 다투는 일이 없을 것이니 그것이 바로 극락이라 할 것이요, 악독한 마음을

먹으면 바로 거기에서는 거짓말하고 속이고 욕하고 모함하고 시기하고 질투하고 다투고 훔치고 빼앗고 죽이는 일이 벌어지게 될 것이니 그것이 바로 지옥이 아니고 무엇이겠습니까?"

운허스님의 막힘없는 대답에 월초 노스님은 만면에 활짝 웃음을 지었다.

"허허허. 이것봐라, 용하야!"

"예, 스님."

"과연 너는 십년 수좌보다도 한발 앞섰느니라. 으음? 허허허."

"아니옵니다, 스님. 스님께서 지나치신 과찬이시옵니다."

"그래그래. 허나 이제 절밥 먹은 흉내를 좀 내게 됐다고 해서 결코 아만심에 빠져서는 아니될 것이다. 내 말 알겠느냐?"

"예, 스님. 결코 아만에 빠지는 일이 없도록 조심하겠습니다."

그해 가을이었다.

하루는 월초 노스님이 운허스님을 불렀다.

"그래 근자에는 무슨 경을 보고 있는고?"

"예. 법화경을 다시 보고 있사옵니다."

법화경은 '묘법연화경'을 말하는 것으로 대승 경전의 대표적인 경이라고 불린다. 노스님은 이제 특별한 스승의 지도가 없이도 안정적으로 공부를 지속하는 운허스님이 믿음직하기 그지없었다. 노스님은 크게 고개를 끄덕이며 말했다.

"으음. 그래? 그 법화경은 보면 볼수록 새로우니라. 한번 읽을 적마다 다른 것을 배우게 된다 하셨으니 너도 정녕 그러하더냐?"

"예. 두번째 봤을 적 다르고 세번째 봤을 적 다르고 참으로 읽을수록 오묘한 경이 법화경인가 하옵니다."

"으음 그래. 법화경을 본 사람은 누구나 다 그런 느낌을 가지게 된다고 그러더구나. 헌데 너 용하말이다."

"예, 스님."

"그동안 그만큼 중물도 들었고 경학도 배웠고 수행도 했으니 내 시키는 대로 한가지 일을 맡아줘야겠다."

"어떤 분부신지요, 스님?"

"저기 저 동두천 밖 소요산에 가본 적 있느냐?"

"예. 두어 번 가봤었습니다만."

"바로 그 소요산에 좋은 절이 자리잡고 있느니라."

"예. 석굴이 있고 폭포가 절마당 앞에 흘러내리는 그 자제암 말씀이신지요, 스님?"

"그래그래. 바로 그 자제암 말이다. 봄부터 가을까진 유람객들도 많이 찾아오는 바로 그런 절인데. 용하 니가 그 자제암 주지 소임을 좀 맡아줘야겠다."

"소승더러 그 자제암 주지소임을 맡으라 하셨습니까?"

"음, 그래. 내일이라도 가서 주지소임을 맡도록 해라."

헌데 자신을 진정한 불교의 세계로 인도해준 월초 노스님의 분부라면 일체 거역하는 바가 없던 운허스님이 잠시 망설이는 기색을

보이는 것이었다.

"왜 대답이 없는고?"

"저…… 말씀드리기 죄송스럽사옵니다만. 스님! 스님께서 소승 간청 하나 올리도록 허락해주십시오."

"무슨 부탁인데 그러느냐?"

"그 자제암 주지소임은 소승의 은사이신 경자 송자 스님께 맡겨 주심이 어떠하실런지요?"

"경송한테 자제암 주지소임을 맡겨달라?"

손상좌인 운허스님의 의외의 간청에 월초 노스님은 미간을 찌푸리며 생각에 잠겼다.

"그동안 험한 산속에만 홀로 계셨으니 노후라도 편히 지내도록 허락하여 주시오면 더이상 큰 은혜가 없겠습니다, 스님!"

운허스님의 갸륵한 호소에 노스님은 천천히 고개를 들었다. 스님의 눈은 환한 미소를 발하고 있었다.

"허허허. 그 일자무식 경송이가 상좌 하나는 효자로 두었구나 그래, 으응? 허허허. 그래그래. 용하 니 효심이 기특하니 니 은사 경송이를 자제암 주지로 보내야겠구나. 허허허."

"고맙습니다, 스님. 참으로 고맙습니다!"

월초 노스님의 승낙을 얻어낸 운허스님은 은사이신 경송스님으로 하여금 소요산 자제암 주지직을 맡도록 해서 노후를 안주케 해드렸다. 그리고 자신은 봉선사에 남아서 계속 경학공부에 열중하였다.

　그러던 어느 날 월초 노스님이 공부에 여념이 없는 운허스님을 불렀다.

"부르셨사옵니까, 스님?"

"그래 내가 널 불렀느니라."

"예. 분부내리시지요, 스님."

"넌 그동안 금강산 유점사 반야암에 들어가 경학을 공부했고 부산 동래 범어사 강원에서도 경학을 공부하고 왔느니라."

"예, 스님. 모두가 스님의 은혜 덕분이었사옵니다."

"그래 그동안 그만큼 경학을 공부했으니 내 너에게 한 가지 물어 봐야겠다."

"예, 스님."

"그래 니가 공부를 해보니 과연 불교는 배울 만한 가치가 있더냐 없더냐?"

"예. 솔직히 말씀올리겠사옵니다."

"물론 솔직히 말해야 한다. 일자 일획도 꾸미거나 보태거나 빼지 말고 니 생각대로 그대로를 말해봐라. 과연 불교는 배우고 따를 만한 가치가 있더냐?"

"저는 일찍이 사서삼경을 다 배워 마치고 그후에는 중학에 들어가서 신학문까지도 공부했었습니다."

"그건 내 이미 짐작하고 있었느니라. 그래 어디 말해봐라."

"예. 우선 불교를 무당 푸닥거리와 비슷한 것으로 잘못 알았던 저의 무지에 대해서 참회를 올려야 하겠사옵니다."

"허허허. 그러니까 너는 그동안 불교를 무당 푸닥거리와 비슷한 것으로 여겼더란 말이더냐?"

"불교에 대해서 무식하기 짝이 없었을 적에는 그렇게 여겼었습니다."

"그런데 불교경전을 공부해보니 그렇지 않더라 그런 말이냐?"

"솔직이 말씀올리자면 저는 불교경전을 읽기 시작하면서 여러 번 충격을 받았사옵니다."

"충격을 받았다구?"

"예. 그렇사옵니다. 저는 우선 인생살이 그 자체를 괴로움의 바다라고 설파하신 석가모니 부처님의 가르침에 온몸을 떨었습니다. 태어나는 것도 괴로움이요 늙는 것도 괴로움이요 병들고 죽는 것도 괴로움이다. 사랑하는 사람과 헤어지는 것도 괴로움이요 미워하는 사람과 만나는 것도 괴로움이요 얻고자 하는 것을 얻지 못함도 괴로움이요 다섯가지 욕심이 일어나는 것도 괴로움이니 인생살이 그 자체가 괴로움의 바다니라. 이 가르침을 처음에 접했을 적에 저는 그만 망연자실해서 두 눈을 감은 채 곰곰히 생각에 빠져들었습니다. 그리고 과연 이 인생살이라고 하는 것은 괴로움의 연속이요 괴로움의 바다라는 것을 깨닫게 되었사옵니다. 그뿐만이 아니옵니다. 석가모니 부처님께서는 놀라웁게도 이 괴로움의 바다에서 벗어나려면 모든 것을 구하려 하지 말고 버리라고 가르치셨습니다. 이 세상에 영원한 것은 아무 것도 없다, 영원한 나의 것은 아무것도 없다, 이 육신 이 몸뚱이마저도 영원한 나의 것이 아니거늘 대체 무엇을 구하려 들고 집착하느냐, 너의 것이 아닌 것은 모두 버려라, 육신은 너의 것이 아니다, 육신을 믿지 말고 집착하지 말라, 물질은 영원한 너의 것이 아니다, 그 물질을 버려라, 벼슬은 영원한 너의 것이 아니다, 벼슬을 버려라, 감각도 생각도 너의 것이 아니니 그것들을 버려라, 애정도 미움도 너의 것이 아니니 그것들을 버려라, 진정으로 너의 것이 아닌 것을 다 버렸을 때 너는 영원한 평안을 얻을 것이니라. 솔직히 말씀 올리자면 저는 이런 부처님의 가르침에 몇번이고 몇번이고 몸을 떨었습니다."

긴 시간 동안 이어진 운허스님의 겸허한 고백을 들은 노스님은 흐뭇한 미소를 지었다.

"으음. 과연 용하 니가 이제 눈을 바로 뜨기 시작했음이로다! 허허허. 이것봐라, 용하야!"

"예, 스님."

"용하 너는 기울어진 이 조선불교를 반드시 일으켜 세워야 할 것이다. 내 말 알겠느냐?"

"예, 스님. 명심하겠습니다."

월초 노스님은 출중한 손상좌 하나를 문하에 두게 되었음을 마음 든든히 여기시게 되었다. 본인이 자칫 아만심에 빠지고 다른 스

님들의 질투를 일으킬까 저어하여 표면적으로는 매우 엄격한 태도를 취했지만, 운허스님을 아끼고 사랑하는 노스님의 지극한 마음은 그 무엇에 비길 바가 아니었다.

어느 날 점심 공양을 마치고 모처럼 한가로이 잣나무숲을 산책하고 있는데 노보살이 숨을 헐떡이며 운허스님을 불렀다.

"용하스님! 용하스님!"

"예. 저를 찾으셨습니까요, 보살님?"

"에이그! 여기 계신 걸 모르고서 절집안을 안뒤진 데가 없다우 글쎄!"

"아, 예. 헌데 무슨 일이신지요?"

"노스님께서 아까부터 용하스님을 찾으십니다요."

"네에, 곧 가서 뵙도록 하겠습니다."

"저 그런데 용하스님!"

운허스님이 얼른 발길을 돌려 바삐 걸어가는데 뒤에서 노보살의 목소리가 들려왔다. 어쩐지 웃음기가 배어 있는 목소리였다.

"예. 왜 그러십니까요?"

"용하스님은 좋으시겠수."

"예에? 아니 그게 무슨 말씀이신지요."

"노스님께서는 입만 뻥긋하시면 그저 용하, 용하 하시더니 이번에도 제일 큰 불사를 용하스님한테 맡긴다고 그럽디다요! 아 어서 노스님한테 가보도록 하시우."

"아, 예."

아닌 게 아니라 월초 노스님은 봉선사의 가장 큰 일을 운허스님에게 맡기셨다. 그건 바로 중창불사의 대업이었다. 사실 왕실의 보살핌 속에 있던 교종갑찰 봉선사의 위세가 대단했던 만큼 임진왜란, 병자호란이라는 양대병화 속에서 잿더미가 되는 비운을 겪기도 했다.

그후 인조 15년 계민선사에 의해 병자호란의 환난이 복구되고 영조 25년 재청선사, 헌종 14년 성암과 월성선사에 의해 중수를 거듭해왔다. 월초 노스님은 이제 여러분 선사들의 위업을 이어받아 중창불사의 대미를 장식하려 하는 것이다. 바로 그 임무가 운허스님에게 떨어졌으니 손상좌에 대한 노스님의 신뢰가 어느 정도인지 짐작하고도 남음이 있었다.

"용하. 너는 오늘부터 이 봉선사 법무소임을 맡아서 대웅전을 중수하고 삼성각을 새로 짓는 중창불사 책임을 맡도록 해라. 내 말 알아들었느냐?"

"예, 스님. 분부대로 하겠습니다."

봉선사 중창불사의 책임을 맡게 된 운허스님은 대웅전을 중수하고 삼성각을 새로 짓는 데 온 심혈을 다 기울였다. 이때 당시만 해도 백성들의 살림 형편이 곤궁했던 터라 가난한 절에서 중창불사를 한다는 것은 참으로 어려운 일이었다.

운허스님은 시주를 얻는 일에서부터 건축자재를 제때에 공급하

는 일, 그리고 공사를 감독하고 장부를 정리하는 일까지 다 도맡아야 했다. 근 일년에 걸친 중창불사에 밤낮을 가리지 않고 일하던 운허스님은 그야말로 기진맥진이 되었다.

그러던 1926년 여름, 공사가 거의 막바지에 다달았을 무렵이었다. 아침예불을 마친 운허스님이 공사장에 나갈 채비를 하고 있는데 문 밖에서 노보살의 목소리가 들려왔다.

"스님! 스님! 용하스님! 안에 용하스님 안 계시우?"

"절 찾으셨습니까, 보살님?"

"아, 예. 자 어서 이 약 잡숫도록 하시우."

"아니 이건 무슨 약입니까, 보살님?"

노보살은 싱긋이 웃으며 가져온 탕약 그릇을 방바닥에 내려놓았다.

"어제 저녁 때 노스님께서 친히 약을 지어가지고 오셔서 용하스님한테 달여먹이라고 당부를 하셨다우. 자, 어서 식기 전에 쭈욱 마시도록 하시우."

"아이고, 이거 아닙니다! 전 아무데도 아픈 데가 없으니 노스님이나 드시도록 하시지요."

"아이구 안될 말씀! 용하스님이 그동안 중창불사 하느라고 기운이 빠졌으니 이 약 마시고 근력 차려서 중창불사 원만히 되게 하라고 노스님이 친히 지어오신 약인데! 아 어서 드시우!"

"아유 이거 원 참! 노스님께 심려를 끼치다니!"

"아유, 용하스님 안색이 오죽 안 좋아 보였으면 노스님이 약을 다 지어오셨겠수. 근력 되찾게 하는 데는 이 약이 아주 좋다고 그럽디다! 그 무슨 대고탕이라고 그러던가? 자, 어서 한숨에 쭈욱 들이켜시우."

"아 예, 예. 그럼 이거 염치없는 일입니다만 들도록 허겠습니다."

"어서 드시고 근력 돋우시우. 칠월 칠석 전에는 중창불사 마쳐야 될텐데 걱정이라고 그러십디다요!"

"예. 밤을 새워서라도 그 안에 마무리 지을 작정이니 너무 염려하지 마십시오."

운허스님은 심기일전, 새벽부터 밤중까지 공사에 진력하여 기어이 칠월칠석 전날까지 중창불사를 거뜬히 마무리했다. 월초 노스님은 매우 흡족해 하였다.

"그동안 참으로 수고가 많았느니라."

"아, 아닙니다, 스님. 모두가 노스님 은혜 덕분인 줄로 아옵니다."

"불사라고 하는 것은 옆에서 바라보기는 쉬운 것 같아도 막상 붙들고 해보면 보통 어려운 일이 아니다. 기와 한번 갈아입히는 불사도 말은 쉽지만 백번 천번 한숨을 쉬게 되는 법! 하물며 대웅전 중수며 전각 새로 짓는 불사임에랴 어찌 노고가 적었다고 하겠느냐."

"아, 아니옵니다, 스님. 밖으로는 부처님께서 도와주셨고 안

으로는 노스님과 대중들이 도와주셨기에 별로 어려움이 없었사옵니다."

"아무튼 중창불사를 회향했으니 그동안 기력이 소진했을 터! 허나 출가수행자가 이만한 일을 해놓고 마음의 고삐를 놓아버리면 아니되는법!"

"예, 스님."

"마음의 고삐를 더욱 단단히 조여매야 할 것이다."

"예, 스님. 그래서 소승 현등사에 들어가 그동안 소홀히 했던 정진수행을 하고 올까 하오니 허락하여 주십시오."

노스님은 중찰불사를 마무리한 뒤 조금도 쉬지 못한 상황에서 다시 정진수행을 하겠다고 나서는 운허스님을 대견한 듯이 한참을 바라보다가 마침내 고개를 끄덕였다.

"그래 그것 참 좋은 생각이다. 한 삼칠일 정진하면서 대들보도 잊어버리고 서까래도 잊어버리고 세상잡사는 다 놓아버리고 오도록 해라."

"예, 스님. 분부대로 정진하고 오겠습니다."

8
갑 속에 든 칼

운허스님은 봉선사 중창불사를 마치자마자 곧바로 현등사로 들어가 정진수행을 하게 되었다. 현등사는 신라 법흥왕 때 인도스님 마라하미를 기려 지어진 유서깊은 천년고찰이었다.

운허스님은 이 물 맑고 산세 수려한 경기도 가평군 하면 낙산에 있는 기도도량 현등사의 아늑한 분위기에서 삼칠일 정진에 돌입했다. 이때 현등사까지 따라가 스님의 시봉을 들었던 사람이 바로 혜관 학인. 혜관은 운허스님을 그림자처럼 따라다니며 시봉을 들다가도 모르는 것이 있으면 스님이 쉬고 있는 틈을 타서 질문 보따리를 풀어놓곤 했다.

"저 스님!"

"왜 그러시는가?"

"대체 부처님은 다른 사람과 무엇이 다르기에 이토록 경배를 받고 숭앙을 받는지요?"

"허허. 그래 그것이 여태 궁금했단 말이던가."

"예."

"음. 그럼 우선 한 가지만 분명히 알아두시게. 이 세상의 모든 사람들은 무엇이든 더 가지려고 몸부림을 치고 있네. 더 많은 돈, 더 많은 재산, 더 큰 벼슬, 더 큰 명예, 더 좋은 옷, 더 맛있는 음식, 그런 것을 자기 것으로 더 많이 가지려고 몸부림을 치면서 살고 있단 말일세. 헌데 석가모니 부처님은 그런 부귀영화를 스스로 다 버리신 분이야. 가만히만 있어도 가빌라 왕국의 임금이 되고 온갖 부귀영화가 당신 손안에 다 들어 있었는데 이 모든 것들을 스스로 다 버리시고 왕궁을 떠나셨어. 이 한 가지 사실만 보더라도 석가모니 부처님은 참으로 위대한 분이시지. 그러면 대체 석가모니 부처님은 왜 그런 부귀영화를 스스로 버리셨느냐 그게 또 궁금하겠지?"

"저 같으면 부귀영화 누리면서 호의호식 남부러울 게 아무것도 없겠는데 왜 버리고 나오셨는지 알다가도 모르겠습니다요."

운허스님은 혜관 학인의 순진한 대답에 빙그레 미소를 지으면서 말했다.

"한꺼번에 다 알려고 하지 말고 곰곰히 생각을 해보게. 대체 석가모니 부처님은 무슨 까닭에 좋은 부귀영화를 스스로 버리셨을꼬?"

혜관 학인은 며칠이 가도록 혼자 끙끙대며 그 의문을 풀어보려 애썼지만 생각은 실타래처럼 더욱 엉켜버리기만 할 뿐이었다. 하

다못해 경책을 보려고 해도 어려운 한문을 해독하느라 그 깊은 의미를 놓쳐버리기 일쑤였다. 며칠 후 혜관은 다시 운허스님께 여쭈었다.

"저 스님."

"그래 무슨 일이신가?"

"스님께서 저에게 곰곰히 생각해보라고 그러셨습니다. 석가모니 부처님은 대체 어인 까닭으로 그 좋은 부귀영화를 스스로 버리시고 출가를 하셨을까."

"그래 곰곰히 생각을 해봤는가?"

"전 아직 공부가 얕아서 그런지 도무지 그 까닭을 알 수가 없사옵니다."

"그래서 공부를 하고 수행을 하라는 게지."

"하오나 스님! 솔직히 말씀드려서 공부하기가 너무 어렵습니다."

"공부하기가 너무 어렵다니 어째서 말인가."

"스님들이 공부하라고 주신 초발심자경문, 사미율의, 발심수행장. 그런 경책들이 가장 쉬운 것이라는데 말씀이십니다요."

"그래 화엄경이나 법화경이나 능엄경 보다야 한결 배우기 쉬운 경책이지."

"그런데두 말씀입니다요, 스님! 그렇게 쉽다는 자경문이나 사미율의조차도 새카만 한문으로만 되어 있으니 도무지 읽기도 어렵고 무슨 뜻인지 알 수가 없습니다요!"

"으음, 그래. 그게 참으로 답답하고 안타까운 노릇이야. 나야 다행히 한문공부를 넉넉히 해두었던 덕분에 그 좋은 경전들을 읽을 수 있었네만 한문 공부를 어지간히 해가지고는 경전 한 줄도 읽을 수가 없는 게 사실이야. 그동안 이 좋은 부처님의 가르침이 백성들 사이에 널리 전해지지 못한 것도 기실 따지고 보면 부처님 경전이 한문으로만 되어 있었던 탓이 아닐까 그런 생각이 들어."

"저. 그래서 말씀인데요. 스님께서 이 어려운 불교경전을 쉽게 좀 말씀해 주실 수 없으신지요, 스님?"

"흐음. 나도 진즉부터 그런 생각을 하고 있었네. 누군가가 반드시 이 좋은 부처님의 가르침을 누구나 읽고 누구나 쉽게 배울 수 있도록 해줘야 한다고 말일세."

"스님께서는 이미 경전공부를 많이 하셨으니까 우선 한 가지만 좀 알아듣기 쉽게 말씀해 주십시오. 공부를 하면 스스로 알게 된다고들 말씀하십니다만 부처님 경전을 배우기도 전에 한문글자 배우다 지쳐서 아까운 세월만 다 가겠습니다요."

"그래 그건 나도 알고 있네. 하지만 한가지 분명한 것은 부처님의 가르침이야말로 이 인생살이를 가장 행복하게 해준다는 사실이야."

"그래서 우선 한가지만 알고 싶사옵니다, 스님. 대체 석가모니 부처님은 그 좋은 부귀영화를 무슨 까닭으로 스스로 버리셨사옵니

까."

"음. 그것은 부귀영화가 인생살이를 불행하게 만든다는 사실을 아셨기 때문이야."

의외의 답변에 놀란 혜관은 눈을 동그랗게 뜨고 스님께 여쭈었다.

"부귀영화가 인생살이를 불행하게 만든다뇨, 스님?"

"이 세상 모든 사람들은 돈이 많으면 행복할 줄 알고 있지. 또 이 세상 많은 사람들은 재산이 많으면 행복할 줄로 여기고 있고 또 어떤 사람은 높은 벼슬이 행복을 가져다 줄 줄로 여기고 있어. 그래서 그 많은 것들을 자기것으로 만들기 위해서 일도 하고 욕도 하고 싸우기도 하고 중상모략도 하고 심지어는 빼앗기도 하고 훔치기도 하지. 허나 이 세상에 항상 그대로 있는 것은 아무것도 없어. 하다못해 이 육신마저도 늙고 병들고 없어지게 되어 있으니 다른 것은 말해서 무엇하겠는가. 돈이 늙는 것을 막아주겠는가, 재산이 병드는 것을 막아주겠는가, 높은 벼슬 명예가 죽는 것을 막아줄 것인가. 동서고금의 왕후장상들도 죽을 적에는 재산과 벼슬, 단 한 가지도 가지고 간 사람이 없으니 부귀영화란 이 얼마나 허망한 것인가. 그래서 부처님은 이렇게 말씀하셨다네."

"무어라고 말씀하셨는데요, 스님?"

"욕심이 많은 사람은 이익을 구함이 많기 때문에 번뇌도 많고 근심걱정이 많지만 욕심이 없는 사람은 구함이 없으니 근심걱정도 없다. 또한 욕심이 없는 사람은 마음이 편안해서 아무 걱정과 두려움이 없고 하는 일에 여유로움이 있어서 부족함이 없다. 만일 모든 근심걱정과 괴로움에서 벗어나고자 한다면 만족할 줄을 알아야 한다. 만족할 줄 알면 언제나 부유하고 즐거우며 편안하다. 그런 사람은 비록 맨땅 위에 누워 있더라도 편안하고 즐거울 것이다. 그러나 만족할 줄 모르는 사람은 비록 고대광실에 있을지라도 흡족하지 못하여 늘 불안하고 괴로울 것이다. 어리석은 중생들아! 잊지 말지어다. 영원한 너의 것은 아무것도 없다. 이 세상에 영원한 너의 것은 아무것도 없다."

"아!"

혜관은 그제서야 크게 머리를 끄덕이는 것이었다.

"이것보시게, 혜관."

"예, 스님."

"어떠신가. 부처님 말씀을 알아들으시겠는가?"

"예. 이렇게 쉽게 풀어서 들려주시니 구구절절 마음에 와닿습니다. 헌데 경전은 모두 왜 그렇게 어려운 한문으로만 되어 있는지 그것이 절통할 일이옵니다."

"그래. 그러니 우리가 경전공부를 열심히 해서 쉬운 말로 전하도록 그 길을 열어야 할 것이네. 내 말 아시겠는가."

"예, 스님. 명심하겠습니다."

읽으면 읽을수록 지혜로운 말씀, 보면 볼수록 탄복하지 않을 수

없는 가르침, 뜻을 알면 알수록 행복해지는 가르침, 불교경전 속에 가득가득 담겨있는 부처님의 가르침을 만날 때마다 운허스님은 참으로 큰 기쁨과 희열을 맛보았다.

그리고 또 한편으로는 더욱 더 안타까운 마음을 금할 수 없었다. 이 좋은 가르침 이 훌륭한 교훈, 이 위대한 지혜를 과연 어떻게 하면 더 많은 사람들이 다 같이 읽고 배워서 행복한 인생을 살아갈 수 있도록 해줄 것인가.

"여보시게 혜관!"

"예, 스님."

"자네도 '갑 속에 든 칼'이라는 말을 알고 있겠지?"

"예. '그림 속의 떡'이라는 말도 있습지요, 스님."

운허스님은 혜관 학인의 천진한 대답에 웃음을 머금으며 말했다.

"음, 그래. 바로 부처님의 가르침이 그동안 그림속의 떡처럼 한문의 감옥 속에 갇혀 있었네."

"대체 어쩐 까닭으로 이렇게 됐는지요, 스님?"

"음. 부처님이 설법하신 곳은 저멀리 인도땅이셨으니 처음 그 제자분들이 부처님의 가르침을 엮을 적에는 인도말, 인도글자로 엮었을 것이 당연한 일이 아니겠는가."

"그야 그렇겠습니다만."

"그후 불교가 중국땅에 전해지면서 중국글자인 한문으로 옮겨지게 되었고 그 한문경전을 우리 스님들이 그대로 얻어다가 배우게 된 것도 당연한 일이겠지."

"그야 어쩔 수 없는 일이었겠습니다만."

"그후부터가 문제지. 세종대왕께서 우리글을 만드셨으니 불교경전도 그때부터 우리글로 옮겨놓기 시작했더라면 더 많은 백성들이 부처님 가르침을 쉽게 접하고 배울 수 있었을 터인데 사정이 여의칠 못했단 말이지."

"어떤 사정 말씀이신지요, 스님?"

"유교를 숭상하고 불교를 배척하면서 사찰재산을 몰수하고 불교를 핍박했으니 경전을 우리말 우리글로 풀어서 옮길 여유가 없었던 게지. 승려들이 끼니조차 굶는 형편이었으니 말일세."

"아, 예. 그 말씀을 들으니 불교경전이 여태 한문으로만 남아 있던 까닭을 이제야 알겠습니다요."

"그러니까 이제부터라도 부처님 말씀을 우리말 우리글로 풀어서 전해야 할 것인데 지금은 또 왜놈들 세상이 되었으니 참으로 한심스러운 일일세."

"예. 그러게 말씀입니다요."

"허나 지금 세상이 아무리 왜놈들 세상이라고는 하지만 결코 이 왜놈 세상이 오래가지는 못할 것! 훗날을 기하기 위해서는 경학공부를 결코 게을리해서는 아니될 것이야."

이때 운허스님은 이미 불교경전이 우리말 우리글로 옮겨져야 한

다는 생각을 굳게 굳게 다지고 있었다. 현등사 삼칠일 정진이 끝나고 다시 봉선사로 돌아온 운허스님은 월초 노스님 앞에 무릎을 꿇고 단정히 앉았다.

"그래. 현등사에서는 정진을 잘하고 왔느냐?"

"예, 스님."

"허면 이제 어찌하겠느냐? 이 봉선사에 남아서 공부를 계속하겠느냐, 아니면 어디 선방에라도 들어가겠느냐?"

앞으로의 계획을 묻는 월초 노스님의 모습은 이전과는 사뭇 다른 것이었다. 그것은 불과 몇년 동안에 십수 년 공부한 스님들보다 월등한 진전을 보이고 있는 운허스님에 대한 인정이요, 신뢰의 표현이었다.

"예, 스님. 불가에서는 경전을 부처님의 말씀이라고 하고 참선을 부처님 마음이라 하며 계율을 부처님의 행이라 하는 줄 알고 있사옵니다."

"그야 그렇지. 그래서 계, 정, 혜를 삼학이라고 하느니라."

"예. 그래서 저는 계율과 지혜와 선정 어느 것 하나도 소중하지 않은 것이 없다고 생각하옵니다만 그 가운데서 가장 먼저 경학을 철저히 통달해야 한다고 생각하옵니다."

"으음. 어째서 그렇다는 얘기던고?"

"예. 제가 그동안 경학을 공부해보니 부처님 가르침을 알기만 하면 참으로 인생살이가 복되어집니다. 부처님 가르침을 알기만 하면 이 세상 모든 근심걱정이 저절로 사라지고 부처님의 교훈을 따르기만 하면 모든 가정이 다 화평하고 복밭이 될 것이요 부처님의 가르침을 그대로만 실천하면 이 세상에 성내고 다투고 빼앗고 훔치고 싸우는 일이 없어질 것이니 그야말로 우리 조선팔도가 그대로 극락이 될 것이옵니다. 하오나 이 좋은 부처님의 가르침이 그동안 한문으로만 되어 있어서 이 세상 보통 백성들이 부처님의 가르침을 접하고 배울 기회가 없었사옵니다. 해서 저는 앞으로 이 좋은 부처님의 가르침을 더 많은 백성들에게 알기 쉽게 전하기 위해서는 경학공부를 먼저 통달해야 한다고 생각하는 것이옵니다."

"으음, 그래. 듣고 보니 과연 옳은 생각이로구나! 허면 앞으로도 경학공부에 전념하겠다는 말이더냐?"

"예. 물론 참선도 부지런히 닦겠습니다. 하오나 저는 다시 금강산 유점사 반야암으로 들어가 당분간 경학참구에 매진코자 하오니 허락하여 주시면 고맙겠습니다, 스님."

"으음 그래. 허면 용하 네 뜻대로 언제든 금강산으로 들어가 하고 싶은 공부를 하도록 해라."

"예. 허락하여 주셔서 고맙습니다, 스님!"

월초 노스님은 일찍이 운허스님의 그릇과 자질을 알아보았던 분으로 부처님의 가르침을 보다 많은 백성들에게 쉽게 전달하기 위해 당분간 경학공부에 전념하겠노라는 운허스님의 계획에 적극 찬성하였다.

　노스님의 허락을 받은 운허스님은 또다시 금강산 유점사 반야암으로 들어갔다. 스님은 경전의 체계적인 연구를 위해 동국경원을 세우고 원생 이십여 명과 함께 밤낮으로 경을 읽고 그 뜻을 새겨나갔다.
　"여러 원생들께서도 익히 잘알고 계시겠소이다마는 원래 불교의 모습은 이런 것이 아니었소. 불공이나 드려주고 공양미나 얻어 그걸 양식으로 삼아 연명해 가는 것이 불교가 아니란 말이오. 본래의 불교란 부처님의 가르침을 배우고 익혀서 위로는 부처님의 도를 이루고 아래로는 고해중생을 제도하는 데에 있는 것이니 스스로 부처가 되고 남을 이롭게 함을 이루려면 무엇보다도 먼저 부처님의 가르침이 과연 무엇인가를 제대로 알아야 할 것이오. 부처님의 가르침이 과연 무엇인가를 알려면 반드시 부처님 말씀을 적어놓은 경전을 배워 마쳐야 할 것이오. 자, 그러면 오늘은 어제의 공부에 이어서 불전을 읽고 배우도록 하겠소. 모두들 불전 열다섯번째 장을 보도록 합시다."
　"예, 스님."
　운허스님은 젊은 원생들이 책을 펼치길 잠시 기다렸다가 불전 열다섯번째 장을 읽어나갔다.

　부처님께서 사위성의 기원정사에 계실 때의 일이니라. 삼대독자를 병으로 잃은 한 여인네가 비탄에 빠져 식음을 전폐하고 잠을 이

루지 못하여 슬퍼하더니 하루는 부처님을 찾아뵙고 호소하였나니,

"부처님이시여. 저는 유복자인 삼대독자를 병으로 잃고 세상 살아갈 생각을 잃었습니다. 대체 어찌하면 이 슬픔에서 벗어날 수가 있겠습니까?"

"오, 가엾은 아낙네여. 내게 한 가지 방법이 있으니 그대로 하겠는가?"

"예. 무엇이든지 부처님께서 시키시는 대로 하겠사옵니다."

"그러면 잘 들으라. 이제부터 마을로 다니며 삼대 이상 살아온 집을 찾되 사람이 죽은 일이 없는 집만을 일곱집 찾아내어 그 일곱 집에서 쌀 한움큼씩만 얻어오면 그때는 내가 자식 잃은 슬픔에서 벗어나는 길을 가르쳐주리라."

"알겠습니다, 부처님이시여. 반드시 그 일곱 집을 찾아내어 기어이 쌀을 얻어오겠습니다."

이리하여 그 여인은 마을로 들어가 사람이 죽은 일이 없는 일곱 집을 찾으러 돌아다니기 시작했는데 이레가 지난 뒤 다시 부처님 앞에 나와 하소연하였으되

"부처님이시어. 굽어 살펴주십시오!"

"오! 그래! 내가 말해준 대로 삼대 이상이 사는 집 가운데에서 한번도 사람이 죽은 일이 없는 집 일곱 곳을 발견하였는가."

"아, 아니옵니다, 부처님. 그런 집은 단 한 집도 없었사옵니다."

"허면 그대는 어찌하여 다시 여기에 왔더란 말이던고?"

"사람이 죽지 아니한 집안은 단 한집도 없다는 것을 이제야 알게 되었사옵니다."

"착하다 여인이여! 그대는 비로소 지혜에 눈을 뜨게 됐구나! 이 세상 모든 생명있는 것은 반드시 죽는 법. 아비의 죽음을 자식이 대신할 수 없고 자식의 죽음을 아비가 대신할 수 없음이요. 남편의 죽음을 아내가 대신할 수 없고 아내의 죽음을 남편이 대신할 수 없음이니 이것이 바로 생자필멸의 법이라 할 것이다! 낳고 죽는 것이 어찌 사람뿐이겠는가. 이 세상 모든 만물은 생겨나서 머물고 무너지고 없어지는 법칙에서 벗어날 수 없나니 그래서 내가 재법무아 재행무상이라 일렀느니라."

"고맙습니다, 부처님이시여! 이제야 무상도리를 깨달았사오니 더이상 슬퍼하지 않을 것이옵니다."

열다섯번째 장을 읽고 난 운허스님은 좌중을 돌아보며 질문을 던졌다.

"여러 원생들! 과연 어떠하시오? 우리가 모두 함께 새겨 읽고 보니 부처님의 가르침이 과연 어떠하십니까?"

"참으로 알아듣기 쉽사옵니다."

"허면 부처님의 가르침이 과연 우리들 고해중생에게 이로움을 주겠습니까, 아니면 배워도 그만, 안 배워도 그만이겠습니까?"

원생 중의 한 학인이 눈빛을 빛내며 운허스님의 질문에 대답했다.

"이 세상에서 살면서도 이 부처님 가르침을 만나지 못한 사람은 참으로 복이 없는 사람이라 할 것이요 이 부처님 가르침을 만난 사람은 과연 복많은 사람이라 할 것이옵니다."

"그렇다면 어떤 까닭으로 그렇다고 하겠소이까?"

"예. 부처님 가르침을 만나면 온갖 근심걱정이 사라지게 되고 부처님 가르침대로 살면 마음이 늘 편안할 것이니 이보다 더 복된 인생살이가 세상에 또 어디에 있다 하겠습니까?"

"그렇다면 과연 이 부처님의 자비롭고 거룩한 가르침을 우리들 출가수행자만이 알고 있어야 옳겠소이까 아니면 온세상 백성들에게 널리널리 전해주어야 옳겠소이까?"

"이 거룩한 가르침은 온세상 백성들에게 널리널리 골고루 전해야 옳을 것이옵니다."

"그러면 이 부처님의 가르침을 온세상 백성들에게 널리널리 골고루 다 전해주자면 대체 우리 출가승려들이 어떻게 해야 좋겠습니까?"

"부지런히 경학을 공부하고 공부해서 부처님의 가르침을 제대로 다 배운 뒤에 알아듣기 쉽게 전해주어야 할 것이옵니다."

"옳은 말씀이오! 자 그러면 우리 모두 다함께 더욱 힘을 내어 정진합시다!"

"정진합시다!"

　운허스님은 이때 금강산 유점사의 반야암과 연화사에서 동국경원 원생 이십여 명과 함께 능엄경을 비롯한 불교경전을 세세히 공부하고 불전과 기신론 등을 샅샅이 살펴보았다. 스님은 원생들의 공부를 이끌어 나가되 일방적으로 강의하는 식은 가능하면 피하고 수없는 문답을 통해서 원생들 각자가 진리를 궁구하는 길을 스스로 찾아낼 수 있도록 하였다.

9
이 나라 불교를 일으켜 세우자면

이듬해 가을, 운허스님은 서울 동대문밖 개운사 대원강원에 들러 수많은 젊은 학인들이 공부하는 모습을 지켜보았다. 바로 이 개운사 대원강원에서 운허스님은 훗날의 청담스님인 이순호 학인을 만나 남다른 교분을 맺게 되었다.

봉선사를 떠난 지 일년 반 만에 운허스님이 다시 봉선사로 돌아왔다.

운허스님이 월초 노스님을 찾아뵙고 인사를 올리니 노스님은 그윽한 눈길로 손상좌를 바라보시었다. 이마와 눈가의 주름은 그 골이 더욱 깊어졌지만 청청한 눈빛만은 여전히 청년의 기백을 간직하고 있었다.

"그래 금강산 유점사에서 오는 길이더냐?"

"아니옵니다. 돌아오는 길에 서울 동대문 밖 개운사 대원강원에 잠시 들렸다 오는 길이옵니다."

"으음, 그래? 그 대원강원에 영호당 박한영 스님이 오셔서 강을 하신다더구나."

"예. 사실은 그 스님께서 강을 아주 잘하신다고 소문이 났기에 그래서 거기에 들렸었습니다만 말씀도 드려보지 못하고 그냥 왔습니다."

운허스님의 대답을 듣자마자 노스님은 반백의 눈썹을 꿈틀하며 소리쳤다.

"아니! 왜 말씀도 올리지 못했단 말이더냐? 기왕지사 경학공부를 하려면 그런 대강백 문하에서 공부를 해야 하는 법이다."

"하오나 학인수는 워낙 많은데다가 장소가 협소해서 더 이상 앉을 자리가 없다는 이유로 학인을 받아주시지 아니하시고 물리친다는 말씀이었습니다."

"아니 그럼 그 영호당께 인사조차 올리지 아니하고 왔더란 말이냐?"

"아니옵니다. 찾아뵙고 인사는 올렸습니다만 그곳 사정이 그러하다기에 공부하고 싶다는 말씀은 차마 올리지 못했단 말씀입니다."

"쯧쯧."

월초 노스님은 뜨악한 표정으로 혀를 차더니 엄한 목소리로 운허스님에게 말했다.

"이것봐라, 용하야."

"예, 스님."
"옛말씀에 왕대밭에서 왕대가 난다고 그러셨느니라."
"예."
"경학에 통달해서 중생을 제도하고 후학을 키워내려면 우선 그 경학에 밝은 큰스승을 제대로 만나야 할 것이다."
"예, 스님."
"지금 우리 조선 불교계에는 대강백 세 분이 계시거니와 그분들이 누구누구이신고 하면 첫째가 영호당 박한영 스님이시요, 그 다음이 진진응 스님 그리고 또 경훈스님이신데 영호당 박한영스님으로 말씀을 드리자면 그분은 바로 우리 조선불교 교정이시니 첫째가는 어른이시다."
"아, 예. 스님."
"기왕에 경학공부를 통달하기로 마음을 먹었으면 반드시 그 뜻을 이루어야 할 것이니 너는 이 봉선사에서 머물 생각을 해서는 아니될 것이다."
"하오면 스님! 절더러 또 어디로 떠나라는 말씀이시온지요."
"어디긴 이 녀석아! 개운사 대원강원 영호당 박한영 스님 문하로 들어가야지!"
"거긴 자리가 없어서 더 이상 학인을 받아주지 아니하시고 물리친다 하셨습니다, 스님."
"거 녀석도! 원 사내가 그렇게 비윗장이 엷어가지고 어디다 쓰겠느냐! 큰일을 성취하려면 배짱도 좀 있어야 하고 늘어붙을 줄도 알아야 하고 아, 어거지를 써야 할 적에는 어거지도 좀 쓸 줄 알아야지!"

"하오나 그 대원강원 사정이."

"쯧쯧!"

계속 난처한 기색으로 머뭇거리는 운허스님을 딱하다는 듯 바라보던 월초 노스님은 단호한 음성으로 말했다.

"그건 걱정할 것 없다! 내가 당장 서찰 한 통을 써줄 것이니 내일이라도 다시 영호당 큰스님을 찾아뵙도록 해라!"

"하오나 스님!"

"허허 이녀석이! 또 무슨 토를 달려고 이러는고?"

"저, 토를 달려고 이러는 게 아닙니다, 스님. 하오나 제가 보기에도 그 대원강원 사정이 말씀이 아니었습니다, 스님."

"으음…… 무슨 사정이 어떻게 말씀이 아니더란 말이냐 그래?"

"예. 학인들만 해도 실히 사십여 명이 넘는데다가 공부하는 방도 비좁아서 들어앉을 자리가 없구요. 잠잘 곳도 없어서 칠성각 산신각에서 잠을 자는 형편이라 여러 학인들이 멀리서 왔다가 퇴짜를 맞고 돌아가는 지경이었습니다."

"허허. 거 이녀석! 아 인석아! 공부방이 비좁아서 들어앉을 자리가 없으면 토방에 서서라도 공부할 수 있을 것이요, 잠자리가 비좁아서 잠을 못자면 공양간에 거적이라도 깔고 자면 될 것이 아니

겠느냐! 여러 소리 말고 내일 당장 가도록 해! 내 말 알아들었느냐?"

"예, 스님. 분부대로 하겠습니다."

이렇게 해서 운허스님은 봉선사에 돌아와 며칠 편히 쉬지도 못한 채 또다시 봉선사를 떠나게 되었다.

운허스님은 서울 개운사 대원강원으로 가기 전에 동두천 소요산 자제암에 들러 은사이신 경송스님께 문안을 드렸다. 경송스님은 오래간만에 자신을 찾아온 제자를 몹시 반가워했다. 워낙 어린애같이 천진하고 낙천적인 성격이긴 했지만, 은사를 위해 주지자리를 양보한 운허스님에 대한 애틋한 정은 각별할 수밖에 없었던 것이다.

소요산 자제암에서 하루를 유한 운허스님은 다음날 아침 일찍 길을 떠나 서울 동대문 밖 개운사 대원강원에 도착했다. 스님은 영호당 박한영 스님을 찾아뵙고 월초 노스님이 써주신 서찰을 전해올렸다.

서찰을 펼쳐보던 박한영 스님은 문득 눈을 들어 운허스님에게 물었다.

"으음. 가만 있거라. 그래 자네가 박용하란 말이던가?"

"예, 스님."

"그래, 어디 보자. …… 이 박용하라는 아이는 소승의 손상좌인 바 장차 조선불교의 대들보감이 될 아이이니 아무쪼록 거두어 주시어 눈을 밝게 뜨도록 호되게 키워주십시오. …… 으흠. 자넬 보고 장차 조선불교의 대들보감이라고 그러셨군 그래."

"아, 아니옵니다. 노스님께서 과찬의 말씀을 하신 것이옵니다."

"가만 가만!…… 학비는 이 봉선사 노승 월초가 보내드릴 것이오니 방이 비좁으면 토방에 서서 배우게 하시고 잠자리가 없으면 맨땅에서 재우셔도 좋으니 아무쪼록…… 허허허허!"

진지하게 월초스님의 편지를 읽어 내려가던 박한영 스님은 기어이 호탕한 웃음을 터뜨리셨다. 조선총독이 자기 양아들이라고 배짱을 부렸다는 월초 노스님의 일화를 익히 잘알고 있던 박한영 스님이었다.

"허허허. 이 월초 노스님이 나보다 한수 앞서가셨구만 그래! 아난 방이 비좁으니 안된다고 해서 돌려보낼 참이었는데 그 말을 미리 이렇게 꽉 막아버렸으니 내가 그만 할말이 없게 되었단 말일세. 허허허허!"

"죄송합니다, 스님."

방구들이 울리도록 유쾌한 웃음을 웃던 박한영 스님이 돌연 진지한 표정으로 운허스님을 응시했다.

"헌데, 자네가 정말 경학을 제대로 배울 결심을 하고 왔단 말이던가?"

"그렇사옵니다, 스님."

"흐음. 보아하니 나이가 꽤 들어보이는데?"

"예. 늦깎이올습니다."

"허면 그동안 어디서 무엇을 했는고?"

"예. 범어사 진진응 스님 문하에서 공부를 했었구요, 금강산 유점사 반야암 법회에서 경학을 좀 공부했었습니다만."

"으음. 그러면 아주 생짜 늦깎이는 아니로구만 그래, 으음? 그러면 전등록이나 염송은 좀 봤든가?"

"아, 예. 보기는 봤사옵니다만 아직 거기는."

"그럼 내 한 가지 물어보겠네."

"예, 스님."

"법화경 약초 유품에서 부처님께서는 어떻게 법을 펴신다 하셨든고?"

"예. 평등하게 들어 펴신다 하셨습니다."

"비유하자면 어떻게 평등하게 펴신다 하셨든가?"

"비유하자면 삼천대천 세계에 산과 강과 골짜기와 평지에서 자라는 초목과 약초의 종류가 많지만 각기 그 이름과 모양이 다르니라, 비가 내리면 모든 풀과 나무와 숲과 약초들의 잎과 줄기와 뿌리와 가지가 다 두루 젖는다, 한 구름에서 내리는 비지만 그 초목의 종류와 성질에 따라 저마다 다르게 자라며 꽃을 피우고 열매를 맺으니 같은 땅에서 나고 같은 비에 젖지만 여러 가지 초목이 각기 다르게 자란다, 그러니 여래의 법을 펴심은 삼천대천세계에 비가 내림과 같이 평등하게 펴신다 하셨습니다."

"으음……."

늦깎이라 하여 대수롭지 않게 생각했던 박한영 스님은 운허스님의 막힘없는 대답에 내심 놀라는 눈치였다. 박한영 스님은 숨돌릴 틈도 주지 않고 다시 물었다.

"그러면 화엄경도 봤겠구만."

"예……."

"그러면 문수보살이 각수보살에게 이렇게 물으셨네. 여래의 복밭은 하나인데 어찌해서 중생이 받는 과보는 다르오이까. 중생들 가운데는 부자도 있고 가난한 사람도 있음이요 지혜로운 사람도 있고 어리석은 사람도 있으니 어찌해서 그러합니까. 이때 각수보살은 과연 무엇이라고 대답을 하였던가?"

"예. 대지는 하나여서 차별이 없지만 온갖 풀과 나무가 제각각 자라듯이 부처님의 복밭도 하나지만 과보가 달라서 제각각 다르다 하셨습니다."

박한영 스님의 얼굴에 설핏 미소가 스치더니 곧 흔쾌한 표정으로 고개를 끄덕였다.

"그래 그만하면 됐네. 여기 있도록 하시게."

"허락하여 주셔서 참으로 고맙습니다, 스님!"

운허스님은 이렇게 해서 서울 동대문 밖 개운사 대원강원 영호당 박한영스님 문하에서 경학의 기틀을 다시 한번 확고히 다질 기회를 가지게 되었다. 이때 집중적으로 공부한 것은 바로 삼현과 십지였다.

　이렇게 경학공부에 매진하는 한편 운허스님은 당시 대원강원 원생으로 함께 공부했던 이순호 학인, 즉 훗날의 청담스님과 두터운 친교를 나눴다. 이 무렵 도회지 근교의 유원지에 자리잡은 사찰에서는 들놀이객들에게 밥장사를 하고 술장사를 하는 일이 다반사였는데, 이것을 보는 뜻있는 젊은 학인들이 개탄하지 않을 수가 없었다.

　특히 운허스님은 불의한 것을 보고는 그냥 지나치지 못하는 강직한 성격인 탓에 부처님의 가르침을 전한다는 사찰이 장사집으로 전락하는 것을 도무지 용납할 수가 없었다. 그러한 마음은 이순호스님도 역시 마찬가지였다.

　"아 이것보시오, 순호스님. 순호스님도 보았겠지만 부처님 정법도량에서 들놀이객들에게 밥이나 지어주고 술상이나 차려준대서야 말이나 되겠소이까!"

　"옳으신 말씀입니다, 용하스님. 이 나라 불교를 바로 일으켜 세우자면 우리 학인들이 들고 일어나서 우선 유원지 사찰에서 밥장사 술장사부터 못하게 해야 합니다."

　"그러니 이번 학인대회에서 단단히 결의를 해서 조선불교중앙교무원에도 통고를 하고 사찰에서 밥장사 술장사를 즉각 금지시키도록 촉구를 합시다."

　"좋습니다. 용하스님 말씀대로 그렇게 합시다."

　"아 그리고 또 한가지! 장차 조선불교를 제대로 일으켜 세우고 중흥시키려면 무엇보다도 인재 양성이 시급한 일이오."

"그 점에 대해서도 전적으로 동감입니다."

"그러니 매년 강원을 졸업하는 승려 가운데 열명씩을 선발해서 학비를 대주는 사업도 확립해야 합니다."

"좋습니다! 그렇게 하도록 하십시다!"

의기 투합한 두 사람은 조선불교를 바로 일으켜 세우기 위해 전국불교강원 학인대회를 개최하여 유원지 사찰의 문제점을 신랄하게 비판하고 밥장사, 술장사를 당장 금지할 것을 촉구하였다. 이 학인대회의 결의내용은 표면적으로는 신성한 정법도량에서 장사를 금지하자는 것이었지만 그 근저에 깔려있는 기본정신은 조선불교를 조선불교답게 지켜나가자는 것이었다.

이 조선불교를 조선불교답게 지켜나가자는 젊은 학인들의 열기와 함성은 은근히 반일의식을 내포하고 있는 것이 사실이었다. 개운사 학인대회를 지켜보며 간담이 서늘해진 것은 일본 관헌들이었다. 특히 일본 관헌들이 촉각을 곤두세운 것은 전국에서 모여든 젊은 학인 백여 명이 조선불교혁신운동을 제창하고 조선불교학인연맹을 제창했다는 점이었다.

소스라치게 놀란 일본 관헌들은 이 학인대회를 소집한 주모자를 색출하기 위해서 온힘을 기울였다. 젊은 학인들의 사상동향과 동태를 파악하기 위해 혈안이 된 그들은 개운사 대원강원에 형사들을 급파하여 온 사찰 안을 철저히 수색하기 시작했다.

형사들이 경내로 들어오고 있다는 소식을 들은 박한영 스님은 운허스님을 은밀히 불러 자신의 방 다락에 숨긴 후 태연한 기색으로 형사들을 맞았다. 주동자가 박한영 스님의 거처에 숨어있을 줄은 상상도 하지 못한 일본 형사들은 허탕을 치고 돌아갈 수밖에 없었다.

"이것 보시게, 용하!"

"예, 스님."

"형사들 물러갔으니 다락에서 그만 나오시게나!"

"예, 스님."

박한영 스님의 도움으로 또한번의 고비를 넘긴 운허스님은 겸연쩍은 표정으로 다락에서 나왔다.

"그자들을 용케 돌려보내셨습니다, 스님."

"음. 이번 학인대회를 소집한 주동자들은 모두 다 도봉산 망월사로 갔을 것이라고 그랬더니 우르르 모두들 달려갔다네."

"아 이거 소란스럽게 해서 죄송합니다, 스님."

"그야 뭐 조선불교를 조선불교답게 살리자는 일이니 죄송할 건 없지. 허지만 말일세."

"예, 스님."

"저 자들이 저렇게 눈을 부릅뜨고 덤벼들기 시작했으니 용하 자네는 아무래도 당분간 몸을 피하는 게 좋겠어."

"몸을 숨기란 말씀이십니까요, 스님?"

"들자하니 자네는 전에 독립운동을 한 전력도 있다고 하던데 그거 마저 발각이 되면 어찌할 셈이신가?"

사실 운허스님이 이번 학인대회의 주동자라는 점을 일본관헌이 파악하는 것은 시간문제였다. 이대로 그냥 절에 남아 있게 된다면 저들은 분명 은밀한 수사를 통해 운허스님의 전력을 캐낼 것이고, 그렇게 되면 불교를 통한 새로운 출발을 다짐하며 뼈를 깎는 각오로 경전 공부에 임했던 지난 세월은 그야말로 날아가버리는 게 아닌가.

도리가 없었다. 학인대회의 여파가 사라질 때까지만이라도 어디든 조용한 데로 가서 몸을 피해야 했다. 한동안 깊은 생각에 잠겨 있던 운허스님은 이윽고 고개를 들었다.

"예, 알겠습니다, 스님. 아무래도 당분간 몸을 숨겨야겠습니다."

"오늘 밤 안으로 여길 떠나시게. 내일 새벽에 또 덮칠지도 모르는 일이니."

"예, 스님. 그렇게 하겠습니다."

박한영 스님은 미리 준비해놓은 적지 않은 돈을 운허스님에게 쥐어주며 말했다.

"노잣돈이니 받아두시게."

"아니옵니다! 괜찮습니다, 스님."

"아아 이사람! 몸을 숨기자면 소용될 것이니 넣어두라면 넣어두는 게야! 자, 어서!"

젊은 학인들과 함께 나설 처지는 아니었지만 젊은이들의 정의로움과 타오르는 의분을 누구보다도 잘 이해해주던 박한영 스님의 따뜻한 배려에 운허스님은 그만 목이 메어왔다.

"고맙습니다, 스님! 정말 고맙습니다!"

그날 밤 운허스님은 아무도 모르게 걸망을 챙겨 지고 개운사를 표표히 빠져나왔다.

1928년 3월, 다가오는 봄을 시기하는 듯 꽃샘 추위가 기승을 부리던 어느 날이었다.

'어디로 갈 것인가?'

일단 개운사는 빠져나왔으나 특별히 갈 만한 데가 없었다. 학인대회의 주동자로 찍혀 있으니 봉선사로 돌아갈 수는 없었다. 물처럼 바람처럼 운수행각을 할 것인가, 깊숙한 산중 암자에 들어가 있을 것인가. 문득 만주가 떠올랐다.

삭발출가한 승려복장에 어엿한 승려증까지 소지하고 있었으니 일본 관헌들의 검문검색에도 무사히 빠져나갈 수가 있을 것이었다. 운허스님은 내친김에 기차를 타고 압록강을 건너 만주로 달려갔다.

10
다시 만주에서

 십년 만에 다시 밟은 만주땅은 변함이 없었다. 모든 것이 독립운동의 밀명을 띠고 서울로 잠입하기 전의 모습 그대로였다. 다른 두 동지와 함께 머리를 맞대고 밤새워 서울 잠입계획을 세웠던 그 여인숙도 그대로 서 있었고, 매운 바람에 흙먼지 날리는 거리의 스산한 풍경도 역시 그대로였다.
 지금 그 동지들은 어디서 무엇을 하고 있을까. 언젠가 다시 만나자던 그 맹세는 잊지 않고 있을까. 예전의 독립운동가 이학수가 머리를 깎고 스님이 되어 있는 모습을 본다면 그들은 무슨 이야기들을 할 것인가.
 운허스님은 뭉클하게 가슴을 적시는 감회에 젖어 낯익은 만주 거리를 걸었다. 지난 십년 간의 일들이 주마등처럼 눈앞을 스쳐 지나갔다. 운허스님의 발길은 무의식 중에 봉천성 통화현 반납으로 향하고 있었다. 그곳은 바로 속가 아내와 자식들이 살고 있는 곳이었다.

운허스님은 옛집 문앞에서 잠시 망설이다가 마침내 대문을 두드렸다. 그러나 옛주인을 몰라보는 무심한 개만이 극성으로 짖어댈 뿐, 안에서는 아무런 기척이 없었다. 운허스님은 잠시 주변을 살피다가 결심한 듯 안을 향해 소리쳤다.

"여보시오! 여보시오!"

그제서야 잠에서 겨우 깨어난 듯 두런거리는 여인네의 목소리가 담장 밖까지 들려왔다.

"아니 이 밤중에 누가 오셨는지 원."

아직도 자신이 돌아오기만을 학수고대하며 살아가는 여자, 아내였다.

"거기…… 밖에 누가 오셨어요?"

아내의 목소리를 듣는 스님의 마음을 쓰라리기만 했다. 십년 만에 나타난 남편이 모든 속세의 연을 끊고 스님이 된 것을 알면 저 가엾은 아내의 가슴은 또 얼마나 슬픔으로 저며질 것인가. 그러나 어차피 알아야 할 일이었다.

운허스님은 자꾸만 약해지는 마음을 추스리며 다시 안을 향해 소리쳤다.

"문 좀 여시오! 내가 왔소."

잠시 후 삐그덕 하고 문소리가 나더니 아내가 조심스럽게 문을

열고 나왔다. 한밤중이라 아내는 얼른 남편을 알아보지 못했다. 아내는 문 밖에 기둥처럼 서있는 한 사내를 의아스러운 눈초리로 바라보며 말했다.

"아니 나라니 원! 도대체 누구시란 말씀이세요?"
"쉬잇! 나요! 나! 영란이 애비란 말이오."
"앗! 아이구머니나 세상에!"

그제서야 남편의 모습을 알아본 아내의 놀라움은 가히 경악에 가까운 것이었다. 운허스님은 손가락을 입에 대며 재빨리 말했다.

"쉬잇! 어서 문이나 닫으시오!"

아내는 서둘러 문을 닫고나서도 멍한 표정으로 운허스님을 바라보고 있다가 갑자기 와락 울음을 터뜨리며 부르짖었다.

"아니 이게 대체 꿈이란 말입니까 생시란 말입니까, 여보!"
"쉿!"
"우리는 당신이 영영 돌아가신 줄만 알고 있었는데. 아휴 세상에 당신이 이렇게 살아서 돌아오시다니. 으흑!"
"쉬잇! 아이들 깨겠소!"
"여, 여보! 으흐흑!"

아내는 급기야 자고 있는 아이들 머리맡에 먼지처럼 폭삭 무너져 흐느끼기 시작했다. 운허스님은 슬그머니 아내를 외면하고 말았다. 강산도 변한다는 십년 세월이 흐르고 보니 그 곱던 아내 얼굴에도 잔주름이 잡혔고 철부지였던 아이들도 어느새 몰라보게 장성해 있었다.

"저는 꼭 당신이 돌아가신 줄만 알았어요. 여기 계실 적에도 독립운동을 한다는 걸 눈치는 챘었지만 무슨 일로 가신다 어디로 가신다 말 한마디 없이 집을 나가신 채 종무소식이었으니. 백방으로 수소문을 해봐도 당신이, 무슨 임무를 맡아서 서울로 가신 뒤로는 소식이 끊겼다는 말뿐 당신의 행방을 아는 사람이 아무도 없었어요. 그래서 우린 당신이 영락없이 돌아가신 줄로만 알았지요."

"정말 미안하게 됐소."

"하지만 여보! 당신 이제는 어디 안 가실 거죠, 예?"

"십년 만에 불쑥 나타나서 참으로 미안하기 그지없소. 허나 나는 이제 출가한 몸. 날 여보라고 부르지 말고 스님이라고 부르시오."

"스, 스님이시라니요! 아니 독립운동을 하시느라고 스님으로 변장하고 오신 게 아닙니까?"

"변장을 한 게 아니라 진짜 중이 되었소. 집 떠난 지 이년 후 조선땅 서울에 들어갔다가 고향에 편지 보낸 게 발각이 되어서 쫓기는 몸이 되어 산속에 들어갔다가 정말 머리 깎고 중이 된 게요."

"아, 아니 그럼 세상에!"

"머리 깎고 출가득도한 지 벌써 팔년이 되었소."

"세, 세상에 당신이! 당신이 정말로 스님이 되셨다니요! 으흐흑."

남의 눈을 꺼려 스님으로 변장하고 온 줄로만 알았던 남편이 정

말 스님이 되었다니! 아내는 너무나 큰 충격에 더 이상 말을 잇지 못하고 눈물만 주르르 흘릴 뿐이었다.

운허스님은 기왕에 봉천땅에 온 김에 독립운동을 함께 했던 옛 동지들을 만나게 됐다. 불교에 귀의하여 승려가 된 운허스님을 본 옛동지들은 한결같이 놀라움을 금치 못했다.

"아니 그러니까 이학수 동지가 진짜로 팔년 전에 머리 깎고 정말로 승려가 됐단 말입니까?"

"보시다시피 난 승려의 신분이오."

"이것보시오, 이학수 동지!"

"난 이미 이학수가 아니오."

"아니 그럼 대체 누구란 말입니까?"

"아. 그때 일을 생각하면 미안하기 그지없소. 하나 나는 이미 옛날의 이학수가 아니라 출가승려 박용하요."

"이것보시오, 이학수 동지! 동지는 지금 도대체 무슨 소릴 하고 있는 거요?"

"난 이미 불도에 귀의해서 도탄에 빠져있는 중생들을 제도하기 위해 불도를 닦고 있소."

"도탄에 빠져 있는 저 불쌍한 조선백성들을 제도하기 위해서 불도를 닦고 있다?"

"그렇소."

"말 같지도 않은 소리 당장 집어치우시오! 불쌍한 조선백성들을 구해내려면 빼앗긴 나라를 되찾아야 하고 빼앗긴 나라를 되찾으려면 독립운동을 해야 할 일이거늘 아니 세상에 그래, 산속에 들어앉아 목탁이나 치고 염불이나 하고 있단 말이오?"

"허나 왜놈들을 몇명 죽이고 왜놈지서를 불지르는 것만이 독립운동은 아닐 것이오."

"이것보시오, 이학수 동지! 그동안 우리의 수많은 동지들이 왜놈들 손에 붙잡혀 처참하게 처형이 됐소. 이동지와 함께 독립운동을 했던 박동지, 김동지, 장동지 모두 다 죽었단 말입니다!"

"아니! 뭐라구요!"

십년 전까지만 해도 함께 독립운동을 했던 동지들이 다 죽었다니! 피보다 더 진한 동지애를 나누던 그들이었는데. 가슴이 미어지는 슬픔에 명치끝이 타는 듯이 아파왔다. 운허스님에게 옛동지의 질책은 계속되었다.

"그런데 이동지는 머리 깎고 승복을 입고 한가하게 목탁이나 치고 있단 말입니까? 이동지! 지금 이 봉천땅에는 사람이 모자랍니다. 왜놈들과 싸울 사람도 모자라고 여기에 사는 우리 조선아이들에게 우리말 우리글 우리 사상을 가르칠 사람도 없단 말입니다. 여기 있는 우리 조선 동포들이 헐벗고 굶주리면서도 우리 아이들을 제대로 키우자고 보성학교를 세웠소. 허나 학교를 맡아서 조선아이들을 가르칠 사람이 없소."

"아니 그렇다면."

"여러 말 할 것 없소이다! 이학수 동지가 보성학교를 맡아서 책임지고 조선아이들을 키워주시오. 만주땅으로 쫓겨온 조선사람들은 조선사람이 아니고 만주땅에서 자라나는 조선아이들은 조선아이들이 아니란 말입니까. 왜 대답이 없으십니까. 이동지!"

"좋소이다! 여기 있는 조선아이들, 내가 맡아서 조선사람으로 키우겠소이다."

"그래야지요, 이동지! 암 그래야지요. 고맙소, 이동지! 참으로 고맙소."

일찍이 독립운동에 투신했던 운허스님은 만주땅에 내버려진 조선의 아이들을 차마 버리고 떠날 수가 없었다. 스님은 옛동지들의 권유를 받아들여 조선동포들이 설립한 조선인 학교 보성학교 교장을 맡아 조선의 혼을 불어넣기 시작했다.

그후 운허스님은 조선혁명당에 가입, 1930년 겨울에는 흥경현 영릉에 있는 조선인학교 한흥학교로 옮겨 우리 말 우리글 우리역사를 가르치고 있었다.

그러던 1931년 9월 18일의 일이었다. 난데없이 천지를 뒤흔드는 듯한 포성이 들려왔다. 일본이 이른바 만주사변을 일으켜 만주땅까지도 삼키고 만 것이다. 만주사변을 일으킨 일본은 눈에 불을 켜고 만주땅에서 활동하고 있던 조선인 독립운동가들을 색출하기 시작했다.

조선혁명당의 동지 하나가 황급히 운허스님을 찾아왔다.

"이것보시오, 이동지! 급히 피신하시오! 왜놈들에게 붙잡히면 총살을 면치 못할 것이오!"

일본의 침략야욕은 우리나라를 삼킨 데 이어 중국 대륙까지를 넘보며 계획적으로 만주사변을 일으켜 만주를 완전점령하고 항일 세력에 대한 대대적인 탄압을 시작했으니 만주땅을 거점으로 해서 항일 민족세력을 규합하고 있던 조선독립운동가들에게는 그야말로 일대 위기가 닥쳐왔던 것이다.

"아니 그럼 왜놈들이 벌써 만주를 손안에 넣었단 말입니까?"

"놈들은 지금 우리 조선을 삼킨 것만으로 만족하지 않고 만주는 물론이요 인도지나 반도까지 통째로 삼켜 소위 대동아공영권을 이루겠다고 호언장담하고 있소. 왜놈들의 만철수비대가 봉천을 이미 점령했고 동위삼성 일대를 모조리 휩쓸었어요."

"아니 그렇다면."

"놈들은 이미 항일세력에 대한 대대적인 소탕작전에 돌입을 했소. 자! 지체할 시간이 없으니 속히 피신하도록 하시오."

"알았소이다. 그러면 우리 또 훗날을 기약하도록 하고 부디 살아서 만나도록 합시다!"

뜻하지 아니한 사태의 진전으로 운허스님은 한홍학교 교사직을 사직하고 다시 지하로 잠적하지 않으면 안되었다. 더군다나 이 당시 운허스님은 조선혁명당의 교육부장, 그러니까 조선혁명당의 핵심지도층 인물이었으므로 더더욱 신변이 위태로웠던 것이다.

　그러던 1932년 1월 5일 밤의 일이었다. 운허스님은 다른 조선혁명당 간부들과 함께 홍경현 교동에 있는 서세명 동지의 집에서 극비리에 앞으로의 대책수립을 위해 회의를 하고 있었다. 조선혁명당 간부들은 비장한 각오로 밤을 새워 마지막 대책회의에 임하고 있었다.
　다음날 새벽, 여명이 터오를 때였다. 갑자기 집 밖에서 콩 볶는 듯한 총소리가 들려왔다. 심상치가 않았다. 간부들은 회의를 중지하고 서로 얼굴을 마주보았다.
　"대체 이건 또 무슨 소리란 말이오?"
　"아니 이게 어떻게 된 거요?"
　"아무래도 우리가 포위된 것 같소!"
　역시 그랬다. 집 밖에서 일본 경찰의 목소리가 커다랗게 울려퍼졌다.
　"조선 혁명당 간부들은 잘 들어라! 너희들은 지금 완전히 포위노 됐다! 한 명도 빠짐없이 손들고 나와랏! 삼분 안에 항복하지 않으면 모조리 사살이노 할 것이다!"
　"아니! 이럴 수가!"
　"이제 어떻게 해야 한단 말이오?"
　방안에 있던 조선혁명당 간부들은 어찌할 바를 모르고 절망적으로 외쳐대기만 할 뿐이었다. 운허스님이 불안해하는 동지들 앞에 나서며 말했다.

"쉬 쉬잇! 이러고들 있을 시간이 없소! 이래도 죽고 저래도 죽을 바에야 창문을 박차고 탈출하도록 합시다. 자 하나, 둘, 세엣!"

운허스님은 앞장서서 유리창을 깨고는 밖으로 뛰어나갔다. 조선혁명당 간부들이 과감히 탈출을 시도하자 왜경들은 총을 쏘며 뒤쫓아왔다. 그러나 재빨리 행동을 개시한 운허스님과 또다른 간부 하나만이 구사일생으로 탈출에 성공했을 뿐, 잠시 머뭇거리던 이호원, 김보환, 유종근 등 일곱 명의 간부는 현장에서 체포되고 말았다.

탈출에 성공한 운허스님은 또 한 사람의 간부와 함께 조선인 가옥에 은신하고 있었다. 운허스님은 왜경들의 수색작전이 느슨해진 이십여 일 후 집에 은밀히 연락을 취해 제3의 장소에서 부인을 만났다. 세상 돌아가는 일에 어두운 아내가 자신 때문에 또 무슨 봉변을 당할지 모르는 일이기 때문이었다.

아무것도 모르는 아내는 초췌한 모습으로 나타난 운허스님을 보자 안타까운 목소리로 말했다.

"원 세상에! 스님이 되셨다면서 무슨 일로 또 이렇게 피신을 다니신단 말입니까, 예에?"

"아 저. 긴 얘긴 할 시간이 없으니 내 말 잘 듣고 그대로 하시오."

"대체 무슨 일인데요?"

"여기 이 봉천땅도 이제 왜놈들 세상이 되었소. 갈수록 조선사람

은 살기가 어려울 것이니 누님가족과 함께 조선으로 돌아가서 친정에 가 있으시오."

"아니 조선으로 돌아가라니요?"

"쉬잇! 무슨 일이 있어도 한달음에 조선으로 돌아가서 친정으로 가시오. 내 훗날 기별할 것이니 곧바로 이 봉천을 떠나란 말이오."

아내는 운허스님을 붙잡고 울먹이며 말했다.

"아니 그럼 또 어디로 가시는데요?"

"기약은 없지만 나도 곧 조선으로 돌아갈 작정이오. 자, 그럼 곧바로 떠나도록 하시오. 아이들을 잘 부탁하오!"

"예, 여보! 여보! 흐흐흑."

아내는 운허스님의 발치에 허물어져 하염없이 흐느끼고 또 흐느낄 뿐이었다.

운허스님은 또다시 비통한 심정이 되어 기차에 몸을 실었다. 몸에 입은 남루한 승복, 등에 짊어진 걸망 하나, 그리고 그 걸망 안에 담긴 몇 권의 경책과 승려증이 유일한 의지처였다. 모든 것이 조금씩 낡고 헤어졌을 뿐 삼년전 만주에 갔을 때 가져간 그대로였다.

만주땅에 버려진 조선아이들에게 우리말 우리글 우리얼을 심어주던 민족교육자 이학수, 빼앗긴 나라를 되찾기 위해서 조선혁명당 교육부장을 맡았던 이학수, 그러나 이제는 다시 조선승려 박용하가 되어 빼앗긴 내 땅 조선으로 돌아가고 있는 것이다.

운허스님이 경기도 양주 봉선사로 다시 돌아온 것은 1932년 3월

10일이었다. 월초 노스님은 변함없이 담담한 얼굴로 손상좌 운허스님을 맞아주었다. 그러나 운허스님의 얼굴을 뚫어져라 응시하는 노스님의 눈길에는 노여움이 서려 있었다.

"그래 그동안 만주에 가서 삼년 동안 무엇을 하고 있었더냐?"

"예. 조선동포들이 살고 있는 마을로 돌아다니며 탁발도 하고 그러면서 지냈습니다."

"으음. 그러면 어디 탁발해서 모은 것을 내 앞에 한번 내놔봐라."

"가져온 것은 아무것도 없사옵니다, 스님."

운허스님이 머리를 조아리며 이렇게 대답하자 노스님의 목소리가 한층 더 높아지기 시작했다.

"출가수행자는 결코 경거망동해서는 안된다!"

"예, 스님."

"어리석은 사람들은 하나를 얻을 줄만 알았지 열가지 백가지를 잃는 줄은 모르는 법. 너 또한 그런 어리석은 짓을 두번 다시 해서는 아니될 것이야."

"예, 스님. 명심하겠습니다."

개운사에서 조선학인대회를 소집하고 조선불교혁신운동을 전개하기 위해 조선불교학인연맹을 결성했다가 왜경의 수사를 받게 되자 만주로 피신했던 운허스님이 삼년 만에 다시 봉선사로 돌아왔으니 월초 노스님은 무척 괘씸하게 여기고 계셨다.

그도 그럴 것이 처음 만났을 때부터 칼을 휘두르는 것만이 독립운동이 아니요 불도를 닦고 경학을 참구하여 부처님 가르침을 통해 만백성을 깨우치게 하는 것이 더 중요한 것이라고 입이 닳도록 이야기해왔는데, 그 애끓는 당부를 하루아침에 져버린 것이다.

"이것봐라, 용하야."

"예, 스님."

"학인대회를 소집한 것은 너하고 순호하고 배원이 이렇게 셋이서 주동이었다고 그러던데 사실이렷다?"

"예, 스님."

"학인연맹을 결성한 것도 너희들이 주동이었고?"

"예."

"유원지 사찰에서 들놀이객들에게 밥장사 술장사를 못하게 하자는 소리는 잘한 소리야. 허나 출가수행자들이 연맹이니 무엇이니 하는 단체를 결성해가지고 세상잡사에 끼어드는 것은 옳은 일이 아니다."

"하오나 스님!"

월초 노스님은 천천히 고개를 저으며 말했다.

"너희들은 아직 하나만 알고 열은 모른다. 내 일찍이 너에게 촛불을 밝히면 어둠은 자연히 사라질 것이니 촛불 밝히는 일에 전념하라고 일렀느니라."

"예, 스님."

"꽃이 피면 그 향기가 스스로 퍼지고 벌나비가 저절로 모여드는 법! 넌 어찌 그 도리를 모르고 불도를 닦고 경학을 참구해야 할 시간에 다른 일을 도모하려 했단 말이냐?"

"앞으로 참으로 조심하겠습니다, 스님!"

"허공에 떠있는 해는 비록 하나이되 이 세상 모든 만물을 기르고 창공에 떠있는 달은 비록 하나이되 천 개의 강, 만 개의 강을 다 비추니 니가 참으로 불도를 잘 닦아 해와 달처럼 되면 그 빛은 온세상 천지를 두루두루 다 비추고 남게 될 것이다."

"예, 스님. 마음 속에 깊이깊이 새기겠습니다."

11
조선독립단 본부 봉선사

 운허스님이 양주 봉선사로 돌아온 지 채 며칠도 되지 않았을 때였다.
 일본인 경기도 양주 경찰서장이 느닷없이 부하들을 거느리고 봉선사에 나타났다. 양주 경찰서장은 자못 거드름을 피우며 홍월초 노스님을 만나고자 청하는 것이었다. 노스님은 경찰서장의 난데없는 방문이 운허스님과 관련이 있음을 직감적으로 알아챘다.
 노스님은 바쁘다는 핑계로 일본인 경찰서장을 한참이나 기다리게 한 뒤에야 느긋하게 시자를 시켜 주지실로 불렀다. 주지실로 들어온 경찰서장은 과장된 몸짓으로 허리를 굽히며 호들갑스럽게 말했다.
 "조선에서도 고명하신 대사님을 이렇게 직접 뵙게 되서 정말 영광입니다!"
 "그래 그대가 양주경찰서 서장이란 말이던가?"

"예, 그렇습니다."

"그래. 오늘 이렇게 이 구석진 봉선사까지 찾아왔을 적엔 그만한 용무가 있을텐데 대체 그 용무가 무엇이던고?"

"예. 아 이거 대사님께 말씀드리기가 죄송하오나 며칠 전에 이 봉선사에 수상한 자가 들어왔다는 첩보가 들어왔기 때문에 그 자를 붙잡아다가 조사를 해야겠기로 대사님의 허락을 얻고자 서장인 제가 이렇게 직접 찾아나왔습니다."

역시 노스님이 미리 예상했던 바대로였다. 월초 노스님은 코웃음을 치며 반문했다.

"허허. 수상한 자가 우리 봉선사에 왔다고?"

"그렇습니다, 대사님. 만주에서 조선독립단인가 혁명단원인가로 암약하던 자가 승려로 변장을 하고 잠입했다는 첩보가 들어왔는데 바로 그 수상한 자가 며칠 전에 이 봉선사로 들어왔다는 소식이 들려왔기에……."

"허허허허허."

일본인 경찰서장의 말이 끝나기도 전에 월초 노스님의 커다란 웃음소리가 주지실을 쩌렁쩌렁 울리기 시작했다.

"이것 보시게. 양주 경찰서장!"

"예, 대사님."

"우리 조선 속담에 '자라 보고 놀란 가슴 솥뚜껑 보고도 놀란다'고 했는데 바로 그대가 꼭 그 꼴이구먼 그래!"

"예, 옛! 아니 무슨 말씀이시무니까?"
"며칠 전 만주에서 중 하나가 틀림없이 돌아오기는 왔네."
"아, 예! 바로 그 자 말씀이무니다!"
"그 자라니! 말조심하게!"
월초 노스님의 천둥을 치는 것 같은 호통소리에 일본인 경찰서장은 찔끔하며 입을 다물었다.
"그 아이는 내 손상좌로 이 홍월초가 일부러 만주에 보내서 만행을 시켰는데 허허 아니 그 아이가 수상한 자란 말이던가?"
"아니 저 그게 아니라 방금 대사님께서 만행을 시켰다고 그러셨는데 그 만행이라고 하는 것이 대체 어떤 임무이시무니까?"
"임무는 무슨 임무! 출가수행자는 세상 이곳 저곳을 두루두루 정처없이 돌아다니면서 밥도 얻어 먹고 나무 밑에서 잠도 자고 그러고 다니면서 도를 닦는 게야! 아니 출가수행자가 도닦고 다니는 것도 수상한 행동이란 말이던가?"
"아, 아니무니다! 도닦는 것이 수상하다는 것이 아니오라 만주에서 무슨 일을 하고 왔는지 그걸 좀 자세히 조사를 해서 상부에 보고를 해야."
말귀를 제대로 알아듣지 못하고 끝까지 '조사' '상부' 어쩌고 하자, 화가 머리끝까지 치민 월초 노스님은 급기야 손바닥으로 탁자를 꽝 치며 벽력같이 소리를 질렀다.
"아니 이사람! 양주 경찰서장!"

"아, 예. 대사님!"
"이 홍월초로 말하면 조선 총독이 내 수양아들이야!"
"하! 알고 있으무니다, 대사님!"
"그걸 알고 있다는 사람이 내 손상좌인 아이를 수상한 자로 몰아부친단 말인가!"
"……."
조선총독 이야기가 나오자 기가 죽은 경찰서장은 더 이상 할 말을 잃고 입을 다물었다.
"그 아이 신분은 이 홍월초가 책임질 것이요 그것도 모자란다면 조선총독을 시켜 보증인으로 내세울 것이니 그리 알고 돌아가게."
"하! 알겠습니다. 그러면 상부에 그렇게 보고를 올리도록 하고 저는 그만 물러가도록 하겠습니다."
월초 스님의 호통에 기가 죽은 양주 경찰서장은 하는 수 없이 떫은 감 씹은 표정이 되어 돌아갔다. 주지실에 홀로 남은 노스님은 한동안 생각에 잠겼다. 조선총독 운운하며 당장 발등에 떨어진 급한 불을 껐으나 아무래도 심상치가 않았다.
저들의 태도로 보아 나름대로 운허스님의 지난 활동에 대한 심증을 가지고 있는 것으로 보였다. 그렇다면 이대로 순순히 물러날 저들이 아니었다.
"흐음."
월초 노스님은 운허스님을 불러들여 진지한 어조로 입을 열

었다.
"이것봐라, 용하야."
"예, 스님."
"너 만주에 가 있던 삼년 동안 대체 어디서 무슨 일을 했는지 다시 한번 일러보아라."
"……."
"아 어서 말해 보래도 그러는구나. 너 대체 삼년 동안 무슨 일을 했길래 일본 형사들이 니 뒤를 따라다닌단 말이냐?"
"사실대로 아뢰겠습니다, 스님."
"숨기지 말고 다 털어놔라."
"예. 사실은 조선동포들의 간청에 못 이겨 보성학교 교장을 맡아 조선아이들에게 조선말 조선글 조선역사를 가르쳤습니다."
"그리고 또?"
"한흥학교로 자리를 옮겨 거기서도 똑같은 일을 했습니다."
"으음. 그밖에 다른 일엔 관여치 아니했단 말이더냐?"
"조선혁명당에 가입해서 교육부장일을 맡기도 했었습니다."
"조선혁명당?"
"예."
"허허 이거 중녀석이 이거 이거 아직도 혈기가 방자하구나!"
월초 노스님은 어이가 없는 얼굴로 혀를 끌끌 찼다.
"죄송합니다, 스님."

"이것봐라, 용하야."
"예, 스님."
"너 이러다가는 정녕 중노릇 옳게 못하게 될 것이다."
"아, 아니옵니다, 스님! 더더욱 분심을 내어 열심히 수행하겠사옵니다."
"중노릇 옳게 하려면 내 말 잘 들어야 할 것이다."
"예, 스님."
"내가 따로 불러 허락을 내리기 전까지는 이 봉선사 문밖을 나가서는 아니될 것이요, 바깥 사람과도 만나는 일이 없어야 할 것이다."
"예, 스님. 스님의 분부 받들어 지키겠습니다."

이런 일이 있은 지 채 한 달도 안돼서였다. 퇴계원에 장보러 나갔다 온 노보살이 봉선사 절마당으로 들어서자마자 체머리를 흔들며 투덜거렸다.

"아이구! 내 오래 살다 보니깐 별일도 다 있네 그래!"

때마침 봄볕이 다사롭게 내리쬐는 절마당을 천천히 거닐고 계시던 월초 노스님이 어리둥절한 얼굴로 노보살에게 물었다.

"아니 보살님, 도대체 무슨 일을 당했기에 그러시오?"

노보살은 노스님을 보자마자 마침 잘됐다는 듯이 달려와 하소연을 늘어놓기 시작했다.

"아유 노스님! 세상에 그래 이런 해괴한 일이 있겠습니까요, 그

래. 원 참."

 "아니 밑도끝도 없이 해괴한 일을 당했다니 그게 대체 무슨 말씀이시오? 차근차근히 좀 말해보시오."

 "아이고 글쎄 제가 저 퇴계원에 장보러 갔다오는 길인데 말씀입니다요! 아 그 왜 우리 봉선사로 들어오는 길목에 새로 주재소가 생겼지 않습니까요?"

 "음…… 거기 주재소가 하나 새로 생겼다는 소식은 나도 들었소만. 아니 그래 대체 무슨 해괴한 일을 당하셨다는 말이오?"

 "아 글쎄 그 왜놈순사가 딱부리 눈을 허옇게 까뒤집고는 절더러 대체 어디로 가냐고 묻질 않겠습니까요?"

 "흐음. 그래서요?"

 "아 그래서 봉선사로 가는 길이라고 그랬더니만 대뜸 보따리를 내려놓으라고 그러지 않겠습니까요? 그래서 아 남의 보따리는 왜 내려놓으라고 그러냐고 그러니깐 딱부리 순사놈이 하는 말이 내 보따리 속에 수상한 연락문서가 들어 있을지 모르니 조사를 해야겠다고 그러는게 아닙니까요! 그러더니 아주 그냥 내 보따리를 홀랑 다 까뒤집어 보질 않겠습니까요, 글쎄."

 "으음. 수상한 연락문서가 있을지 모르니 조사를 한다고 보따리를 까뒤집었다?"

 "아 글쎄 그뿐인 줄 아십니까요? 그 딱부리 순사놈이 그저 이 늙은 것 치마폭까지 다 더듬어보더라니까요, 글쎄! 나 원 오래 살다

보니 별꼴도 다 많지!"

　월초 노스님은 분에 겨워 씨근대는 노보살의 모습에 껄껄 웃기 시작했다.

　"허허허허."

　"아이고 노스님! 이게 저 웃을 일이 아닙니다요! 그 자들 하는 말이 봉선사라는 절간은 수상한 자들 소굴이니 뭐니 그러더라구요, 글쎄!"

　노보살의 이 말에는 월초 스님도 그만 슬그머니 화가 치미는 것이었다.

　"아니 뭐라고? 원 그런 고얀것들이 있는가! 아니 그래 이 홍월초가 있는 절이 수상한 절이다?"

　"예에, 스님! 그리고 말씀이에요, 노스님. 듣자하니 죽석에도 주재소를 새로 만들고요 내촌에도 주재소를 새로 만들고요 진접에도 또 주재소를 만들고요 아 글쎄 이 봉선사로 통하는 길목마다 주재소를 네 군데나 새로 만든다고들 그러던데 말씀이에요. 그게 다 우리 봉선사를 감시할려고 그런다고들 그럽디다요!"

　"허허 이런! 아니 그래 그런 소릴 어디서 들었단 말이오?"

　"장터에서 들었습지요. 아 원 참 나 세상을 오래 살다보니 별 해괴한 일을 다 보겠다니까."

　노보살이 투덜대면서 장봐온 보따리를 챙겨가지고 공양간 쪽으로 사라져가자 월초 노스님은 갑자기 심각한 표정이 되어 절마당을

거닐기 시작했다.

"어허! 세상에 이런 고약한 것들이 있는가! 아니 봉선사를 감시하기 위해서 주재소를 네 개나 세우다니."

그러나 그것은 사실이었다. 그 전에는 없던 주재소가 죽석에도 설치됐고, 내촌에도 들어섰는가 하면 진접에도 또 한 곳, 퇴계원에도 또 한 곳. 봉선사로 통하는 길목 네 곳에 모조리 주재소가 세워진 것이다.

일본 경찰들은 이 새로 세운 주재소마다 순사를 배치해 봉선사를 드나드는 사람을 일일이 감시하고 검문검색을 철저히 실시했다. 이야말로 봉선사에 대한 노골적인 탄압이요, 홍월초 스님에 대한 정면도전이 아닐 수 없었다.

"내 이놈들을 가만두지 않을 것이다. 여기가 감히 어디라고!"

봉선사 젊은 스님들은 화를 이기지 못하고 외출할 차비를 하는 노스님을 붙들며 말했다.

"아니옵니다, 스님! 그자들과 시비를 하실 게 아니오라 그냥 모른 척 내버려 두십시오, 스님!"

그러나 월초 노스님은 자신을 붙잡는 젊은 스님들의 손을 단호히 뿌리치며 말했다.

"안될 소리! 아 이 봉선사가 감히 어떤 절인데 내버려 둔단 말이냐? 내 당장 가서 양주경찰서장 버릇을 고쳐놔야겠다!"

노발대발한 홍월초 스님은 기어이 양주경찰서를 찾아가고 말았다. 노스님은 경찰서에 들어가시자마자 대뜸 호통부터 치셨다.

"그대 양주 경찰서장은 이 홍월초가 묻는 말에 숨김없이 대답을 해야 할 것이오!"

"무슨 말씀이시무니까, 대사님?"

"전에 없던 주재소가 죽석에도 설치됐고, 내촌, 진접, 퇴계원 네 곳이나 생겼으니 느닷없이 사람도 별로 안 사는 곳에 주재소를 설치한 목적이 과연 어디에 있는고?"

양주 경찰서장은 노발대발하는 노스님의 호통에도 아랑곳없이 넉살좋게 받아넘겼다.

"아아. 그 주재소 말씀이시무니까? 그 주재소들은 상부의 지시에 의해서 설치된 것이무니다."

"무슨 목적으로 설치했단 말인가!"

"아 그거야 대사님께서 더 잘 아실 것 아니시무니까?"

"으음. 그러면 소문 그대로 우리 봉선사를 감시하기 위해서 세웠단 말이던가!"

"그건 그렇스무니다."

"허면 대체 무슨 까닭으로 우리 봉선사를 감시한단 말인가?"

"으음…… 좋습니다. 말씀해드리지요."

일본인 경찰서장은 책상서랍에서 두터운 서류철을 꺼내며 말했다.

"바로 이것이 상부에서 내려온 명령서올습니다만."

경찰서장은 월초 노스님의 표정을 흘낏 쳐다보더니 한 서류를 읽기 시작했다.

"첫째 봉선사 승려 출신인 김성숙이라는 자가 상해에 있는 조선 임시정부 요원으로 암약 중이고, 둘째 봉선사 승려 지월이라는 자가 광릉내 장터에서 만세사건 때 주모자였으며, 세째 봉선사 승려 운경이라는 자도 독립운동을 하다가 체포된 바가 있으며 최근 만주에서 돌아온 박용하라는 승려인 그자도 만주에서 독립운동을 하다가 돌아온 것 같다는 첩보가 들어와 있고. 그동안 이 봉선사에는 일본에 유학한 조선인 학생들이 자주 들락거리므로 이 문제의 사찰 봉선사는 위험인물의 소굴이다. 고로 봉선사를 출입하는 자는 남녀노소를 불문하고 철저히 감시하라!"

"허허허허. 그러고 보니 우리 봉선사가 조선독립단 본부가 됐구먼 그래! 응? 허허허허."

노스님은 큰소리로 웃기 시작했다. 그것은 사찰 하나를 독립운동의 근거지로 찍어놓고 감시하는 일본경찰의 무모한 정책에 대한 비웃음이었다. 그러나 일본인 경찰서장은 도리어 정색을 하고는 노스님께 말했다.

"대사님! 대사님께서 한 가지 분명히 알고 계셔야 할 사항이 있스무니다."

"사방 통로를 다 막아놓고 또 무엇을 알고 있으란 말이던고?"

"만주에서 최근에 돌아온 그 박용하라는 승려 말씀입니다."

"그 용하가 뭘 어쨌다는 말인가?"
"그 박용하는 대사님이 신원을 보증하기는 했습니다만 이 양주 경찰서장이 허가하기 전에는 결코 이 양주땅에서 단 한 발자국도 밖으로 벗어날 수 없스무니다."
"무엇이야!"
노스님의 벽력 같은 고함소리가 터져나왔다. 그러나 일본인 경찰서장은 이제 더는 이야기할 것이 없다는 듯이 딴전을 피울 뿐이었다. 경찰서장의 태연자약한 태도를 볼 때 이 사건은 양주경찰서장 차원이 아니라 일본 당국이 개입된 일일 터였다.

실로 간단한 문제가 아니었다. 운허스님은 이제 그야말로 양주땅에서 단 한걸음도 밖으로 벗어날 수 없게 되었다. 말하자면 요시찰 인물로 찍혀 밤낮으로 감시를 당하게 됐던 것이다.

별다른 소득없이 다시 봉선사로 돌아온 월초 노스님은 이 문제에 어떻게 대처할 것인지를 곰곰이 생각한 끝에 마침내 단안을 내렸다. 노스님은 절안에서 꼼짝하지 않고 경전공부에만 몰두하고 있던 운허스님을 불렀다.

"부르셨습니까, 스님?"
"이것봐라, 용하야."
"예, 스님."
"에, 그동안 내 짐작은 하고 있었으면서도 일부러 묻지는 않고 있었다마는."

"예, 스님. 말씀하시지요."

"넌 분명 나이 삼십이 넘어서 피신길에 출가하지 않았더냐?"

"예."

"허면 그 나이가 되도록 노총각이었을 리는 만무한 일! 분명 처와 자식이 있었으렷다?"

"예."

"으음. 그랬을 것이다. 허면 식솔들은 지금 어디에 있는고?"

"예. 평안도 고향 옛처가에 가 있을 줄 아옵니다."

"음……출가외인이 얹혀사는 것도 쉬운 일이 아니니라. 봉선사 가까운 곳으로 네 식솔들을 부르도록 해라."

"아, 아니옵니다, 스님."

노스님의 전혀 뜻밖의 분부에 운허스님은 소스라치게 놀랐다. 그러나 노스님은 담담히 말을 이었다.

"출가수행자가 처와 자식을 거느리는 것은 옳은 일은 아니다마는 세상이 이 지경이 되고 보니 취처육식이 허물이 아닌 세상이 되었다."

"아, 아니옵니다, 스님! 스님, 그럴 수는 없사옵니다."

"내 말은 가정을 이루고 살라는 말은 아니다. 허나 아무리 출가수행자가 되었다고 하더라도 출가하기 전에 지어놓은 업은 바로 네가 책임을 져야 하는 법! 식솔들의 생활방도는 어떻게든 네 손으로 마련해 주는 게 도리가 아니겠느냐?"

"하오나 스님! 출가수행자의 신분으로 감히 어찌 그런 능력이 있겠사옵니까?"

"너에게 봉선사 간부를 맡기고 월급을 줄 것인즉, 그 걸로 식솔들의 호구지책을 마련해주도록 해라."

"아, 아니옵니다. 스님. 차마 그럴 수는 없사옵니다."

"기왕에 발심을 해서 출가를 했으니 가정을 이루지 않겠다면 그것은 니 뜻대로 지켜나가면 될 것이요 식솔들의 호구지책은 자립할 때까지는 니가 도와주는 게 도리인 것이니라."

"아니옵니다, 스님."

"내가 총독부에 들어가서 니 신원을 보증토록 할 것이니 식솔들을 데려다 놓으면 경찰에서도 더 이상 너를 독립운동 할 사람으로는 여기지 않을 것이다."

"하오나 스님."

"이 일은 내가 알아서 도모할 것이니 넌 그리 알고 이제 다른 일에는 관여치 말아야 할 것이다."

참으로 월초 노스님다운 배려요 계책이었다. 식솔들을 데려다 놓으면 일본 관헌들도 더 이상 의심하지 못할 것이요, 또 운허스님 역시 무모한 일을 벌이지 않을 것이니 그 이상의 방책이 어디 있겠는가.

그러나 이미 머리깎고 출가한 운허스님의 입장에서는 쉽게 받아들일 수가 없는 문제이기도 했다. 아무리 세상이 바뀌어 취처육식

이 허물이 아니라고들 하나 절 근처에 가족들을 데려다 놓으면 세속의 입질에 오르내리지 않으리란 보장이 어디 있으며, 출가한 자신에게도 어찌 마음의 속박이 되지 않을 것인가.

　노스님의 분부가 떨어진 후에도 운허스님은 종내 마음의 결정을 내리지 못하고 있었다.

12
달빛은 세상만물에 촉촉히 젖어든다

 운허스님이 좀처럼 식솔들을 데려올 기미를 보이지 않자 월초 노스님이 다시 운허스님을 불러 호통을 치기 시작했다.
 "어서 식솔들을 데려오라 일렀거늘 왜 아직도 꾸물거리고 있는고?"
 "저……스님!"
 "시끄럽다! 너도 짐작이야 하겠지만 내가 니 가족들을 이 봉선사 가까운 곳으로 데려다 놓으라고 한 것은 니가 더 이상 다른 시끄러운 세상잡사에 관여하지 못하게 하고자 함이 그 첫째요 또 요즘 일본 관헌의 동태가 심상치 않은즉 안그래도 요시찰 인물로 감시를 받고 있는 니가 자칫 희생될까 염려한 까닭이다. 이래도 내 말을 못알아 듣겠느냐?"
 "알고 있습니다, 스님."
 "아무 소리 말고 오늘 당장 걸망 챙겨서 다녀오도록 해!"

"예, 스님. 하오면, 분부대로 다녀오겠습니다."

운허스님의 옛부인과 딸 영란 그리고 아들 의균이 평안도 정주를 떠나 경기도 양주군 진접면 광촌리로 옮겨온 것은 1933년 겨울의 일이었다. 운허스님은 봉선사에서 그리 멀지 않은 진접면 광촌리 서만수 씨 집 건너방을 빌어 속가의 식구들이 이삿짐을 풀게 하였다.

아이들이 잠자리에 든 뒤 운허스님은 옛부인과 마주앉았다.

"이것보세요, 영란아버지. 당신은 다시 또 여기서 스님 노릇을 하고 계신단 말씀이세요?"

"만주에서도 내가 말하지 않았소. 나는 변장을 하기 위해서 승복을 입고 머리를 깎은 게 아니라 정말로 출가하여 승려가 되었다고 말이오."

"하기는 근자에는 처자식 거느린 승려들도 많다고 그럽디다만."

"이것보시오, 영란어머니. 내 말을 잘 듣도록 하시오."

"말씀하세요. 난 그저 당신이 시키는 대로 할테니까요."

"앞으로는 절대로 날 당신이라고 부르지도 말고 여보라고 부르지도 말고 옛날 남편으로도 여기지 마시오. 앞으로는 반드시 스님이라고 불러야 할 것이오. 그리고 아이들도 날 아버지라 부르는 일이 없도록 단단히 일러주시오."

"아니 세상에! 그럼 대체 어쩌자고 이 먼곳까지 오게 하셨단 말씀이십니까. 그래!"

"내가 지은 업보, 만분의 일이라도 짊어지라고 노스님께서 이렇게 하신 것이오. 보다시피 나는 아무것도 가진 게 없는 승려의 신분! 절에서 소임을 맡게 되면 얼마간의 용채를 주신다 하니 그걸 갖다드리겠소마는 전적으로 나를 믿고 살지는 않도록 하시오."

운허스님의 말을 듣고 있던 속가 부인은 고개를 들고 조용히 입을 열었다.

"아. 그건 너무 염려하지 마세요. 나는 그저 아이들과 함께 멀리서나마 당신 모습을 바라보는 걸로 족해요. 만주에서도 살았는데 여기서라고 못살겠어요? 무슨 일이든 해가면서 살아갈테니까 너무 걱정하시지 마세요."

"그렇게 작정을 해준다니 참으로 고마운 일이오."

"하지만 당신."

"그렇게 부르지 말아달라고 부탁을 하지 않았소."

"아, 알았습니다! 다시는 그렇게 부르지 않겠습니다, 스님! 흐흐흑."

운허스님의 단호한 말에 옛부인은 그때껏 아랫입술을 깨물어가며 억지로 참고 있던 눈물을 기어이 쏟아내고야 말았다.

운허스님이 이렇듯 냉정한 태도를 유지하는 데 비해 월초 노스님은 운허스님의 가족들을 지극히 걱정해 주었다. 사는 형편이 어떠한지 남의 집 곁방살이가 힘들지는 않은지 늘 자상하게 물어보셨고, 어떨 때는 따로 사람을 시켜 양식을 보내주기도 하는 것이었다.

그러던 그 다음해 정월 어느 날이었다. 노스님이 시자를 시켜 운허스님을 불렀다.

"부르셨사옵니까, 스님! 용하이옵니다."

"어, 그래. 내가 불렀다. 어서 들어오너라."

운허스님이 문을 열고 방으로 들어가는데 노스님이 심한 기침에 시달리며 어깨를 들먹이고 있었다.

"아니! 아니 스님! 어디 편찮으시옵니까?"

"아, 아니다. 고뿔에 걸렸는지 기침이 나와서 그렇지 뭐 달리 어디 아픈 데는 없다."

"아 그러면 저 생강물이라도 달여오도록 하겠습니다, 스님."

"아, 아니야. 그럴 것 없어. 그건 그렇고 너 용하 말이다."

"예, 스님."

"니 식솔들이 광천리 누구 집에 방을 얻었다고 그랬지?"

"예. 저 서만수 씨라고 그 댁 건넌방을 빌어쓰고 있나 봅니다."

"천리타향 낯선 곳에서 남의 집 곁방살이를 하자면 불편한 점이 한두 가지가 아닐 것이다."

"아, 아니옵니다. 그럭저럭 살 만한가 봅니다."

"으음…… 모르는 소리! 옛부터 이르기를 배고픈 설움 다음엔 집없는 설움이라고 그랬다. 내 듣자하니 접둥마을에 말이다. 쿨룩쿨룩."

　월초 노스님이 다시 기침을 시작하자 운허스님은 걱정스러운 낯빛으로 말했다.
　"아이구 스님! 이거 안되시겠습니다. 그만 누우시도록 하시지요."
　"아, 아니야 아니야! 아 이까짓 기침 몇번 한다고 드러누우면 되겠느냐. 너 말이다, 용하야. 그 접동마을에 초가 한 채를 팔려고 내놓은 게 있다니 니가 한번 가보구서 비만 새지 않고 기둥만 기울어지지 아니했으면 그 초가를 사도록 해라."
　"아니 그 초가를 사서 무, 무엇하시게요, 스님?"
　"아 용하 니 식솔들 옮겨주라는 말이다. 곁방살이 그만 시키고."
　"아, 아니옵니다, 스님!"
　"아니긴 인석아, 뭐가 아니야! 기와집 곁방살이보다는 쓰러져가는 초가집이라도 내 집이 편한 법이다."
　"하오나 아직 집까지 장만하기에는 이르옵니다, 스님! 때가 되면 제가 차차 알아서 장만해주도록 하겠으니 스님께서는 조금도 심려치 마십시오."
　"아, 여러 소리 말고 가서 한번 보고 어지간하거든 사도록 해! 그 초가집 삼십오원이면 판다고 그러더라."
　"아, 아니옵니다, 스님."
　"허허. 어른이 시키면 시키는 대로 할 것이지 무슨 말이 이리 많은고?"

"……."

 월초 노스님은 역정까지 내며 말씀하시는 것이었으니 운허스님은 더 이상 말대답도 못하고 꾸물거리고 앉아 있었다.

"집 살 돈은 내가 줄 것이니 어서 가보고 와!"

"……."

 운허스님이 그래도 꼼짝을 않자 월초 스님은 버럭 고함을 치기 시작했다.

"아, 내 말 안들리는 게냐!"

"아, 예. 스님! 다녀오도록 하겠습니다."

 홍월초 노스님은 손상좌인 운허스님을 지극히 아끼고 사랑하셨다. 홍월초 노스님은 손상좌인 운허스님이 장차 이 나라의 불교를 위해 큰몫을 해줄 인물이 되기를 크게 기대하고 있었던 것이다. 그 때문에 노스님은 운허스님의 공부를 위해서나, 식솔들에 대한 배려에 있어서나 마치 자신의 일처럼 자상하게 돌봐주었던 것이다.

 그러나 인간의 생로병사는 그 누구도 어찌지 못하는 것이던가. 연로하신 노스님의 건강은 점점 눈에 띄게 나빠져 가기만 하는 것이었다. 운허스님의 식솔이 절 근처로 이사해온 겨울 무렵부터 노스님의 기침이 부쩍 심해지시는가 싶더니 봄부터는 아예 절 밖 출입을 못하시게 되었다.

 어느 날 월초 노스님이 운허스님을 부르신다는 전갈이 왔다.

"부르셨사옵니까, 스님."

　노스님은 독한 기침에 시달리면서도 기어이 몸을 일으켜 반듯이 앉았다.
　"일어나지 마시고 누워계십시오, 스님."
　"아니다. 이것이 다 부처님 말씀 그대로니라."
　"예에? 그 무슨, 무슨 말씀이신지요, 스님?"
　"이 세상 만물은 생겨나고 머물다가 결국은 부서지고 없어진다고 하셨으니 이 육신인들 어쩌겠느냐. 나이를 먹고 늙으면 병들게 마련이니 병들면 결국은 왔던 곳으로 돌아가게 되는 것이지."
　"아니옵니다, 스님. 내일 날이 밝으면 병원으로 모시도록 하겠습니다, 스님."
　그러나 월초 노스님은 희미하게 미소 지으며 천천히 고개를 저었다.
　"부질없는 짓은 안하는 것이 좋으니라. 그보다도 내 오늘 용하너에게 당부할 일이 있어서 오라고 했다."
　"예, 스님. 분부내리십시오."
　"으음. 내가 전에도 너에게 말을 했었다마는 해는 하나이되 이 세상 만물을 기르고 달은 하나이되 일천강을 다 비추니라."
　"예, 스님. 명심하고 있사옵니다."
　"빛은 같은 빛이라도 등잔불이 되면 이렇게 겨우 이 비좁은 방 하나를 밝힐 뿐 더 이상은 밝히질 못한다."
　"예, 스님."

"용하 넌 부처님 가르침을 온세상에 밝히는 해와 달이 되어야지 소소한 일에 집착해서 등잔불이 되서는 아니될 것이니 이 점을 반드시 잊어서는 아니될 것이다."

"예, 스님. 스님의 분부 결코 잊지 않겠사옵니다."

"또 한 가지 유념해야 할 것이 있으니."

"예, 스님."

"햇빛은 세상만물을 온천하에 그 모습을 드러내게 하는 빛이지만 달빛은 세상 만물에 촉촉히 젖어드는 그런 빛이니라."

"……."

"부처님 가르침은 다른 종교와 달라서 요구하고 명령하고 강요하는 것이 아니요, 스스로 눈을 뜨고 스스로 생각하고 스스로 깨달아 스스로 지혜로운 사람이 되게 함이니 비유하자면 이는 일천강을 비추는 달빛과 같다고 할 것이니라."

"예, 스님. 스님의 가르침 마음속에 깊이깊이 간직하겠습니다."

말을 마친 노스님은 다시 쿨럭쿨럭 기침을 하기 시작했다. 뼈만 남은 육신을 통째로 흔들어 놓는 듯한 그런 기침이었다. 노스님은 앉아 있는 것도 힘겨운지 몸을 눕히며 말했다.

"음. 나 그만 누워야겠다."

"예, 스님. 편히 누우십시오."

자리에 누운 월초 노스님은 묵연히 앉아 있는 운허스님을 바라보다가 의미심장한 미소를 지으며 고개를 끄덕였다.

"그래 이젠 됐다. 내 그동안 이 좋은 부처님 가르침을 세상에 널리 펴지도 못하고 전하지도 못해 늘 마음이 안타까웠거늘 용하네가 마음을 가다듬고 경학에 통달하여 부처님 가르침 세상에 널리 펴기로 결심을 했으니 큰 걱정은 그저 덜게 되었구나. 쿨럭쿨럭."

"그 점은 조금도 심려하지 마십시오, 스님. 반드시 부처님의 가르침을 우리말 우리글로 쉽게 풀어서 만천하 중생들에게 널리널리 전하도록 신명을 다 바치겠습니다."

"으음, 그래. 그래그래. 이젠 됐다. 어서 건너가 공부하도록 해라."

"예, 스님. 하오면 소승 물러가겠사오니 편히 쉬십시오."

"오냐. 그래."

손상좌 운허스님을 그토록 끔찍이도 아끼고 도와주시던 홍월초 노스님은 그후 급격히 건강이 나빠지셨다. 그해 양력 유월에 들어서면서부터는 아예 자리보전하고 누우시더니 1934년 양력 6월 11일, 음력으로 4월 그믐날 홍월초 노스님은 이 세상과의 인연을 마치고 조용히 열반에 드셨다.

월초 노스님께서 친자식, 친손자처럼 아끼고 사랑하시던 운허스님에게 남긴 마지막 말은 이러했다.

"슬퍼할 것 없다. 사람의 육신은 본래 없던 것! 지수화풍 네가지가 인연따라 모였다가 인연이 다하면 본래대로 돌아가는 것. 흙으로 돌아가고 물로 돌아가고 불로 돌아가고 바람으로 돌아가나니! 바로 이것이 부처님이 말씀하신 생사의 법칙. 이 생사의 법칙은 이 세상 어느 왕후장상도 벗어날 수 없나니. 사람의 한평생은 참으로 짧다. 좋은 일만 하기에도 인생이 짧고 착한 일만 하기에도 인생이 짧고 즐거운 일만 하기에도 인생이 짧거늘 하물며 어찌 악한 일 더러운 일 치사한 일 간사스러운 일로 시간을 허비할 것인가. 이 세상 모든 중생들을 아끼고 보살피고 도와주고 사랑하기에도 세월이 모자라거늘 하물며 어찌 미워하고 시기하고 질투하고 해칠 생각을 하는가. 마음 하나 곱게 지니면 극락이요, 악하게 가지면 지옥이니 그것을 깨달을지어다."

홍월초 노스님이 열반에 드신 지 이년째 되던 1936년 2월의 일이었다.

운허스님은 봉선사에 홍복강원을 설립하고 그때까지 맡고 있던 감무소임을 내놓으셨다. 후학을 양성하는 데 전심전력하기 위해 강사직만 맡기로 결심한 것이다. 운허스님은 봉선사 홍복강원에 모여든 이십여 명의 젊은 원생들을 이끌고 빈틈없는 강의를 펼쳤다.

"여기 모인 여러 학인들은 잘 들어야 할 것이야. 내 그동안 여러 학인들을 한 사람 한 사람 만나보았더니 어떤 학인은 두 눈을 감고도 반야심경을 달달 잘 외우고 또 어떤 학인은 허공을 쳐다보면서도 사미율의나 발심수행장, 자경문을 달달달 잘도 외우고 있어. 그

동안 공부를 열심히 했다는 증거니 참으로 장한 일이야. 헌데 오늘 바로 이 자리에서 여러 학인들이 스스로 확인해두어야 할 일이 한 가지 있으니 거기 세번째 앉은 학인!"

"예, 스님."

"자네 원효스님이 지으신 발심수행장을 잘 알고 있는가?"

"예, 스님."

"흐음, 그래. 그럼 어디 한번 외워보시게."

스님이 지목한 학인은 노랫가락이라도 부르듯이 발심수행장을 술술 잘 외워나갔다.

"해동 사문 원효술 발심수행장이라. 부재불재불이 장엄적멸궁이요 어다겁해에 사욕고행이요 중생중생이 윤회화택문은 어무량세에 탐욕불사이라 무방천당에……."

"아 그만 그만! 우선 거기서 멈추고. 그러면 자네가 방금 외운 바로 그 대목까지 대체 무슨 말씀인지 여기 모인 여러 학인들이 다 알아 듣도록 뜻풀이를 한번 해보도록 하게."

헌데 그 학인은 뜻풀이를 해보라는 말에는 얼굴이 벌개지며 도리질을 치는 것이었다.

"저 그건 잘 모르겠습니다. 그냥 무작정 외우기만 해놔서요."

"알았네. 그럼 이번에는 첫번째 줄에 앉은 학인! 자네 한번 일어나 보게."

"예, 스님."

"자네 사미율의 상편 계율문 첫대목을 외우고 있겠지?"
"예, 스님."
"그러면 어디 한번 외워보시게."
"예. 불재출가자는 오하이전에는 전정계율하고 오하이후라야 방내천교참선이니……."
"으음, 되었네. 우선 거기서 멈추고. 방금 자네가 외운 구절을 여러 학인들이 다 알아들을 수 있도록 무슨 말인지 풀어보도록 하게."
"아. 죄송하옵니다, 스님. 아직 다 외우지도 못한 터라 뜻풀이는 못하겠사옵니다, 스님."
"그러면 방금 외운 그 구절이 무엇을 말씀해 놓은 건지 짐작조차 못하겠는가?"
"……예."
 운허스님은 귓볼을 붉히며 고개를 푹 수그리고 서있는 학인을 내려다보더니 한숨을 쉬며 말했다.
"그럼 자네는 밥을 먹으라는 말인지 잠을 자라는 말인지도 모르고 달달 외우기만 했단 말인가?"
 여기저기서 킥킥거리는 소리가 들려왔다. 운허스님은 심각한 표정으로 젊은 원생들을 향해 입을 열었다.
"웃을 일이 아니야. 여기 모인 여러 학인들은 모두가 다 이와같은 지경이니 죽으라는 말인지 살라는 말인지 동쪽으로 가라는 말인

지 서쪽으로 가라는 말인지도 모르고 그저 한문 글자만 달달 외우고 있으면 이것은 참다운 공부를 했다고 할 수 없는 일! 이 나라 승려 교육이 이러할진대 장차 이 나라 불교가 어찌 대중 속에 파고들 수 있을 것이며 중생을 어찌 제대로 교화할 수 있을 것인가. 참으로 안타까운 일일세!"

"……."

어느새 웃음을 그친 원생들은 숙연한 얼굴로 운허스님의 말에 귀를 기울이고 있었다.

"그래서 이 봉선사 홍법강원에서는 한문 글귀를 열권 백권 눈을 감고도 달달 외우는 학인이라도 그 경구에 담겨 있는 뜻을 제대로 알지 못하고 제대로 남에게 전하지 못하는 학인은 용납치 아니할 것이야. 한문 글귀만 달달 외우고 그 뜻을 제대로 모르면 이것은 산 공부가 아니라 죽은 공부야. 내 말 다들 알아들었는가?"

"예, 스님. 잘 알겠사옵니다."

"그리고 이 봉선사 홍법강원에 들어온 여러 학인들은 사찰 청규를 엄히 지켜야 할 것이요, 만일 이를 어기는 학인은 가차없이 산문출송을 시킬 것이니 이점 각별히 명심해야 할 것이야. 다들 알아들었는가?"

"예, 스님. 명심하겠사옵니다."

이때 운허스님은 봉선사 홍법강원에 들어온 학인들을 여법하게 교육시켜 안으로는 장차 이 나라 불교계를 이끌어나갈 동량으로 키우시고 밖으로는 이 나라 장래를 밝힐 인재로 키우겠다는 큰뜻을 품으셨다.

특히 운허스님은 학인들이 경전 공부하는 시간을 쪼개 매일 한 시간씩 작업복을 입고 울력을 하도록 했다. '하루 일하지 아니하면 하루 먹지도 말라'는 백장선사의 청규를 모든 학인들로 하여금 몸소 실천하게 했던 것이다.

운허스님이 이렇듯 강원교육을 일신시켜 학인들을 키우니 봉선사 홍법강원에서는 눈푸른 학인들이 우리말로 경전을 새겨 읽는 소리가 우렁차게 울려퍼지기 시작했다. 이것은 그때까지의 우리나라 강원 역사상 대단히 획기적인 일이었다.

"무릇 처음으로 불문에 들어온 사람은 마땅히 나쁜 사람 멀리하고 어질고 착한 사람만 가까이 해야 하며 오계와 십계를 받아서 지키고 범하고 열고 막을 줄을 알아야 하느니라."

학인들이 우리말로 경전을 새겨 읽는 소리를 들을 때마다 운허스님은 매우 흡족해 하며 말했다.

"그래 그래. 우리 부처님 말씀, 조사님들의 말씀은 이렇게 우리말로 전해져야 되는 게야. 으음? 허허허."

운허스님은 참으로 고기가 물을 만난 듯 봉선사 홍법강원에서 눈푸른 젊은 학인들을 가르치는 데 신명이 나 있었다.

이렇게만 젊은 인재들을 양성해낸다면 장차 이 나라 불교도 융

성하게 될 것이요, 이 나라 백성들도 눈을 뜨게 될 것이니 빼앗긴 나라를 되찾는 일도 도모할 수 있게 될 것이 틀림없는 일이라 운허 스님은 혼신의 힘을 기울여 인재양성에 전념했던 것이다.

13
학의 다리를 잘라 오리에게 붙여주랴

 이 무렵 일본의 식민지 지배야욕은 갈수록 악랄해져 가고 있었다. 한동안 조용하던 봉선사에도 일본관헌의 발길이 잦아졌다.
 하루는 노보살이 다급한 음성으로 운허스님을 찾아왔다.
 "아이구! 저, 강사스님, 강사스님! 강사스님, 안에 계시옵니까요?"
 "예. 무슨 일로 절 찾으십니까요, 보살님?"
 "예. 저······ 다른 스님들은 다 출타중이신데요. 양주 경찰서장 나으리가 왔구먼요, 스님!"
 "양주 경찰서장이 왔다?"
 "예, 스님. 다른 스님이 안 계신다고 그랬더니만 용하스님이라도 만나자고 그러는군요, 글쎄!"
 "으음, 알았습니다. 내 곧 내려간다고 전하십시오."
 꿈에도 만나기 싫은 자가 바로 일본의 관헌들이요, 그 가운데서도 가장 보기 싫은 자가 경찰서장이었지만 마침 그날은 공교롭게도 봉선사 스님들이 모두 출타중이었다.

운허스님은 별수없이 일본인 경찰서장과 마주앉게 되었다.

"대체 어쩐 일로 이렇게 먼 길을 오셨소이까?"

"우리 조선총독부 정책에 적극적으로 협조를 해달라고 나왔스무니다."

"뭘 협조해달라는 말입니까?"

"이번 우리의 천황폐하께서는 조선백성들에게도 은혜를 베푸시어 조선사람도 일본본토 신민과 똑같이 대우하시고자 일본식으로 창씨개명을 하도록 칙령을 내리셨스무니다."

"아니 뭐라구요! 창씨개명이라면 성을 바꾸고 이름을 바꾸란 말 아닙니까!"

"그렇스무니다. 그러니 이 봉선사 사찰에서도 모든 승려들이 창씨개명을 해서 모범을 보여줘야겠습니다."

세속을 등진 스님들에게까지 창씨개명을 강요하는 일본이었으니 일반백성들에게 가해지는 핍박은 얼마나 가혹한 것이었을지 가히 짐작할 수 있으리라. 운허스님은, 창씨개명의 취지가 조선사람을 일본 신민과 똑같이 대우하고자 함이라는 말도 안돼는 양주 경찰서장의 어거지에 어이가 없었다.

생각 같아서는 버럭 화를 내고 싶은 마음이 굴뚝 같았지만 열반하신 월초 노스님에 뒤이어 봉선사의 든든한 방패 노릇을 해야 하

는 운허스님의 입장에서는 그럴 수 없는 일이었다. 운허스님은 태연자약한 얼굴로 껄껄 웃으며 입을 열었다.

"허허허. 이것보시오, 양주서장!"

"왜 그러시무니까?"

"서장은 아마도 불교집안 사정을 잘 모르는 것 같은데 삭발출가한 조선승려들은 아, 아니지, 아니지, 조선승려들 뿐만이 아니라 일본승려 중국승려 할것없이 이 세상의 모든 승려들은 말이요. 머리를 깎고 출가할 적에 이미 다 창씨개명을 마친 사람들이오."

"아! 아, 그렇스무니까. 아 그러면 창씨개명을 어떤 식으로 했다는 말인지. 그걸 좀 말씀해 주십시요."

"삭발출가할 적에 속가의 성을 버리고 모두들 석씨 성으로 성씨를 바꾸었소."

"서, 석씨 성으로 바꾸었다구요!"

"그렇소. 석가모니 부처님 제자가 되었으니 석씨 성으로 바꾼 것이오."

"아하! 그러면 이름은 또 어떻게 바꾼단 말이지요?"

"집에서 쓰던 이름을 버리고 은사스님이 새로 불명을 지어주시니 그날부터 승려는 성씨도 바꾸고 이름도 바꾸는 것이오. 그래서 출가승려는 조선이나 일본이나 중국이나 같은 법을 따르고 있으니 승려의 이름을 다시 또 바꾸라고 했다는 소리를 누가 들으면 무식하다는 소리를 들을 것이니 삼가하는 게 좋을 것이오."

운허스님이 점잖게 타이르자 양주 경찰서장은 이제야 알았다는 듯 고개를 끄덕이며 말했다.

"아, 알았습니다. 아 그걸 내가 그만 잘 몰랐스무니다!"

그날의 일은 그렇게 넘기기는 했지만 풍전등화와도 같은 조선의 운명은 점점 더 암흑 속으로 빠져들어가고 있었다. 일본의 침략야욕은 그칠 줄을 모르고 타올라 기어이 미국 하와이 진주만을 기습 폭격함으로써 태평양 전쟁을 일으키기에 이르른 것이다.

전쟁물자를 동원하기 위해 혈안이 되어 있던 일본은 식민지 조선에 대한 수탈과 탄압을 더더욱 강화했다. 조선의 가난한 백성들은 극심한 가난 속에 허우적거리며 암울한 시대를 보내고 있었다.

거기에 그치지 않고 일본은 1942년 2월 25일에는 식량관리법을 공포하여 식량을 통제하기 시작했고, 뒤이어 5월 8일에는 조선인에 대한 징병제를 선포하고 조선의 젊은이들을 전쟁터로 끌어가기 시작했으며 뒤이어 우리의 나이어린 처녀들을 정신대로 끌어가는 만행까지도 서슴지 않았던 것이다.

이 전민족적인 시련은 가뜩이나 가난한 봉선사 살림에도 커다란 영향을 끼쳤다. 식량 통제와 식량 공출로 봉선사 홍법강원은 문을 닫게 되고 젊은 학인들은 징용에 끌려나가는 지경에까지 이르렀으니 운허스님은 참으로 비통한 마음을 금할 수가 없었다.

이때 징용에 끌려나가게 된 학인 가운데 운허스님이 각별히 아끼던 세호라는 학인이 있었다. 바로 이 학인이 오늘의 의정부 광동

여자고등학교 교장인 김양수.

　징용에 끌려가게 된 세호 학인이 운허스님께 마지막 인사를 드리러 왔다. 세호 학인이 큰절을 올리는 것을 물끄러미 바라보던 운허스님이 가라앉은 목소리로 입을 열었다.

　"이것봐라, 세호야."

　"예, 스님."

　"산도 여여하고 바람도 여여하고 풍경소리도 여여하여 모든 것이 옛 그대로 변함이 없거늘 사람 사는 세상만 시끄럽고 번잡스러우니 그래서 부처님이 이 중생세계를 '불난집'이라고 그러셨느니라."

　"예, 스님."

　"세호 너는 징용에 끌려 가더라도 늘 관세음보살을 염하며 정진을 열심히 하면 반드시 제불보살님들이 지켜줄 것이다."

　"예, 스님. 스님 분부대로 정진하겠습니다."

　"으음. 이런 억울하고 분한 일을 당하는 것은 이게 모두 나라를 빼앗긴 탓이니 세호 너는 어디에 끌려가서 무슨 일을 당하더라도 결코 제정신을 잃지 말아야 할 것이다."

　"예, 스님. 명심하겠습니다."

　"그래. 모두 살아서 돌아오도록 부처님께 기도할 것이니 마음 든든히 먹고 다녀오너라."

　"예, 스님."

1945년에 접어들자 일본은 악랄한 식민지 수탈정책을 더욱 노골화해서 총동원법을 제멋대로 제정, 공포하고 전면징용을 강행하였다. 조선의 젊은이들을 전쟁터로 내몰고 나이어린 처녀들을 보국정신대로 끌어다가 일본 군인들의 성적 노리개로 삼았는가 하면 식량과 물자들을 제멋대로 빼앗아가는 등 그 만행이 갈수록 극악스러워졌다.

운허스님은 봉선사 홍법강원마저도 폐쇄당한 채 울적한 하루하루를 경전공부에 몰두함으로써 겨우겨우 달래고 있었다. 그러던 그해 오월이었다. 일본인 양주 경찰서장이 돌연 운허스님을 찾아왔다.

"하하하. 안녕하셨스무니까, 용하스님?"

"아니 양주서장이 어쩐 일로 또 이렇게 오셨소이까?"

"어허! 그렇게 말씀하시니 섭섭하무니다. 아니 거 스님 눈엔 이 양주경찰서장이 가시로라도 보이십니까?"

"하하하! 허면 내 눈에 양주경찰서장이 연꽃으로 보이기를 원한단 말씀이시오?"

"허허허. 박용하 스님한테 말을 붙였다가는 늘 이렇게 본전도 못 찾겠습니다요."

"허허허허."

두 사람은 자못 호탕하게 웃어댔지만 내심 불꽃 튀기는 심리전이 보이지 않는 가운데 이루어지고 있었다. 운허스님이 먼저 입을

열었다.

"그동안 징용으로 잡아갈 사람 다 잡아갔고 공출해갈 식량 다 가져갔거니와 오늘은 또 어떤 용건이더란 말이오?"

"아 용건 말씀이무니까! 이 진접면 일대의 쇠붙이 수집 실적이 저조해서 독려차 나왔다가 이렇게 들렀습니다. 이 봉선사에서는 내놓을 쇠붙이가 혹시 없스무니까?"

"이것보시오, 양주서장!"

"예. 말씀을 하십시오."

"옛날에 부처님이 이르시기를 쇠붙이를 녹여서 호미와 쟁기를 만드는 나라는 흥할 것이요 쇠붙이를 녹여서 칼과 창을 만드는 나라는 망한다고 하셨소이다."

"아, 아니? 그건 대체 또 무슨 말씀이시무니까, 스님?"

"농부들이 농사짓는 호미와 낫, 쟁기와 보습까지 공출을 해가고 있으니 맨손으로 농사를 어떻게 지을 것이며 농사를 짓지 않고서야 백성들이 과연 무엇을 먹고 연명할 수 있을지 그게 걱정이 돼서 하는 소리요."

운허스님의 대답에 일본인 경찰서장은 코웃음을 치며 말했다.

"아, 그것은 마 걱정이노 안하셔도 괜찮을 것입니다. 지금 우리 대일본제국 황군은 남양군도까지 점령을 했으니 승리의 그날도 멀지 않았습니다."

"허허, 그래요?"

뽐내는 듯한 말에 운허스님이 느긋하게 웃어넘기자 일본인 경찰서장은 다시 떠보는 듯한 어투로 엉뚱한 질문을 하나 던져왔다.

"헌데 용하스님은 우리 대일본제국이 전쟁에 이길 것 같습니까, 질 것 같습니까?"

"허허허. 나는 점쟁이가 아니니 그런 것은 잘 모르겠소. 허나 부처님께서 이르시기를 옳은 일을 하는 자는 반드시 편안하게 될 것이요, 그른 짓을 하는 자는 반드시 곤궁하게 된다고 하셨으니 옳은 싸움을 하는 편이 반드시 이기게 될 것이오."

계란유골이었다. 운허스님의 대답 속에 날카로운 가시가 번득이는 것을 알아챈 양주서장은 대번에 얼굴빛이 달라지며 불쾌한 어조로 말했다.

"마, 좋스무니다. 과연 어느 쪽이 이기는지 어디 한번 두고봅시다!"

운허스님은 일본이 패망할 것이라는 것을 진정으로 확신하고 있었다.

당시의 신문, 방송은 연일 대일본제국의 위대한 황군이 싱가폴을 점령하고 괌, 사이판까지 점령했다고 승전보를 울리며 일본의 승리를 장담하고 있었지만 운허스님만은 일본은 반드시 곧 망한다고 단언하였다.

어느 날은 학인들과 경전공부를 하다 말고 이런 말을 하기도 했다.

"나는 삭발출가해서 부처님 경전을 공부한 이래 단 한 말씀 한 구절도 이치에 어긋나는 것을 본 적이 없소. 부처님 말씀을 믿고 의지하고 그대로 따르기만 하면 가정은 화목하고 사업은 번창할 것이며 세상은 태평하고 나라는 부강해질 것이오. 허나 부처님 말씀을 거역한 채 나쁜 짓, 악한 짓을 자행하면 머지 아니해서 그 집안은 패가망신하게 될 것이요, 사업은 쓰러지고 세상은 시끄럽고 나라는 반드시 멸망하게 될 것이오. 부처님께서 이르시기를 악한 씨앗을 심으면 반드시 악과가 열리고 선한 씨앗을 심으면 반드시 선과가 열린다 하셨으니 일본이 저토록 악한 짓, 독한 짓을 하고도 어찌 망하지 아니한다고 말할 수 있겠소이까. 나라를 빼앗고 땅을 빼앗고 말을 빼앗고 성씨를 빼앗고 양심마저 빼앗아가고도 모자라서 죄없는 우리 젊은이들을 무수히 잡아다가 전쟁터로 내몰고 짐승도 차마 못할 짓을 서슴없이 저지르고 있으니 일본의 패망은 불을 보듯 뻔한 일! 이는 자업자득이요, 자작자수니 스스로 나쁜 씨앗을 심어서 나쁜 열매를 거두게 되는 것. 여기 있는 여러 학인들은 결코 이 점을 잊어서는 안될 것이오!"

과연 운허스님의 예측은 정확히 들어맞았다. 1945년 8월 15일, 스님이 확신하던 대로 일본은 결국 패망하고 말았다. 해방을 맞은 조선민족의 환희는 이루 말할 수 없는 것이었다. 전국 각지에서 민족의 새로운 도약을 위한 논의가 활발해지고 해외에 나가 있던 독립운동가들이 속속 귀국하기 시작했다.

운허스님 역시 독립운동을 함께 했던 옛동지들의 권유에 견디지 못해 서울 명륜동에 조선혁명당을 세우고 한시적으로 정당활동에 관여하기도 했다. 그러나 운허스님은 곧 이전투구와 이합집산의 정치판에 환멸을 느끼게 되었다.

좌우익의 싸움은 지칠 줄 몰랐고 민족의 미래보다 개인과 정당의 이익을 앞세우는 정치세계는 본질적으로 운허스님과 맞지 않았던 것이다. 정치판과 결별한 운허스님이 다시 자리를 잡은 곳은 역시 봉선사였다.

봉선사로 돌아와서 얼마되지 않아서였다. 며칠째 방에만 틀어박혀 경전을 읽고 있는데 문 밖에서 운허스님을 부르는 노보살의 다급한 목소리가 들렸다.

"용하스님! 용하스님 계시옵니까요?"

무슨 일이 있었는지 노보살의 얼굴은 잔뜩 상기된 채로 기쁨에 타오르고 있었다.

"무슨 일이신가요, 보살님?"

"아유! 스님! 징용에 끌려갔던 세호 학인스님이 살아서 돌아왔구먼요!"

"예에? 세호가 살아서 돌아왔다구요!"

"아유, 예에! 지금 법당에 참배하고 이리로 오고 있습니다요!"

봉선사 홍법강원에서 공부하던 중 징용에 끌려갔던 세호 학인이 기어이 살아서 돌아왔다니 참으로 기쁘기 한량없는 일이었다. 잠시

후 운허스님의 거처로 걸어오고 있는 세호 학인의 모습이 눈에 들어왔다.

"허허허. 그래그래. 세호 네가 기어이 살아서 돌아왔구나!"

"모두가 부처님의 은혜인가 하옵니다, 스님!"

"그래 그동안 세호 너는 어디로 끌려가서 무슨 일을 하고 있었더냐?"

"예, 스님. 저는 다행히도 전라도 목포 앞 고화도에 있었습니다, 스님."

"오! 그래그래. 아니 그럼 세호 너는 우리 조선땅을 벗어나지 아니했더란 말이더냐?"

"예, 스님. 다른 사람들은 인도지나 반도로 끌려가고, 또 어떤 사람들은 남양군도로 끌려갔습니다만 어쩐 일인지 저는 목포 앞 고화도로 배속됐습니다."

"오! 허허허. 그것 참! 부처님이 돌보셨구나! 그래 고화도에 가서는 무슨 일을 시키던고?"

"예. 그 고화도 바닷가 바윗속에다 굴을 파는 일을 시키기에 그 일을 하다가 해방을 맞았습니다, 스님."

"허허! 그것 참 신통한 일이구나! 그래 그동안 어디 다친 데는 없었느냐?"

"예. 제가 봉선사 떠날 때 스님께서 분부하신 대로 늘 관세음보살님을 염송했더니 별 탈이 없었습니다."

"음. 그래. 정말 잘했다. 허면 그동안 고생이 많았을테니 우선 며칠 푹 쉬도록 해라."

"예, 스님."

"으음. 그리고 세호야! 해방이 되었다고는 하나 우리나라 땅을 삼팔선이 갈라 놓았으니 세상이 시끄럽다. 조심하도록 해라."

"예, 스님. 명심하겠습니다."

그러나 당시 피끓는 청년이었던 세호 학인은 운허스님의 우려를 무릅쓰고 곧 청년운동에 뛰어들게 되었다. 청년운동 조직에 들어가 농지개혁을 부르짖고 신탁통치를 반대하는 반탁운동에 휩쓸리는 세호 학인의 모습을 안타까이 지켜보던 운허스님이 하루는 세호를 불러앉혔다.

"부르셨사옵니까, 스님?"

"그래 내가 불렀느니라. 세호 너 요즘 어디를 그리 바쁘게 돌아다니느냐?"

"새조국을 건설하기 위해 청년운동에 가담하고 있습니다."

"농지개혁운동을 부르짖는다면서?"

"예."

"그래. 그동안 시행되어온 소작제도는 문제가 많다. 토지 소유자가 소출의 반을 차지하고 농사 짓는 농민이 나머지 반을 차지했으니 그건 어찌보면 소작인들을 착취하는 제도였어."

"하오면 스님께서는 어찌 해야 옳다고 생각하시는지요?"

"땅주인과 소작인이 반반씩 나누는 5. 5제는 잘못된 것이니 삼칠제로 고쳐야 한다고 생각을 한다."

"삼칠제라면?"

"땅주인은 삼할만 차지하고 소작인에게 칠할을 주는 것이 도리에 합당하다는 말이다."

"스님! 그 말씀 진정으로 하시는 것이옵니까요?"

"그건 또 왜 묻는 게냐?"

운허스님이 그렇게 반문하자 세호 학인은 쑥스러운 듯 머리를 긁으며 멋적게 대답했다.

"아! 저는 스님께서 그런 혁명적인 생각을 가지신 줄 미처 몰랐습니다요! 존경하옵니다, 스님!"

"아, 세호야! 나는 혁명주의자는 아니다. 다만 이 나라의 농사제도를 합당한 제도로 고치자는 생각일 뿐이다. 그리고 나는 무작정 남의 재산을 송두리째 몰수해서 공평하게 나눠먹자는 그런 공산주의식 평등주의는 찬성할 수 없다."

"왜 그건 안된다는 것이옵니까요, 스님? 공평하게 잘사는 것이 왜 안된다는 말씀이시옵니까요?"

"이것봐라, 세호야."

"예, 스님."

"공부를 열심히 해서 백점을 맞은 아이도 있고 공부를 게을리해서 이십점밖에 못맞은 아이도 있다."

"예, 스님."
"공부를 잘한 아이나 공부를 아니한 아이나 똑같이 점수를 나누어서 육십점씩 주면 어찌 되겠느냐?"
"……."
세호 학인은 이해하기 쉬운 실례를 들어 보이는 운허스님의 차분한 설명에 말문이 막히고 말았다. 계속해서 운허스님의 말이 이어졌다.
"농사를 지음에 있어서도 그렇고 사업을 하는 데도 그렇고 벼슬을 얻는 데도 그렇다. 지혜로운 사람, 부지런한 사람, 성실한 사람, 그런 사람이 수확을 많이 올리고 재물을 더 많이 모으고 벼슬을 더 차지하는 것은 당연한 일. 주정뱅이도 한몫, 도박꾼도 한몫, 오입쟁이도 한몫, 부지런한 사람도 한몫, 성실하고 정직한 사람도 한몫. 그런 식으로 평등을 강요하는 것은 도리에 합당하지 않은 것이니라."
"하오면 스님께선 공산주의를 반대하시옵니까?"
"부지런한 사람, 성실한 사람, 근검절약하는 사람은 그만큼 더 잘살아야 하고 게으른 사람, 부정직한 사람, 나쁜 짓 하는 사람은 그만큼 더 못살아야 그것이 참다운 평등인 게야. 학에게는 긴 다리를 오리에게는 짧은 다리를 그대로 놔두어야 평등하게 한다고 해서 학의 다리를 잘라다가 오리다리에 억지로 붙여주면 그게 과연 참다운 평등이겠느냐?"

"……."

"왜 대답을 하지 못하는고?"

"잘못됐습니다, 스님. 하마터면 제가 제대로 알지도 못하면서 날뛸 뻔했사옵니다."

"으음, 찬탁이다 반탁이다 제대로 알지도 못하면서 경거망동을 해서는 아니될 것이야. 내 말 알아들었느냐?"

"예, 스님. 앞으론 결코 경거망동하는 일이 없을 것이옵니다."

이렇게 해서 당시의 세호 학인인 훗날의 의정부 광동여고 김양수 교장의 인생을 똑바로 지켜주고 이끌어준 분이 바로 운허스님이었다.

14
오늘이 내 회갑이라구요?

그런 일이 있은 지 얼마 후의 일이었다.
어느 날 노보살이 운허스님의 거처로 황망히 달려왔다.
"아유 스님! 스님! 저 세호 학인이 절을 떠나겠다면서 짐을 꾸리고 있사옵니다요!"
"아니 뭐라구요! 세호가 짐을 꾸려요?"
"아유! 예, 스님! 어서 좀 가보십시오!"
도무지 믿을 수가 없었다. 하마터면 공산주의에 심취해서 좌익 운동에 휩쓸릴 뻔했던 세호 학인을 설득하여 제정신을 차리게 하고 자세를 바로잡아 놓은 게 바로 엊그제의 일이 아니던가. 바로 그 세호 학인이 갑자기 봉선사를 떠나기 위해 짐을 꾸리고 있다니 이상스런 일이었다.
그사이 마음이 달라진 것일까. 아무래도 본격적으로 공산주의 운동에 뛰어들겠다는 것일까. 짐을 꾸리고 있다는 세호 학인을 만나기 위해 바삐 걸음을 재촉하는 동안에도 운허스님의 마음은 착잡하기 이를 데 없었다.

짐을 싸고 있던 세호 학인은 어두운 얼굴로 운허스님을 맞았다. 고개를 숙이고 있었지만 세호의 표정에는 풀기가 하나도 없었다.

"아니 그래 세호 니가 무슨 일로 이 봉선사를 떠나겠다고 하는고?"

"죄송하옵니다, 스님."

"죄송하고 아니하고는 문제가 아니다. 대체 어떤 까닭으로 떠나겠다 하느냐?"

"말씀드리기 죄송하옵니다만 제가 징용에 갔다온 사이에 제 아버님은 세상을 뜨셨구요, 어머님과 형님 동생들이 끼니조차 제대로 잇지 못하고 있었습니다, 스님."

운허스님으로서는 전혀 생각지도 못했던 의외의 대답이었다. 자신에게 닥쳐온 엄청난 일들을 저 어린 나이에 혼자서 감당하고 이겨내느라 얼마나 애를 썼을까 생각하니 가슴이 미어져왔다.

"어허! 아니 니 속가의 형편이 그토록 어려워졌더란 말이냐?"

"예, 스님. 그러니 어머님과 형제들이 굶어죽어가고 있는 터에 나 혼자만 견성성불해서 편히 지내겠다고는 차마 못하겠습니다, 스님!"

"으흠. 허면 이 봉선사를 떠나서 무슨 일을 하겠다는 말이냐?"

"날품팔이를 해서라도 어머님과 형제들을 봉양할까 하옵니다."

"날품팔이를 해서라도 부모형제들을 봉양하겠다?"
"예, 스님."
"음, 그래. 듣고 보니 세호 니 생각도 그르다고는 못하겠다."
"스님을 모시지 못해 죄송하옵니다, 스님."
"아니다. 절 밖으로 내보내기 아까운 너를 붙잡지 못하는 내가 안타까울 뿐! 속가의 부모형제들을 잘 보살피고 돌보는 것도 보살행이니라."
"예, 스님."
"세호야!"
"예."
"연꽃은 진흙밭에서 자라도 결코 그 깨끗함을 잃지 않는 법! 어디 가서 무슨 일을 하더라도 부처님 가르침을 잊어서는 절대로 아니될 것이야."
"예, 스님. 결코 잊지 않겠사옵니다."
 어린 세호의 맑디 맑은 눈망울에서 눈물 한줄기가 주르르 흘러내렸다.
 이 무렵 운허스님은 나라의 장래를 튼튼히 하고 민족의 번영을 기약하기 위해서는 학교를 세워 장차 나라의 동량으로 커나갈 아이들을 교육시켜야 한다는 생각으로 중학교 설립을 추진하기 시작했다.
 스님은 학교 설립을 위해 봉선사를 비롯해서 봉영사, 수국사, 현등사, 그리고 삼팔 이북에 있던 흥룡사의 사찰토지 약 사십오만 평과 벼 육백이십 섬, 임야 천사백여 정보를 학교설립 기본 재산으로 하여 광동중학교를 세웠다.

이 광동중학교가 개교한 날이 1946년 4월 8일이었다.

운허스님이 교육과 인재양성에 큰 집념과 열정을 가지고 계신 분이기는 하지만 워낙 절살림이 빈곤한 터라 개교 당시 광동중학교의 외관은 초라하기 그지없었다. 학교건물은커녕 교실 한 칸 제대로 된 것이 없었다.

운허스님은 봉선사 해탈문에다 학교 간판을 달고 청풍루를 교실로 꾸며 개교식을 거행했다. 이때 첫 입학생은 삼십 명.

이 광동중학교에서 반듯한 인재를 양성해 내겠다는 큰 뜻을 세운 운허스님은 육촌 형제 간인 춘원 이광수를 찾아가 광동중학의 교사로 부임해 줄 것을 간청했다. 춘원은 운허스님의 전혀 뜻밖의 간청에 아연실색했다.

"아니 그래 날더러 그 광동중학 선생 노릇을 하라는 말씀이신가?"

"이것보시게, 춘원! 춘원 이광수다 하면 세상에 모르는 사람이 없는 유명한 인사이니 교편을 잡으려면야 유명한 학교, 내노라하는 큰 학교가 서울에도 수없이 많을 것이야. 하지만 경기도 양주 광릉에 새로 세운 이 광동중학은 비록 초라하고 보잘것없는 시골학교지만 다른 학교와는 다른 깊은 뜻을 모아 세운 학교야. 그러니 제발

나를 좀 도와주시게."

"허허, 이 사람! 아니 어쩌자고 그래 그런 시골 산속에다 학교를 세웠어, 그래. 기왕에 학교를 세우려면 의정부에다 세우든지 서울에다 세워야 학생도 많이 올거고 오겠다는 선생도 많을 텐데 말일세."

"그건 나도 잘 알고 있네. 허나 그동안 우리 봉선사는 인근 양주에 사는 백성들 덕분에 오늘까지 살아왔고 그동안 입은 시주은혜만 해도 어찌 다 헤아릴 수 있을 것인가. 그래서 양주에 사는 백성들의 은혜에 보답하는 뜻에서 그 고장 아이들을 인재로 키워드리자는 생각으로 일부러 그런 산속에다 학교를 세운 것이네. 그러니 나를 봐서라도 광동중학 선생 노릇을 좀 해줘야겠네."

"허허, 이것 참! 그래 뭐 그렇다면 대체 날더러 무슨 과목을 맡아 가르치란 말씀이신가?"

"춘원 이광수야 아이들 작문시간을 맡아주여야 할 것이요 게다가 또 영어를 잘하니 그것도 좀 맡아주시게."

"날더러 국어와 작문, 거기다 또 영어과목까지 맡으라고?"

"그대신 내 춘원 이광수 교사를 위해서 우리 봉선사에서 제일 좋은 방을 한 칸 내어줄 것이니 거기 계시면서 글도 쓰시고 불경도 읽으시면 이거야말로 일석삼조가 아니겠는가?"

"허허. 이것 참 큰일났구먼!"

"허허허. 이것보시게, 춘원! 처음에는 춘원 이광수 덕택에 광동중학이 유명해지겠지만 요다음에는 광동중학 덕택에 춘원이 유명해질 걸세. 허허허."

"허허허. 아니 이거 별수없이 팔자에 없던 광동중학 선생이 되겠네 그래, 으응?"

"허허허."

한동안 주거니 받거니 하던 두 사람은 기어이 너털웃음을 터뜨리고 말았다. 결국 춘원은 운허스님의 인재양성에 대한 열정과 집요한 설득에 감복하여 승낙을 하고 말았다.

운허스님은 한동안 광동중학교 발전에 전심전력, 광릉 내 숲속에 번듯한 건물을 세우고 교장에 취임해서 2세 교육에 심혈을 기울였다. 이때 운허스님은 아예 처소마저도 광동중학에 정하고 학교에서 숙식까지 하고 계셨으니 광동중학 발전에 얼마나 심혈을 기울였는지 짐작할 수 있겠다.

그러던 1950년 6월 15일 이른 아침이었다.

이미 출가해서 가정을 이루고 있던 딸 영란이 허겁지겁 학교로 달려왔다. 영란은 운허스님을 보자마자 대뜸 울음부터 터뜨였다.

"아니 영란이 네가 이른 아침에 무슨 일이더란 말이냐?"

"스님! 어머니가 병석에 누워계시옵니다, 스님!"

"으음…… 영란이 니가 나한테까지 달려온 것을 보니 병세가 심상치 않은 모양이로구나."

"예. 사흘 전부터는 열이 펄펄 끓으시고 미음조차도 잡숫지 아니

하십니다."

"음. 내 그럼 아이들 등교하거든 조회 마치고 건너가보도록 할테니 그동안에 너는 한의원에 가서 병세를 자세히 말씀드리고 약부터 지어다가 다려드리도록 해라."

운허스님은 가지고 있던 돈을 털어 영란에게 주며 말했다.

"자, 약지을 돈 가지고 어서 한의원부터 가거라."

"저…… 약도 약이지만 어머니께서 자꾸 찾으십니다, 스님."

"오, 그래…… 알았다. 조회만 마치면 곧바로 건너갈 것이니 넌 어서 한의원부터 다녀오도록 해."

그러나 속가의 옛아내 수원백씨 부인의 병세는 갈수록 악화돼 도무지 소생할 가망이 없어 보였다. 병석에 누워 시름시름 앓고 있는 옛부인을 바라보는 운허스님의 심정은 착잡하기 그지없었다. 남편 하나 잘못 만나 한평생을 마음고생만 하다가 가면서도 운허스님에 대한 한마디 원망의 말조차 없었다.

좋지 않은 일은 연달아 오는 것인가.

엎친 데 덮치는 격으로 육이오 전란이 일어났으니 세상은 그야말로 발칵 뒤집혔다. 너도나도 피난짐을 싸가지고 남으로 남으로 내려가기 시작했다. 광동중학 교사들은 물론 봉선사 스님들도 하나둘씩 걸망을 챙겨들고 피난대열에 합류했다.

운허스님은 봉선사 젊은 스님들의 피난을 독려하면서도 막상 자신은 떠날 생각을 하지 않는 것이었다. 마지막으로 걸망을 챙겨 가지고 봉선사를 나온 스님 한분이 운허스님이 계신 학교를 찾아왔다.

"스님! 아유, 스님! 아직도 학교에 계시면 어쩌십니까요! 어서 걸망 챙겨가지고 피난가셔야지요, 예? 어서요!"

그러나 운허스님은 고개를 저으며 착 가라앉은 목소리로 말했다.

"아닐세. 난 이 광동중학교를 지켜야겠으니 자네나 어서 떠나도록 하시게."

"아니되십니다요, 스님! 저 포탄 떨어지는 소리 듣지도 못하십니까요? 아 지금 사람이 숱하게 죽어가는 판에 아 이까짓 학교가 문젭니까요? 어서 가셔야 합니다요, 스님! 어서요!"

"학교도 학교지만 지금 영란이 어머니가 병들어 사경을 헤매고 있네. 내가 학교를 떠날 수 없어 저기 저 사택에 옮겨다 놓고 영란이가 약을 달여먹이고 있는데 나만 어찌 살자고 떠날 수가 있겠나."

"아유 참 그래도 그렇지요, 스님! 아 부녀자들이야 남아 있어도 별일이야 있겠습니까만 남자들은 죄다 잡아가고 죽이고 그런답니다요, 스님!"

"난 여기 남아서 임종이라도 지켜봐 주어야 하겠네. 젊었을 적에는 독립운동한답시고 고생만 시켰고 나이 들어가지고는 중노릇 한답시고 돌보지 못했으니 내 그 업보를 언제 다 갚을 수 있을 것인

가. 자 어서 내 걱정 말고 떠나시게."

안타까웠지만 어쩔 수 없는 일이었다. 옛부인의 임종이라도 지켜봐주어야겠다는 운허스님의 대답에 젊은 스님은 할말을 잃고 망연히 서있을 뿐이었다.

"내 걱정 말고 어서 가래두!"

"아유 참 나! 아유 스님 그럼. 저 먼저 떠나겠습니다요, 스님. 아무쪼록 몸조심 하십시오, 스님!"

새로 지은 학교도 비울 수가 없고 병들어 사경을 헤매는 옛아내를 버릴 수도 없었던 운허스님은 결국 피난을 가지 못한 채 인민군 치하에서 삼개월 동안을 견뎌야 했다.

구이팔 수복이 되자 상황은 돌변했다. 피난을 가지 않고 남아 있으면서 인민군 치하에서 부역을 했다는 혐의로 대한민국 경찰에 체포되어 두번씩이나 곤욕을 치루었던 것이다. 동족상쟁의 무법천지에서 낮에는 대한민국, 밤에는 인민군 천하가 되곤 하던 시절이었다. 그 피비린내 나는 싸움 속에서 무고한 백성들만 희생되기 일쑤였던 터라 운허스님은 모든 것을 각오할 수밖에 없었다.

그런데 당시 양주 경찰서장이었던 가창현과 국회의원 이종수, 그리고 옛제자였던 김양수와 김철이 운허스님의 구명운동에 앞장섰다. 평소 운허스님의 고매한 인격과 가르침을 흠모해왔던 그들은 스님의 무고함을 널리 알리고 각계에 탄원하여, 급기야 처형 직전에 극적으로 석방시키기에 이르렀다.

그러나 이 난리통에 운허스님은 결국 옛 속가의 가족들을 모두 다 잃고 말았다. 병석에 있던 옛부인은 1950년 12월 10일 세상을 떠났고, 사위와 딸, 아들은 납북인지 월북인지 영영 그 행방을 알 수가 없게 되었다.

횅한 가슴을 할퀴어 버릴 듯한 매서운 바람이 불어와 폐허가 된 봉선사의 흙먼지를 쓸어갔다. 운허스님은 찬바람을 고스란히 맞으며 전쟁으로 잿더미가 된 봉선사 절마당을 조용히 거닐고 있었다. 스님의 어깨에는 낡은 걸망 하나가 걸려 있었다.

헛헛한 얼굴로 시종 스님을 지켜보고 있던 옛제자 세호였던 김양수가 젖은 목소리로 입을 열었다.

"스님, 뭐라고 위로의 말씀을 올려야 할지 모르겠습니다."

"아닐세. 그대들이 아니었다면 나는 이미 이세상 사람이 아니었을 터. 이렇게 다시 살아서 걸망을 맬 수 있다는 것만 해도 큰 다행이 아니겠는가."

"저희들이 스님 소식을 하루만 늦게 들었더라면 참으로 큰일날 뻔했습니다. 아직은 혼란기라 옥석을 제대로 가리지 못하니까요."

"이번에 참으로 그대들의 신세를 크게 졌네."

스님은 마지막으로 돌아가신 월초 노스님과 자신의 땀방울이 고스란히 배어 있는 봉선사를 돌아보고는 조용히 걸음을 옮기기 시작했다. 김양수는 스님의 뒤를 천천히 따라갔다.

"스님께선 어디로 가시렵니까?"

"광동학교 교장직은 사직서를 써놓고 왔네. 아이들도 아이들 어머니도 다 내 곁을 떠났으니 이젠 중노릇이나 잘 해야겠어."

"하오면 스님께선."

"바람부는 대로 구름가는 대로 걸어가고 싶구만. 자 그럼 인연 있으면 또 만나세."

"스님! 부디 몸조심하십시오!"

전쟁이 할퀴고 간 황량한 들판을 지나 운허스님이 걷고 걸어서 닷새 만에 당도한 곳은 경기도 안성 청룡사였다. 이 청룡사에는 평소 가까이 지내던 주지 임성진 스님이 계셨다. 이미 운허스님의 소식을 들어 알고 있던 성진스님은 참으로 따뜻하게 맞아주었다.

"여러 가지 못 당할 일을 한꺼번에 당하셨으니 참으로 심려가 크셨겠습니다, 스님."

"그게 다 내가 지은 업보이니 어쩌겠소이까. 차라리 잘된 일인지도 모르지요."

"잘된 일이라니요, 스님?"

"속가에 있던 아들, 딸, 사위도 내 곁을 떠났고, 아이들 어미마저 세상을 떠났으니 나는 이제 비로소 속가의 인연에서 벗어난 셈! 이제 홀가분한 마음으로 중노릇이나 잘하라는 분부로 알고 있소이다. 처자식 다 없어졌으니 이제야 내가 청정비구가 되었거든요. 허허허."

"아유! 원 참 스님도 별말씀을 다하십니다요!"

"그러나 저러나 이게 대체 무슨 정신나간 짓들인지 원!"
"무슨 말씀이신지요, 스님?"
"일제 삼십육년 동안 그리도 애타게 기다리던 독립인데 막상 독립을 하고 보니 삼팔선을 그어 놓고 남이다 북이다 서로 이를 갈며 부모 죽인 원수처럼 피투성이가 되어 싸우고 있으니 말입니다. 애당초 우리가 그리던 독립은 이런 것이 아니었어요."
"아, 그러게 말씀입니다요! 좌익이라고 죽이고 우익이라고 죽이고. 이거 정말 부처님 경전에 있는 아비지옥을 우리 땅에다 옮겨놓은 것 같습니다."
"이게 모두 다 우리 백성들이 어리석어서 그래요. 좌익이 무엇인지 우익이 무엇인지 공산주의가 어떤 것이고 민주주의가 어떤 것인지도 모르면서 공연히 파당을 지어 미워하고 죽이고 빼앗고 그걸 한없이 되풀이하고 있으니."
잘못된 시절인연을 한탄하던 운허스님은 문득 고개를 들어 성진스님을 응시했다.
"이것 보시오, 성진스님!"
"예, 스님. 말씀하십시오."
"내 이 청룡사에 더부살이 신세를 진 김에 한 가지 신세를 더 졌으면 하는데 허락을 하시겠소?"
"아유 원 무슨 말씀이시옵니까요! 아 대체 무슨 신세를 더 지시겠다는 말씀이신지요?"

"예. 앞으로 사십구일 동안 이 청룡사 법당에 평화기원법회를 열고 매일 관음정진기도를 올리고자 하는데 허락을 해주시겠소?"

"아휴 스님! 스님께서 법회를 열어주신다면야 아 우리 청룡사로서는 큰 영광이옵니다. 허허허. 그렇게 하시도록 하십시오, 스님!"

운허스님은 안성 청룡사에서 평화기원 대법회를 열고 사십구일 동안 매일 관음기도를 올렸다. 뿐만 아니라 운허스님은 그해 11월 1일부터 청룡사에 청룡학숙을 개설하고 학교에 가지 못하는 아이들을 모아놓고 야학을 시작했다. 스님이 한평생 품어왔던 인재육성의 꿈은 뼈아픈 전쟁의 폐허 속에서도 초연히 꽃피우고 있었던 것이다.

그러던 1952년 음력 2월 스무닷새날 아침이었다. 산기슭마다 버짐처럼 깔려 있던 눈무더기들이 녹아내리고 얼음이 풀리기 시작한 개울에서 청량하게 흐르는 물소리가 들렸다. 그 어느 해보다 지루했고 혹독했던 그 겨울도 이제 서서히 물러가고 있었다.

운허스님이 절마당을 서성이며 명랑하게 지저귀는 새소리를 듣고 있는데 성진스님이 다가왔다.

"아 저, 스님. 잠시 큰방으로 들어가시지요."

"아니 큰방으로 들어가다니요?"

"허허. 자 들어가시지요."

"예, 그러지요."

아침공양 때가 다 되었는데도 큰방으로 들어가자는 주지스님의 말에 운허스님은 고개를 갸우뚱하면서 큰방쪽으로 걸음을 옮겼다.
"자자. 어서 들어가십시오, 스님!"
성진스님에 이끌려 큰방으로 들어가려던 운허스님은 예상치 못한 방안의 정경에 흠칫 놀라며 소리쳤다.
"아니 대체 이게 무슨 일이란 말이오!"
정말 깜짝 놀랄 일이었다. 그도 그럴 것이 청룡사 큰방에는 큰 잔칫상이 차려져 있고, 그 큰상 위에는 진수성찬이 가득 차려져 있는 것이었다. 운허스님은 의아한 얼굴로 성진스님을 돌아보며 말했다.
"허허. 아니 이거 대체 무슨 잔칫상이란 말이오?"
"자자. 스님께서 이 자리에 앉으셔야 합니다."
"아, 아니오. 이 상석이야 당연히 주지스님이 앉으셔야지요."
"아니옵니다, 스님. 이 잔칫상은 스님을 위해서 마련한 것이오니 자, 여기 이 자리에 스님께서 앉으셔야 하옵니다."
"아, 아니래두요!"
운허스님이 계속해서 사양을 하자 성진스님은 운허스님의 손을 꼭 잡고서 물기 어린 목소리로 말하는 것이었다.
"허허. 스님! 오늘이 바로 스님의 회갑이 아니시옵니까?"
"예에? 오, 오늘이 내 회갑이라구요!"
"그렇사옵니다, 스님! 지난해 가을 보살님이 병석에 계신다 하여 문안차 찾아뵈었더니 보살님께서 그러셨습니다. '이 주책없는

늙은 것이 이렇게 병들어 여러 어르신께 심려를 끼치고 있으니 송구스럽기 짝이 없습니다. 명년 2월 스물닷새날이 우리 스님 회갑이신데, 그 회갑상을 내 손으로 차려드리는 게 내 소원이었는데, 그 회갑상을 내 손으로 차려드리지 못하고 내가 세상을 뜨게 됐으니 그것이 원통하고 죄스러울 뿐입니다' 하고 말입니다. 그래서 소승 오늘이 스님의 회갑인 줄 알게됐습니다."

"……."

운허스님의 두 눈에는 어느덧 물기가 어리고 있었다. 성진스님은 할말을 잃고 망연히 서있는 운허스님을 억지로 상석에 앉히고는 짐짓 쾌활한 어조로 말했다.

"자자, 소승이 대신 차 따라 올리고 인사 올리겠으니 기쁘게 받아주십시오, 스님."

"이거 면목이 없구려. 더부살이 객승이 남의 절에 와서 회갑상까지 받다니!"

"아, 아니옵니다, 스님! 자 어서 차드시고 절 받으십시오."

15
비구니 교육에 힘쓰는 까닭

안성의 봄은 갖가지 꽃들의 향연으로 무르익었다.

겨우내 굳어버린 목피 속에서 싱그러운 새순들의 숨결이 아지랭이로 피어나오고, 감미로운 훈풍이 어디선가 불어와 처마밑 풍경을 간지르며 건너편 골짜기로 달려가곤 했다.

어느 날 청룡사 뜨락을 거닐던 운허스님은 푸른 하늘에 외로운 돛단배처럼 떠가는 한조각 구름을 보았다. 바람에 떠밀려 어디론가 흘러가고 있는 구름은 눈이 부시도록 희고 깃털처럼 가뿐해 보였다.

'이제 다시, 떠날 때가 왔구나!'

경기도 안성 청룡사에서 초파일을 보낸 운허스님은 그 다음날인 음력 사월 초아흐렛날 걸망 하나 챙겨지고 청룡사를 떠났다. 또다시 정처없는 운수행각의 길을 떠난 것이었다. 청룡사 주지 성진스님은 아쉬운 얼굴로 산 아래까지 운허스님을 배웅하였다.

산을 넘고 물을 건넜다. 가다가 배고프면 성진스님이 공양주를 시켜 챙겨준 주먹밥과 떡으로 요기를 했고, 목이 마르면 냇가에 흐르는 맑은 물을 마셨다. 다리가 아프면 부드러운 풀밭을 베고 누워 잠을 청했다. 마침맞게 자란 풀들은 융단처럼 부드럽게 운허스님의 몸을 감쌌다.

이렇게 이틀을 꼬박 걸어 당도한 곳은 바로 천안의 천황사.

운허스님은 천황사에서 이틀을 쉰 다음 지나가던 트럭을 얻어타고 대구를 거쳐 5월 11일경 부산 동래 금정사에 당도했다. 당시는 아직 전쟁상태라 부산에는 수많은 피난민들로 들끓고 있었다. 금정사에 들른 운허스님이 하룻밤을 지내고 났는데, 이튿날 아침 문 밖에서 느닷없이 귀에 익은 목소리가 들려오는 것이었다.

"객승 용하 스님께 객승 이순호가 문안드립니다!"

운허스님은 그 반가운 목소리에 깜짝 놀라 문을 벌컥 열었다. 문 밖에는 뜻밖에도 이순호 스님이 싱글싱글 웃으며 서있었다. 순호스님은 피난중에 바깥생활을 많이 했는지 얼굴이 검게 타서 더욱 건강해 보였다.

운허스님은 순호스님의 손을 맞잡고 감격에 겨워 소리쳤다.

"아니! 이게 대체 누구 목소리란 말이시던가! 으응?"

"허허허. 개운사 대원강원에서 동고동락하며 모셨던 이순호가 문안드립니다."

"허허허. 아니 이게 대체 얼마만인가. 어서 들어오시게."

"그렇지 아니해도 스님께서 피난을 나오시지 못한 채 고생하신 다는 말을 듣고 늘 걱정이었습니다, 스님."

이날 금정사로 운허스님을 찾아온 이순호 스님은 바로 훗날의 청담스님. 운허스님과는 서울 개운사 대원강원 박한영 스님 문하에서 함께 공부했던 사형사제지간이었다.

더더구나 두 스님은 한때 의기투합하여 전국학인대회를 개최하고 조선불교혁신운동을 일으키는 한편 조선불교학인연맹을 제창하는 데 주동이 되었던 그런 사이고 보니 그야말로 혈육보다도 더 진하고 가까운 사이였다.

운허스님은 의아한 표정으로 청담스님에게 물었다.

"아니 그래. 내가 이 금정사에 당도한 것이 바로 어제 일인데 내가 여기 왔다는 걸 어찌 아시고 오시게 되셨는가?"

"아 원 참 스님두! 아 발없는 말 하룻밤에 천리간다는 말이 절간에서 나온 걸 모르신단 말씀이십니까. 기차가 빠르다 비행기가 빠르다 해도 절집안 소식 빠르기를 어찌 감당하겠습니까?"

"허허허. 그러시든가! 나쁜 짓 좀 하고 숨어지낼까 했다가는 큰일나겠구먼 그래! 허허허허."

"앉아서 천리 서서 삼천리를 간다는 게 절집안 소식 아니겠습니까. 허허허."

오래간 만에 만난 두 스님은 시간 가는 줄 모르고 담소를 나누었다. 두 스님이 나란히 점심공양을 마치고 나오는데 청담스님이 문득 생각난 듯이 운허스님에게 말했다.

"자자. 이거 여기 이러고 계실 게 아니라 부산에 당도했다 하면 범어사 하동산 스님을 찾아뵈어야지요."

"허허. 그러세. 그렇지 않아도 찾아뵐 작정이었으니까."

이렇게 해서 운허스님은 청담스님과 함께 범어사 하동산 스님을 찾아뵙고 원효암에 머물고 있던 탄허스님과도 만나게 되었다.

그해 5월 19일부터 범어사 금오선원으로 자리를 옮겨앉은 운허스님은 범어사 강주스님으로 대중들에게 능엄경을 가르치게 되었다. 범어사는 운허스님에게는 많은 추억이 어려 있는 절이었다. 이십여년 전 진진응 스님 밑에서 공부를 했던 인연도 인연이거니와 바로 그 인연을 맺어준 장본인이 돌아가신 월초 노스님이기 때문이었다.

'서기질이나 해먹을려고 출가하였더냐'던 노스님의 추상 같은 호령이 지금도 생생하게 떠올랐다. 그 추상 같은 호령 속에 담긴 손상좌에 대한 절절한 애정과 기대가 아직도 운허스님의 가슴에 사무쳐왔다.

그때 진진응 스님 밑에서 원각경과 화엄경을 배우던 젊은 학인이 지금은 어엿한 강주스님으로 다시 돌아왔으니 생전의 월초 노스님이 보셨더라면 얼마나 기뻐하셨을 것인가. 운허스님은 시간이 날 때마다 월초 노스님을 추억하며 철쭉으로 뒤덮인 금정산 기슭을 더듬곤 했다.

　금정이란 금정산 상봉에 있는 5, 6미터 높이의 큰 바위 위에 있는 우물 모양의 바위 구덩이를 말함인데 빗물이 괴어 항상 마르지 않는 곳이었다.
　이곳에 오르면 낙동강 하구의 너른 물결이 한눈에 바라다 보이고 석양 무렵에는 낙동강에 내리는 낙조가 물빛에 반사되어 천지를 찬란한 황금빛으로 물들여 놓곤 했다. 그때는 이 금정의 물빛도 역시 황금빛으로 변하는데 그 때문에 금정(金井)이란 이름을 얻게 되었다고 한다.
　바위구덩이 속을 가만히 들여다보고 있노라면, 거무스레한 바위빛이 꼭 물고기 모양을 하고 있어 마치 검은 테를 은은히 두른 금빛 물고기가 바람결에 따라 오르내리며 유영하는 것처럼 보였다. 바로 거기에 금정산(金井山) 범어사(梵魚寺)라는 이름의 비밀이 숨어 있는 게 아닐까.
　운허스님이 범어사 강주스님으로 대중들에게 능엄경을 가르치고 있던 어느 날이었다.
　하루는 웬 젊은 수좌가 범어사로 운허스님을 찾아왔다.
　"오, 그래. 그대가 날 만나려고 일부러 이 범어사엘 왔다는 말이신가?"
　"예."
　"음. 어떤 인연으로 날 찾아오게 되었는고?"
　"예. 저는 본래 경기도 장단이 고향이옵니다만 우연히 불경을 보게 되어 출가수행자가 되고자 경상남도 남해 화방사에 가 있었습니다."
"으음, 화방사라. 그래서?"
"하루는 문정영 스님이 화방사에 오셔서 저에게 하시는 말씀이 기왕에 승려가 되려면 운허스님 같은 분을 찾아뵙고 제자가 되는 게 좋을 것이라면서 이렇게 소개장을 써주시기에 찾아뵙게 되었사옵니다."
"문정영 스님이 이 소갯장을 써주셨다고?"
"예, 스님."
"그래. 허면 그대는 장차 무엇이 되고 싶어서 출가수행자가 되려 하는고?"
"예. 저는 장차 저 크고 넓은 바다를 지배하는 큰 용이 되고 싶사옵니다."
"허허허. 큰 용이 되고 싶다?"
"예, 스님."
"그러면 스스로 아주 법명을 지어가지고 온 셈이로구만!"
"무, 무슨. 무슨 말씀이시온지요 스님?"
"크고 넓은 바다를 지키는 큰 용이 되고 싶다 하였으니 자네 법명은 바다해 자 용용 자 해룡이가 좋겠구만."
그것은 바로 그 젊은 수좌를 당신의 수하로 거두어주겠다는 답변이었다. 젊은 수좌는 기쁨에 넘친 얼굴로 운허스님 앞에 큰 절을

올렸다.

"스님, 고맙습니다!"

즉석에서 법명을 지어주며 젊은 수좌를 제자로 받아들인 운허스님은 정식인사를 마치고 다시 마주 앉은 해룡 수좌를 향해 진지한 얼굴로 입을 열었다.

"이것봐, 해룡아!"

"예, 스님."

"기왕에 출가수행자가 되었으면 일구월심 승려다운 승려가 되도록 공부를 제대로 해야 될 것이야."

"예, 스님. 명심하겠습니다."

이때 운허스님으로부터 해룡이라는 법명을 받고 제자가 된 분은 바로 훗날의 대강백 월운스님이었다. 운허스님은 범어사에서 맞은 제자 해룡을 특히 아끼고 엄히 가르치셨다.

어느 날 저녁이었다. 운허스님은 해룡 수좌를 불러 앉혀놓고는 엄한 얼굴로 말했다.

"능엄경이 설해진 동기에 대해 밝히라고 했더니 다들 답안지를 써냈는데 해룡이 네가 써낸 걸 보니 너는 경지가 아직 핵심을 찌르지 못했어. 글은 아주 잘되었으되 마당가에만 지나간 격이다."

"죄송하옵니다, 스님."

"네 공부는 아직도 멀었느니라. 내 말 알아들었느냐!"

"예, 스님."

운허스님은 제자 해룡을 엄히 꾸짖었다. 한치의 방심도 허락하지 않았으며 특히 사찰 청규에 어긋나는 행위에 대해서는 조금도 용서하지 않았다. 운허스님이 다른 제자들보다 제자 해룡을 그토록 엄하게 대했던 것은 그가 장차 쓸 만한 그릇이 되리라는 나름대로의 판단이 있었기 때문이었다.
"부처님께서 어떤 연유로 능엄경을 설하시게 되었는고 하면 아란존자가 선정은 무시하고 혜에만 치중하여 이를 깨우쳐주기 위해 설하신 경이 바로 능엄경이야."
"예, 스님."
"선정이 없고 지혜만 있는 자는 위태롭다는 것을 가르쳐주기 위해서 부처님께서 이 능엄경을 설하셨던 게야."
"예, 스님."
"헌데 해룡이 네가 써낸 답안지를 보니 마당 한복판은 건드리지도 못하고 마당 귀퉁이만 지나갔어."
"죄송하옵니다, 스님."
"허나 해룡이 네가 지어놓은 글은 아주 썩 잘되었다. 그만한 글재주면 장차 한몫을 단단히 할 수 있을 것이야."
"송구스럽사옵니다, 스님."
"이것봐라, 해룡아."
"예, 스님."
"참선도 좋겠지만 경을 더 부지런히 봐라."

"예, 스님."

"내가 보기에는 해룡이 네가 경을 밝히는 일에 평생을 바친다면 장차 이 나라 불교계에서 한몫을 단단히 해낼 것 같으니 이 점 특별히 유념하도록 해라."

"예, 스님. 명심하겠습니다."

"으음. 너도 그동안 배워 알겠지만 부처님 가르침은 그야말로 우리 중생들에게는 감로수와 같은 지혜의 말씀이요, 진리의 말씀이니 이 세상 모든 중생들이 부처님 가르침을 배우고 따르고 그대로만 실천을 하면 이 세상이 그대로 극락이 될 것이다. 허나 이 좋은 부처님 가르침이 어려운 한문글자로만 적혀 있어서 모든 중생들이 쉽게 만나기 어렵고 배우기 어렵고 알아듣지 못하니 정녕 안타까운 일이 아닐 수가 없다."

"예, 스님."

"해서 나는 이 자비로운 부처님의 가르침을 우리말 우리글로 쉽게 풀어서 모든 중생들이 다 함께 배우고 다 함께 따르고 다 함께 실천할 수 있도록 해야겠다는 서원을 세운 바가 있거니와 그래서 나는 견성성불도 미루고 부처님 경전을 우리말 우리글로 옮기는 일에 매달려 오고 있는 것이다. 허나 이 일은 결코 나혼자만의 힘으로는 어림도 없는 일! 해룡이 네가 기왕에 내 제자가 되었으니 글재주가 출중한 해룡이 너도 부처님 경전을 우리말 우리글로 밝히는 사업에 평생을 바쳐주었으면 하는데 해룡이 네 생각은 어떤지 모르겠구나."

"알겠사옵니다, 스님! 소승 비록 능력이 모자라고 재주가 부족하오나 신명을 다 바쳐서 스님의 분부대로 따르겠사옵니다."

이때 운허스님은 부산 동래 범어사에 머물고 계시면서 이미 능엄경 번역에 착수하고 계셨다. 또한 스님은 그 정도에 만족하지 않고 부처님의 모든 경전을 우리말 우리글로 옮겨놓고 말겠다는 원대한 역경계획을 세우고 계셨던 것이다.

그 해 7월 29일, 운허스님은 드디어 능엄경의 첫번째 번역을 마쳤다. 그와 함께 운허스님의 특유의 쉽고 재미있는 능엄경 강의는 갈수록 대중들의 인기를 끌었다. 그런데 생각지도 않았던 부작용이 생겼다. 대중들의 인기를 끈 운허스님의 강의방식을 시기하여 모략하는 일이 벌어진 것이었다.

운허스님은 부득이 능엄경 강의를 도중에 중단하고 그해 음력 6월 보름, 착잡한 심정으로 범어사를 떠나게 되었다. 마땅히 갈 곳이 없었던 운허스님은 부처님 경전과 번역원고 뭉치를 걸망에 짊어진 채 부산시 문현동 성암사, 토송동 묘신사에 잠시 몸을 의탁하셨다가 그해 11월 14일에는 충청도 계룡산 동학사에 들어가 강사가 되었다.

운허스님이 계룡산 동학사에서 강사로 계실 때였다.

어느 날 웬 비구니 하나가 운허스님을 찾아왔다.

"아니 그래 그대가 날 찾아왔다고 그러셨는가?"

"예. 그러하옵니다, 스님. 성자 철자 스님께서 이렇게 서찰을 써 주시며 찾아뵈라 하셨기에."

"성철스님이 서찰을 써주셨다고?"

"여기."

그 비구니가 내민 성철스님의 편지를 읽어내려가던 운허스님은 눈이 휘둥그래져서 물었다.

"으음. 아니 그러면 바로 그대가 청담스님의 속가 따님이더란 말이신가?"

"예. 그러하옵니다, 스님."

"허어. 내 그동안 청담스님이 속가의 딸을 데려다가 삭발출가시 켰다는 말을 들었었는데 오늘 이렇게 만나보게 되다니 참으로 묘한 인연이로구만."

"말씀드리기 송구하옵니다만 스님 문하에서 경학을 배우고자 이 렇게 찾아뵈었사오니 허락하여 주십시오, 스님."

"내 밑에서 경학을 공부하고 싶다고?"

"예. 그러하옵니다, 스님."

"청담과 나는 대원강원에서 함께 공부한 사이. 내 어찌 그대의 소원을 물리치겠는가. 기꺼이 허락을 할 터이니 마음껏 공부하도록 하시게."

"고맙사옵니다, 스님. 정말 고맙습니다!"

운허스님이 흔연히 허락을 내리자 비구니는 기뻐하며 고개를 조아렸다.

"다만 명심할 것이 있으니."

"예."

"장차 이 나라 불교를 위해서는 비구니들이 한몫을 단단히 맡아주어야 할 것이요 비구니들이 한몫을 제대로 해내려면 비구니 가운데서도 인재를 육성해야 할 것이요, 그러자면 그대들이 대강주가 될 실력과 능력을 갖춰야 할 것이니 이 점을 결코 잊어서는 아니될 것이야."

"예, 스님. 명심하여 열심히 공부하겠사옵니다."

이 당시만 해도 불교정화운동이 일어나기 전이었으니 비구니 교육에 대해서 관심을 쏟는 분은 별로 많지 않았다. 그러나 운허스님은 장차 이 나라 불교를 다시 일으켜 세우는 데에는 비구니 스님들이 큰몫을 맡게 될 것이라고 예견하였다.

운허스님이 청담스님의 속가 딸을 흔쾌히 제자로 맞아들인 데는 비구니 교육에 지대한 열정과 관심 없이는 불가능한 일이었다.

비구니를 제자로 맞아들인 지 얼마 되지 않아서였다. 어느 날 해룡수좌가 운허스님을 찾아뵙고 조심스럽게 여쭈었다.

"저, 스님."

"왜 그러느냐?"

"스님께서 비구니들이나 가르치고 계신다고 하여 수군대는 사람들이 많은 것 같사옵니다, 스님."

"허어, 모르는 소리! 머지 아니해서 세상이 바로잡히면 비구니 숫자가 몰라보게 늘어날 것이다. 그때 그 비구니들을 제대로 가르치자면 미리 쓸만한 비구니 강사를 키워놔야 한다."

"하오면 비구니 교육을 비구니 강사에게 맡겨야 한다 그런 말씀이시옵니까?"

"음. 그래. 비구니 교육은 비구니 강사가 맡아야 말도 없고 탈도 없고 도리에 맞을 것이야. 두고 보면 알 것이지만 비구니 가운데에서 대강사가 몇 명 나오느냐에 따라서 우리나라 비구니 불교계 판도가 달라질 것이니라."

그때부터 충청도 계룡산 동학사에는 비구니들이 경을 외는 소리가 널리 퍼지기 시작했다.

운허스님은 공부하는 비구니 학인들의 모습을 바라보시며 매우 흡족해 하셨다. 운허스님은 그중에서도 장차 이 나라 비구니 불교계를 이끌어갈 세 명의 재목을 손꼽고 계셨다. 스님은 틈나는 대로 이 세명의 비구니들을 불러 놓고 이렇게 타이르곤 했다.

"이것봐라, 묘엄아."

"예, 스님."

"묘엄이 너는 명성수좌, 혜성수좌와 더불어 장차 이 나라 비구니 불교를 이끌어 나갈 사명을 짊어지고 있으니 이 점 각별히 유념해서 한치의 어긋남도 없어야 할 것이니라."

"예, 스님. 명심하겠사옵니다."

"내 듣자 하니 묘엄이는 애당초 성철스님 문하에서 참선수행을 했었다고 들었거늘 어찌하여 경학을 공부하겠다고 나서게 되었는고?"

"예. 견성성불을 위해서는 참선수행을 해야 한다고 말씀하셨사옵니다만 무자 화두도 그렇고 이뭣꼬 화두도 그렇고 도무지 무엇이 무엇인지 바로 잡히지가 아니했사옵니다."

"음, 그래. 옛부터 참선은 부처님 마음이요 경전은 부처님 말씀이라고 했으니 부처님의 마음을 곧바로 깨달아 견성성불을 하자면 물론 참선이 제일일 것이다. 허나 이 사바세계에 저 많은 중생들에게 감로수와도 같은 부처님 말씀을 널리 골고루 전해주자면 이는 마땅히 부처님 경전공부에 통달해야 할 것이니 나는 그래서 경학을 먼저 배우라고 권하는 것이다."

"예, 스님. 더더욱 열심히 경학을 참구해서 스님의 분부 따르겠습니다."

이 무렵 통도사에 계시던 자운스님이 운허스님을 통도사로 모셔다가 강사를 맡기셨다. 이때 운허스님은 비구니 가운데서도 강사를 키워야 한다는 평소의 고집을 꺾지 아니 하시고 기어이 명성, 묘엄, 혜성 등 비구니 십여 명을 통도사 강원으로 데리고 가셨다.

그리고 범어사 청풍당에서 참선수행을 하고 있던 제자 월운을 통도사로 불러 보광전 부전소임을 맡도록 하는 한편 법정, 인환 등 글재주가 출중한 수좌들을 데려다가 불교사전 편찬작업에 몰두하였다.

16
세상에서 가장 귀한 보약

그런데 바로 이 무렵 이 나라 불교계에서는 불교정화운동이 요원의 불길처럼 번지기 시작했다. 그 여파는 통도사에까지 미치기 시작했다. 운허스님에게도 서울 선학원으로부터 속히 서울로 올라와 불교정화운동에 동참하라는 연락이 빗발쳤다.

그러나 운허스님은 초연한 자세로 불교사전 편찬작업과 강사로서의 직분만을 충실히 해 나갈 뿐이었다. 그러자 서울 선학원의 대의스님이 운허스님을 설득하기 위해서 직접 통도사로 내려왔다.

"이것보시오, 운허스님. 스님께서는 불교정화운동에 반대하신다는 말씀이십니까?"

"나는 정화운동에는 대찬성이오."

"아, 그러면 동참을 해야지 동참을 아니하는 까닭이 대체 무엇입니까?"

"아시다시피 나는 출가하기 훨씬 이전에 장가를 들어서 처와 자식을 두었던 사람이오."

"아 그야 출가하기 이전에 있었던 일! 지금에야 당당한 청정비구승이 아니십니까?"

"물론 지금은 청정비구라 하겠소이다만 아무튼 나는 엄연히 처와 자식을 두었던 사람. 그런 내가 감히 어떻게 남의 허물을 탓할 수 있단 말입니까. 미안한 일이지만 나는 불교정화운동에 동참할 자격이 없소이다."

"어. 이거 왜 이러십니까? 그러지 마시고 불교정화운동에 동참해주시지요. 자, 일단 여기다 도장이라도 먼저 찍어주십시오."

대의스님이 서명 용지를 내밀자 운허스님은 빙긋이 웃으며 고개를 흔들었다.

"아닙니다. 엄연히 처와 자식을 거느렸던 내가 이제와서 불교정화운동을 한답시고 여기 동참을 하면 세상이 모두들 비웃을 것이오. 뿐만 아니라 나 하나 때문에 이 좋은 정화운동이 빛을 잃게 될 것이니 차마 나는 이 서류에 도장을 찍을 수 없습니다. 그러니 그만 돌아가십시오."

불교정화운동이 본격적으로 추진되자 정화운동을 반대하는 쪽에서도 사람을 보내왔다. 운허스님이 불교정화운동에 적극적으로 뛰어들지 않는 것을 보고는 자기 편에 가담케 하기 위해서 사람을 보낸 것이다.

"이것보시오, 운허스님."

"예. 말씀하시지요."

"운허스님도 분명 부인과 자녀들이 있었던 걸로 압니다만."

"그야 다 아시는 대로 내게는 분명히 처와 자식이 있었소이다."

"그래서 말씀인데요. 아 지금에 와서 처자식 거느린 중은 절에서 나가라고 하니 아 글쎄 이게 말이나 됩니까요! 그래서 우리도 뭉쳐서 대항을 해야겠는데요. 운허스님은 물론 우리 편이시겠지요."

운허스님은 쓴웃음을 지으며 말했다.

"허허허. 이거 잘못오셨소이다."

"예에? 아니 그럼 선학원 편이란 말씀이십니까?"

"나는 분명히 예전에는 처자식이 있었어요. 허나 지금은 처자식이 없어요."

"아니 그러면 운허스님은 지금 처자식이 없으니 비구측이다 이런 말씀이십니까요?"

"으음. 그렇다고 나는 비구측도 아닙니다. 지금 내 처지가 홀아비인 셈이니 홀아비파가 있다면 거기에나 해당이 될런지 원. 허허허. 안 그렇소이까?"

"알겠소이다. 그러니까 운허스님은 이쪽도 저쪽도 아닌 중립이다 그런 말씀이지요?"

"엄밀히 따지자면 나는 이쪽에도 저쪽에도 가담할 자격이 없는 그런 사람입니다. 이쪽에 가담하자니 처자식이 없고, 저쪽에 가담을 하자니 과거에는 있었고 그러니 나는 양심상 그 어느 쪽에도 가담할 수가 없소이다."

운허스님은 불교정화운동의 그 혼란한 와중에서도 오직 후학양성과 역경에만 전념하셨다. 밤낮을 가리지 않고 천신만고 끝에 탈고한 불교사전 원고뭉치만 해도 두 보따리가 넘었다.

그러나 이 귀중한 원고는 빛을 보지 못하고 있었다. 당시 불교사전을 책으로 펴내려면 집 몇 채 값의 엄청난 출판비용이 필요했기 때문이었다. 불교정화운동의 와중에서 감히 그 비용을 마련할 길이 막연했던 것이다.

스님은 착잡한 심정으로 완성된 원고보따리를 챙겨놓고 제자 월운을 불렀다.

"부르셨습니까, 스님?"

"그래. 이 원고보따리 잘 간수해두어라."

"책으로 펴내야 할 일 아니시옵니까요, 스님?"

"책으로 펴내자고 천신만고 끝에 만들었다만 이 와중에 감히 어떻게 불교사전을 출판할 수 있단 말이더냐? 한두푼이 드는 것도 아니고 거금이 있어야 할 일인데."

"하오면 스님, 이 원고를……."

"니가 잘 맡아가지고 있다가 시절인연이 돌아오거든 그때나 가서 펴내든지 해야지 별수 있겠느냐?"

"휴우. 다른 일에는 거금들을 잘도 쓰던데 불교사전 한 권 펴낼 돈이 없다니 정말 답답한 일이옵니다, 스님."

"내가 복이 없어서 그러는 걸 누굴 탓하고 원망하겠느냐. 아무소리도 하지 말고 이 원고보따리나 잘 가져다가 간수하도록 해라."

"예, 스님. 제가 그럼 잘 맡아가지고 있겠습니다."

운허스님도 제자 월운도 불교사전 편찬작업에 심혈을 기울였던 법정 인환스님도 비통한 심정을 금할 수가 없었다. 그러나 당장은 뾰족한 수가 없었다. 운허스님의 마음을 더욱 심난하게 했던 것은 불교정화운동에 학인들이 휩쓸릴 기미를 보이기 시작한다는 점이었다.

어느 날 제자 하나가 스님께 와서 여쭈었다.

"스님! 수행하시는 스님들께서 종단분규를 일으키는 게 어찌된 일입니까?"

"으음. 중이란 속인들이 하는 일 다 하고, 그리고 중의 일을 하나 더 하는 것이라네."

그러나 운허스님은 자칫 제자들까지 동요하여 공부에 지장이 있을까 내심 염려하지 않을 수 없었다. 궁리 끝에 스님은 통도사를 떠나기로 용단을 내리고 짐을 챙기기 시작했다. 그리고 나서 제자들을 불러들였다.

운허스님의 심각한 표정에 다들 입을 못 열고 있는데 묘엄수좌가 조용히 입을 열었다.

"저 부르셨사옵니까, 스님?"

"그래. 내 그동안 여러 학인들에게 신신당부를 했었다마는 공부하는 학인은 공부에만 열중을 해야지 다른 일에 휩쓸려서는 공부가 제대로 안되느니라."

"예, 스님. 저희들도 그걸 잘 알고 있사옵니다."

"허나 요즘 종단 사정 돌아가는 걸 보아 하니 이 통도사도 결코 무관할 수 없게 되었고 이쪽 저쪽에서 학인들을 끌어들이려고 야단들이야."

"예, 스님."

"내 그래서 공부만 할 학인들을 몇명 데리고 진주 연화사로 옮겨볼까 하는데 너희들 생각은 어떤지 궁금하구나."

"스님께서 진주 연화사로 옮겨가신다 하오시면 저희들도 따라가서 공부에만 열중할까 하옵니다."

"정녕 다른 일에는 휩쓸리지 아니하고 공부에만 전념하겠다면 그런 학인은 데리고 갈 것이되 진주로 옮겨가서도 다른 일에 한눈을 팔면 안될 것이니라."

"예. 그 점은 염려마시옵소서. 결코 다른 일에는 휩쓸리지 아니하고 경학공부에만 전심전력할 것이옵니다."

묘엄에게 경학공부에만 전념하겠노라 다짐을 받고 난 운허스님은 월운수좌에게로 고개를 돌렸다.

"으음. 그럼 너는 어찌하겠는고. 이 통도사에 남아있을 것이냐 아니면 나를 따라 진주로 가서 공부에만 전념을 할 것이냐?"

"예. 저도 스님 모시고 진주로 가서 공부에만 전념하겠습니다."

"으음…… 그럼 됐다. 진주로 옮겨갈 학인들은 어서어서 걸망들을 꾸려라."

"예. 분부대로 하겠습니다."

운허스님은 제자 월운을 비롯한 명성, 묘엄 등 학인 십여 명을 데리고 진주 옥봉동에 있는 연화사로 처소를 옮겼다. 운허스님은 지금 불교계의 현안인 불교정화운동도 중요하지만 장기적으로 볼 때 장차 이 나라 불교계를 이끌어 나갈 대강백을 양성하는 것이 무엇보다 소중한 일이라고 보고 인재양성에 심혈을 기울이기 시작하였다.

이때 운허스님 문하에서 경학을 제대로 참구한 제자들은 어려운 한문글귀로만 되어 있던 불교경전을 알아듣기 쉽고 배우기 쉬운 우리말 우리글로 풀어서 옮기는 실력을 갈고 닦았으니 이 얼마나 다행스러운 일이었는지 모른다.

"자 그럼 오늘은 그동안 배운 것을 다 덮어 놓고 우선 자경문부터 우리말로 한번 풀어보기로 하는데 맨 처음 구절을 어디 한번 네가 풀어보아라."

"예, 스님."

운허스님의 지목을 받은 묘엄이 자경문을 우리말로 풀기 시작했다.

"주인공아! 나의 말을 들으라. 여러 사람이 불법 문중에서 도를 이루었거늘 너는 어찌하여 고통의 바다에서만 헤매고 있느냐. 내가 끝없는 옛적부터 이생에 이르도록 깨달은 성품을 등지고 티끌을 버물리며 어리석은 소견에 빠져 나쁜 짓을 저지르고는 세가지 나쁜 길에 들어가고 착한 일을 짓지 못하여 네가지로 생겨나는 업보의 고해바다에 빠졌느니라. 몸으로는 여섯가지 도둑을 따른 탓으로 나쁜 길에 떨어지면 고통이 극심하고 마음으로는 일생법을 어기었으므로 사람으로 태어나도 부처님 나기 전이나 부처님 가신 뒤가 되니라. 이번에도 다행히 사람은 되었지만 부처님 가신 뒤의 말법 세상이니 이것은 누구의 허물인가. 애닯기 그지없구나."

묘엄의 풀이에 운허스님은 만족한듯 웃음 띤 얼굴로 말했다.

"그래 그래. 한문글자로 된 구절보다 우리말로 풀어서 읊으니 이 얼마나 알아듣기가 쉬우냐. 으음. 그러면 이번에는 두번째 구절을 어디 니가 한번 풀어봐라."

이번에는 월운이 풀어나가기 시작했다.

"예, 스님. …… 그러나 네가 능히 반성하여 애정을 끊고 출가하였고 바리때를 받아 지니고 가사를 입었으며 티끌세상에서 벗어나는 길을 밟아 번뇌가 없어지는 묘한 법을 배우니 이는 마치 용이 물을 얻은 듯 호랑이가 산에 의지한 듯 훌륭한 이치를 이루 말할 수가 없구나. 사람은 옛과 지금이 있으나 법에는 멀고 가까움이 없고 사람은 어리석고 슬기로움이 있으나 도는 성하고 쇄함이 없느니라. 비록 부처님이 계시는 때에 낳더라도 부처님의 가르침을 따르지 아니하면 무엇이 이로우며 아무리 말법세상에 태어났더라도 부

처님의 교법을 받들어 행하기만 하면 무엇이 잘못이리오."

"으음…… 그래그래. 아주 잘 풀었느니라. 자, 그대들도 이제는 제대로 다 알았을 것이다마는 한문으로만 읽던 경구하고 우리말로 풀어서 배우는 경구는 그야말로 하늘과 땅 차이다. 더더구나 부처님이 직접 설하신 금강경이나 능엄경이나 화엄경을 어려운 한문으로 아무리 읽어줘봐야 그 가르침을 제대로 알아들을 백성이 과연 몇몇이나 되겠느냐. 앞으로 그대들은 설법을 하게 될 적이나 글을 쓰게 될 적에나 개인적으로 담소를 나눌 적에나 부처님 가르침을 반드시 우리말 우리글로 풀어서 전해야 할 것이니 그래야 우리 불교가 중생과 함께 살고 중생과 함께 널리 번져나갈 것이야. 우리말로 풀어서 배우면 불교경전이 얼마나 알기 쉽고 멋진 내용인지 자경문 끝구절을 한번 내가 읊어보겠다. '옥토끼가 뜨고 지니 사람이 늙고 금까마귀 들락날락 세월만 가네. 명예나 재물은 새벽의 이슬 영화롭고 괴로운 일 저녁연기라. 은근하게 도닦기를 전하노니 어서어서 부처되어 중생 가르치라. 이번 생애에 이 내 말을 듣지 않으면 오는 세상 많은 한탄 어찌하려나.' 자, 어떤가. 얼마나 알기 쉽고 멋진 말씀이신가! 자 그럼 이번에는 여러 학인들이 합송으로 자경문 끝구절을 한번 풀어보도록 하게."

십여 명의 학인들이 입을 모아 자경문 끝구절을 풀어 다시 한번 낭독하였다.

"그래그래. 그대들이 합송하는 소리를 들으니 환희심이 저절로 일어나는구먼 그래. 부처님의 경전은 여러 학인들이 이와 같이 배우고 이와 같이 우리말 우리글로 알기 쉽게 풀어서 만천하 모든 백성들에게 널리널리 전해야 할 것이야. 앞으로 오는 세상에서는 우리말로 설법을 하고 우리글로 포교하고 우리 소리로 말해야 할 것이니. 여러 학인들은 내 말 알겠는가?"

"예, 스님. 명심하겠사옵니다."

운허스님은 1955년 11월 27일 해인사 강원의 강사로 초빙되었다. 스님은 이 해인사에 머무르던 2년 동안 후학들에게 경학을 가르치는 한편, 1956년 7월에는 사미율의를 한글로 번역해서 출간하셨고, 10월에는 무량수경을 또 한글로 번역해서 책으로 펴내었다.

스님은 1957년 10월 9일 해인사를 떠나 다시 통도사 강원 강사로 자리를 옮기셨다. 이때 운허스님은 또 법망경을 비롯해서 사분계본, 사미율의 요약을 한글로 옮겨 책으로 펴내셨다.

불교경전을 어려운 한문의 틀 속에서 알기 쉬운 우리말 우리글로 옮겨놓아야 한다는 큰 서원을 달성하기 위해 운허스님은 밤잠조차 아껴가며 역경사업에 몰두하였다. 매일 저녁 밤이 깊도록 불을 밝혀놓으신 채 한문으로 되어 있는 불교경전을 한글로 옮기는 일에만 전념하였으니 스님의 건강은 갈수록 나빠질 수밖에 없었다.

제자 월운이 보다못해 한말씀 올리게 되었다.

"스님, 밤이 너무 깊었습니다. 오늘은 그만 하시고 주무셔야지요."

그러나 월운의 간청에도 스님은 일하던 손을 멈추지 않고 건성으로 대답하실 뿐이었다.

"흐음, 그래. 내 곧 잘테니 졸립거든 먼저 자도록 해라."

"스님, 제발 건강도 좀 생각하셔야지요. 내일 모레면 스님 칠십이십니다."

"으음. 글쎄 곧 잘 것이니 먼저 자래도 그러는구나."

"스님께서 앉아 계시는데 제자된 도리로 어찌 먼저 자리에 누울 수가 있겠습니까. 역경도 중요하시지만요. 쉬엄쉬엄 좀 하세요, 스님."

월운의 간절한 호소에 운허스님은 빙그레 웃으며 말했다.

"오 그래. 니 말대로 쉬엄쉬엄했으면 좋겠다마는 너도 알다시피 내 나이가 이미 예순 일곱이야. 지금부터 거의 매일밤을 새워 역경을 한다 하더라도 남은 세월이 많지 않으니 안타까울 뿐이구나. 다른 일 같으면 미룰 수나 있다지만 부처님 경전을 단 하루라도 빨리 우리말 우리글로 옮겨놔야 그만큼 중생 한사람이라도 더 건지게 될 것이니 이 한몸의 건강을 위해 이 중요한 일을 어찌 쉬엄쉬엄 할 수 있겠느냐."

"하오나 스님. 건강을 돌보셔야 이 일을 더 많이 하실 수 있으실 거 아닙니까. 저 내일은 제가 읍내에 나가서 스님 보약이라도 지어 오도록 하겠습니다, 스님."

"허허. 약지을 돈이 너한테 있기라도 한단 말이냐?"

"용채 쓰라고 신도들이 가끔씩 저한테 주고간 돈을 모아둔 게 조금 있사옵니다, 스님."

제자 월운에게 돈이 있다는 말을 듣자 운허스님은 갑자기 희색이 만연하여 어린애처럼 소리쳤다.

"어허! 그거 잘됐구나! 한글 금강경을 책으로 펴내야겠으니 그 돈 거기다 보태 쓰면 안성맞춤이겠다."

"아휴, 스님! 이 돈은 스님 약 지어 드릴려고 제가 한푼 안 쓰고 모은 돈이옵니다. 이걸로 책을 펴내신다니요."

"인석아! 그 돈으로 약을 지어다 먹으면 나 혼자만 약을 먹게 되지만 그 돈으로 한글 금강경 책을 지어서 여러 사람에게 나누어주면 그건 인석아, 부처님 보약을 수많은 사람들에게 골고루 나누어 먹이는 일이야!"

"하오나 스님."

"이것봐라!"

"예, 스님."

"부처님 가르침은 이 세상에서 으뜸가는 명약이다. 어리석은 사람을 지혜롭게 해줄 것이요, 욕심 때문에 죽어가는 사람을 살릴 것이요, 화내는 성질 때문에 죽어가는 사람을 살릴 것이요, 속이고 훔치고 죽이는 그런 몹쓸 병에 걸린 사람을 낫게 할 것이니 세상에 이보다 더 좋은 명약이 어디에 또 있단 말이더냐."

"예에······."

"내 건강을 걱정하는 네 갸륵한 마음은 내가 이미 고맙게 받았느니라. 그러니 너희들은 한문경전을 한글로 옮길 적에 세상에 둘도 없는 명약을 만든다 하는 그런 마음가짐으로 임해야 할 것이야. 내 말 제대로 알아들었느냐?"

"예, 스님. 깊이깊이 명심하겠습니다."

이 무렵 운허스님은 불교의 중흥을 위해서는 비구니들의 역할이 중요하다고 생각하시고 따로 비구니들을 위해 사미니율의 요약과 사본 비구니 계본을 번역하여 간행하였다. 스님은 비구니 계본 간행에 기뻐서 어쩔 줄을 모르는 명성과 묘엄을 따로 불러 단단히 당부하였다.

"그동안 우리 불교는 어려운 한문 때문에 그 글자 배우느라고 허송세월을 해서 부처님의 가르침은 제대로 배우지도 못하고 전하지도 못했으니 무슨 말씀이신지도 제대로 모르면서 어찌 계율을 지킬 수가 있겠으며 무슨 말인지 알아들을 수 없는 소리로 어찌 중생을 제도할 수 있을 것인가. 앞으로 그대들은 비구니를 양성하되 글자만 달달 외우는 비구니가 되게 하지 말 것이며, 그 말씀의 뜻을 제대로 알고 제대로 전할 수 있는 그런 비구니를 키워야 할 것이야."

"예, 스님. 스님의 분부, 결코 잊지 않겠사옵니다."

"내 이번에 그대들을 위해 사미니율의 요약과 사본 비구니계본을 풀어서 펴냈으니 한치의 어긋남도 없도록 하시게."

"저희들을 위해서 이 책을 펴내주셨으니 스님 은혜 참으로 막중

하옵니다."

"으음. 부처님이 이르시기를 불교교단은 비구와 비구니, 우바새와 우바이 사부대중으로 이루어진다 하셨으니 행여라도 비구니라 해서 소홀함이 없도록 해야 할 것이야."

"예, 스님. 분부 받들어 지키겠습니다."

17
햇빛을 보게 된 불교사전

운허스님은 후학들에게 경학을 가르치는 일 이외에는 오로지 경전 번역사업 하나에만 불철주야 매달렸다. 길을 걷는 경우를 제외하고는 언제나 손에서 책을 놓지 않았다고 하니 역경을 위해 쏟는 그 정성과 치밀함은 실로 감탄하지 않을 수 없었다.

1958년 한해만 해도 운허스님은 금강경, 정토삼부경을 한글로 옮겨 책으로 펴냈을 뿐만 아니라 조계종사 강요를 발행하였다.

1959년 음력 사월 초파일을 보낸 그 다음날이었다.

운허스님은 어느 날 제자 월운을 불러 앉히더니 친히 붓을 들어 '월운당 해룡장식'이라 제하시고 전법게를 써내려 가는 것이었다.

왕사성에 뚜렷이 밝은 달 그 맑은 빛
옛부터 오늘에 이르렀네
내 이제 그 빛을 그대에게 전하노니

잘 간직해서 산 속을 밝혀주게.

전법게를 받은 제자 월운은 송구한 마음에 어찌할 바를 몰랐다.
"스님! 참으로 송구스럽사옵니다."
"오! 아니야, 월운. 그대는 이미 우뚝 섰어. 그만한 수행, 그만한 공부라면 이제는 어떠한 큰일도 맡을 만하니 경학에 더욱 더 매진해 줘야겠어."
"예, 스님. 스님의 분부 반드시 받들어 지키겠사옵니다."
제자 월운에게 전법게를 내린 운허스님은 그해에도 쉬지 않고 역경에 매진하였다. 수능엄경을 한글로 펴내셨고 보현행원품, 사미율의 요약을 계속해서 간행하셨다. 어찌 보면 운허스님은 불교경전을 한글로 옮겨 펴기 위해 이 세상에 태어나신 분 같기도 했다.
운허스님은 학인들에게 경전을 강의하실 때도 철저하기 그지없었다. 아무리 눈감고도 훤히 아는 내용이라 하더라도 강의하시기 하루 전에는 반드시 먼저 경전을 읽고 메모하기를 되풀이 했다. 스님의 문하에 여러 명의 대강백이 출현하게 된 것도 바로 이런 철두철미한 가르침을 몸소 보여주었기 때문이라 해도 과언이 아닐 것이다.

그해 10월 1일.
운허스님은 큰방에 대중들을 모아놓고 대중공양을 베푸신 뒤 제자 월운에게 강을 전하는 전강식을 마련하였다.

"오늘로 내가 강을 놓고 월운에게 전하니 여러 대중들은 그리 아시오."

스님은 평소 분신처럼 아끼던 염주와 강의주해 공책, 그리고 책갈피에 꽂는 간첩을 제자 월운에게 물려주었다. 이날을 기해 운허스님은 학인들을 가르치는 일을 월운을 비롯한 지관, 홍법 등의 제자들에게 완전히 물려주시고 역경사업에만 전념하기 시작했다.

그러나 역경사업을 진행하면서도 늘 운허스님의 가슴을 체증처럼 무겁게 짓누르는 일이 있었다. 그것은 이미 원고를 다 만들어놓고도 막대한 출판비용 때문에 몇년째 펴내지 못하고 있는 불교사전이었다. 운허스님은 한갓 종이뭉치로 썩고 있는 불교사전 원고를 생각할 때마다 너무나 마음이 아프고 안타까웠다.

스님은 간혹 제자 월운을 보면 지나가는 말처럼 묻곤 했다.

"이것봐, 월운."

"예, 스님."

"그 원고보따리 잘 간수하고 있는가?"

"불교사전 원고 말씀이시옵니까요, 스님?"

"음, 그래. 그걸 어서 책으로 펴내야 공부하다 막히면 손쉽게 찾아볼 수 있을 터인데 내 생전에 책이 되어 나오기는 어려울 모양이야."

"그래서야 되겠습니까. 어떻게든 스님 생전에 펴내도록 해야지요."

"원고나 잘 보관하시게. 나 간 뒤에라도 시절인연이 닿으면 월운이 출판하도록 하고. 그거 원고 만드느라고 고생한 철정, 법정, 관일, 명철, 인환, 정묵, 법안 그 수좌들한테도 면목이 없게 되었어."

"너무 염려마십시요, 스님. 무슨 길이 있겠지요, 스님."

불교사전 원고 이야기가 나올 때마다 운허스님의 얼굴빛은 묘하게 일그러져 있었다. 아쉬움과 안타까움이 묘하게 얽혀 있는 스님의 그 표정을 대할 때마다 월운은 실로 송구하기 그지없었다. 은사께서 수년간 노심초사하여 만들어 놓은 불교사전 원고가 보자기에 쌓인 채로 몇년째 다락방에 방치되어 있는 게 너무도 죄송스러울 뿐이었다.

그러던 어느 날이었다. 부산에 살고 있던 신도 이수광 거사와 오보명일 보살 내외가 통도사에 참배를 하러 왔다. 두 내외 모두 아주 신심이 깊은 신도였다.

월운스님을 찾아온 두 내외가 반가운 얼굴로 인사를 건넸다.

"월운스님. 그동안 잘 계셨습니까?"

"아니! 아이고, 이번에도 거사님과 보살님이 함께 오셨군요!"

"운허노스님께서는 평안히 잘 계시는지요."

"아, 예에."

운허스님 이야기가 나오자 월운스님의 얼굴에 그늘이 졌다. 평소와는 달리 월운스님의 얼굴에 보일 듯 말 듯 수심이 어리자 오보명일 보살이 눈을 둥그렇게 뜨며 말했다.

"왜요? 노스님께서 혹 건강이 안좋으시기라두?"

"아, 아닙니다, 보살님. 그게 아니라 실은 노스님께서 요즘 큰 근심거리가 한 가지 있으셔서. 행여 병이라도 나실까 걱정인 게지요."

"아니 무슨 근심거리가 있으신데요?"

"예. 노스님께서는 우리나라 불교가 잘되자면 불교경전이 우리말 우리글로 옮겨져야 한다고 역경에만 매달려 계시는 분 아니십니까!"

"그야 노스님 생각이 백번 옳으시지요!"

"그래서 경전을 우리글로 옮기자면 무엇보다도 먼저 만들어져야 하는 게 바로 불교사전이라고 생각하시고 몇년이나 걸려서 그 원고를 만들어 놓으셨어요. 헌데 그걸 책으로 내지 못하고 있으니."

"아니 원고까지 다 만들어 놓으셨다면서 왜 책으로 못내신단 말씀이십니까?"

"돈 때문이지요! 출판비용이 많이 드는 책이라 그래서 못내고 있거든요."

"원 세상에! 아니 돈 때문에 불교사전을 못낸단 말씀이십니까?"

오보명일 보살이 말도 안된다는 듯 혀를 차며 소리쳤다.

"비용이 많이 드는 큰 사전이라서요."

월운스님의 한숨섞인 이야기를 들은 두 내외는 서로 얼굴을 마주 보더니 이윽고 이수광 거사가 조용히 입을 열었다.

"월운스님! 그 비용 우리가 부담할테니 돈걱정은 마시고 어서 내드리도록 하십시오."

"아, 예에? 아니 보살님 내외분께서요?"

"돈이 얼마가 들더라도 우리가 책임질 것이니 어서 노스님께 말씀드리시구요, 하루라도 빨리 그 책을 내도록 하십시오!"

"아! 고맙습니다, 보살님! 정말 고맙습니다!"

전혀 뜻밖의 제안에 감격한 월운스님은 신도 내외 앞에 몇번이고 감사의 인사를 드렸다. 부산의 불교신도 이수광 거사와 오보명일 보살 부부가 불교사전 출판비용을 책임져 주겠다고 나서 주었으니 이것은 참으로 꿈 같은 일이었다.

월운스님을 통해 이야기를 전해들은 운허스님은 눈이 휘둥그래졌다. 운허스님은 두 내외를 만난 자리에서 믿어지지 않는다는 표정으로 입을 열었다.

"아니 그래, 거사님과 보살님 내외가 참으로 불교사전 출판비용을 맡아주시겠단 말씀이시던가?"

오보명일 보살은 만면에 웃음을 지으며 고개를 끄덕였다.

"그러하옵니다, 스님. 더 이상 돈걱정은 마시고 어서 일을 추진하십시오."

"허허. 세상에 이런 고마울 데가 있으신가. 참으로 고맙고 또 고마운 일이야."

"아닙니다, 스님. 옛날 심청이는 제 몸을 팔아 공양미 삼백석을

시주하고 아버지의 눈을 뜨게 했다는 이야기도 있거니와 심청이의 효심과 불심에 비하면 저희들의 정성이야 감히 어찌 거기에 비할 수 있겠사옵니까."

"으음. 부처님께서 이르시기를 여러 가지 보시 가운데서 가르침을 전하는 법보시가 으뜸이라고 하셨거니와 그동안 우리 불교가 가르침을 전하는 일엔 소홀해서 이 지경이 되었는데 오늘에야 갸륵한 불심을 만나 뜻을 이루게 되었으니 이 고마운 마음을 무어라고 전해야 할지 모르겠구만."

이수광 거사는 두 손을 저으며 겸손하게 말했다.

"아니옵니다, 스님. 과찬의 말씀이시옵니다. 저희는 비록 큰 부자는 아니옵니다만 저희의 이 조그만 정성으로 이 세상 모든 중생들이 부처님 가르침과 인연을 맺어 악함을 멀리하고 착한 일을 많이 해서 좋은 세상이 이루어진다면 더 이상 바랄 것이 없겠사옵니다."

"으음…… 장한 일이야. 참으로 장한 일이야! 이것봐 월운!"

"예, 스님."

"인환수좌, 법정수좌, 정묵수좌한테 어서 기별을 해서 하루 속히 불교사전을 만들어내도록 해야겠어."

"예, 스님. 분부대로 하겠습니다."

이렇게 해서 드디어 한국불교 일천육백년 역사상 처음으로 불교사전이 햇빛을 보게 됐으니 이때의 기쁨을 퇴경 권상로 선생은 이렇게 말하였다.

"이번에 이 불교사전을 편집한 운허스님의 은혜와 공덕은 이 책을 보는 이는 다 동일하게 느낄 것이니 둔한 붓이나 어눌한 말로는 표현할 수가 없으며 다만 우리의 어두운 밤거리에 밝은 등불이 켜졌고 아득한 먼바다에 좋은 배를 만났다는 한 말씀으로 대중을 대표하여 수희하며 찬탄하는 바입니다."

또한 청담스님은 불교사전 간행의 기쁨을 그 서문에다가 이렇게 표현했다.

"이번에 운허스님께서 펴내시는 이 불교사전은 대장경을 보는 돋보기인 것이니 환히 잘 보이기도 하지만 잘 알아지기도 하는 돋보기이니 참 좋은 돋보기로다. 온 법계의 중생과 더불어 운허스님 복혜구족하소서."

운허스님은 천이백여 페이지에 달하는 방대한 한글판 불교사전을 펴내게 된 감회를 다음과 같이 말했다.

"이 책을 출판하기로 한 작년 삼월부터 오늘까지 일년이 넘는 동안 꾸준히 도와준 인환, 법정, 정묵 세스님과 한때 한때씩 수고하여준 철정, 법안, 관일, 명철 네 스님과 편찬하고 출판하는 데 물심양면으로 협조하고 성원하여 주신 축산, 자운, 벽안, 월하, 석주, 이불화 여러분과 이 책 간행에 큰 힘이 되어 주신 이수광 거사, 오보명일 보살님과 그리고 간행의 동기를 만들어준 월운스님에게 지극한 마음으로 감사하는 바이오."

운허스님은 경기도 양주 봉선사를 떠난 지 근 십년 만에 봉선사 주지 발령을 받아 봉선사로 돌아오게 되었다. 그러나 막상 돌아온 봉선사는 옛모습을 찾아볼래야 찾아볼 수가 없었다. 육이오 전란통에 대웅전은 불타버렸고 황량하기 짝이 없었던 것이다.

뿐만 아니라 스님께서 심혈을 기울여 설립했던 광동중학교 역시 육이오 전란통에 폭격을 맞아 가건물을 짓고 아이들을 가르치고 있는 형편이었다. 절살림도 형편이 어려웠고 학교살림도 말씀이 아닌 상황이라 교사들의 월급조차 제대로 주지 못하는 그러한 지경이었다.

그러나 불타버린 사찰이나 폭격을 맞은 학교건물보다도 운허스님의 가슴을 더욱 아프게 한 것은 돈이 없어 교사들의 월급조차도 못준다는 것이었다. 자신이 이사장으로 있는 학교의 교사가 몇달째 급료도 못받고 굶고 있다는 이야기에 운허스님의 마음은 미어질 듯이 아팠다.

"부르셨습니까요, 스님."

"으음, 그래. 저 빈 걸망하고 목탁을 가져오너라. 오늘부터 내가 탁발을 나가야겠다."

"예? 무슨 말씀이시옵니까, 스님? 탁발은 저희들이 나가겠습니다, 스님."

젊은 스님들이 기겁을 하며 말리는데도 운허스님은 고개를 저으며 말했다.

"으음. 절 양식을 만들고자 탁발을 하려는 게 아니야. 광동학교 선생님들이 굶고 있어. 선생님들은 굶고 있는데 명색이 학교 이사장이라는 내가 절에서 밥을 먹고 있으면 그 밥이 어찌 목구멍으로 넘어가겠느냐."

운허스님은 스님들의 반대를 물리치고는 빈 걸망을 짊어진 채 산을 내려갔다. 칠십 노구를 이끌고 손수 목탁을 치며 탁발에 나선 운허스님을 본 마을의 할머니가 깜짝 놀라며 소리쳤다.

"아이고! 이거 노스님께서 다 탁발을 나오시다니요! 아유!세상에 아니 봉선사에는 젊은 스님들도 안계신답니까요, 그래?"

"허허허. 이거 말씀드리기 죄송합니다만 봉선사 양식이 떨어져서가 아니오라 광동학교 선생님들이 굶고 계셔서요."

"아유 세상에, 세상에나! 학교선생님들이 굶고 계시다니요! 에유, 저 그럼 잠깐만 기다리시유. 내 쌀 한 말 드릴테니 우선 갖다드리시유."

"어이구 이거 고맙소이다. 보살님 정말 고맙소이다!"

봉선사 주지와 광동학교 이사장을 다시 맡게 된 운허스님은 칠십 노구를 이끌고 손수 탁발을 해다가 굶고 있던 광동 중학 교사들에게 양식을 나눠주었다. 가난과 굶주림에 지친 광동학교 교사들은 다른 학교로 떠나려고 마음을 먹었다가도 노스님의 정성에 감복해서 아이들을 더욱 열심히 가르치게 되었다.

운허스님은 자나깨나 광동학원을 발전시켜야 한다고 늘 걱정이

태산이었다.
"이것봐, 월운."
"예, 스님."
"광동학교는 우리 봉선사를 비롯해서 수국사, 현등사, 봉영사가 힘을 모아 세운 학교야."
"예, 스님. 알고 있습니다."
"여기 이 교가를 좀 봐."
"예……."
"이 교가는 내 속가형님 되시는 춘원 이광수 선생이 지어주신 교가야."
"예, 스님."
월운스님은 춘원 이광수 선생이 지었다는 교가를 찬찬히 읽기 시작했다.

운학산 구름 속이 우리들 배우는 집
송백숲 푸른 그늘 맑은 물 흐르는데
광동, 광동, 광동 우리 모교.
구름이 간들 산이야 움직이랴
눈서리 되게 쳐도 송백은 한빛일세
광동, 광동, 광동 우리 모교.
바다로 흘러 흘러 쉬임없는 내와 같이

광동의 밝은 빛이 이 나라 빛내로세
광동, 광동, 광동, 우리 모교.

"이 광동중학교 교가를 지어준 춘원도 북쪽으로 끌려가 버렸으니 전쟁만 일어나지 아니했더라면 학교가 이젠 자리를 제대로 잡았을 때인데……."

운허스님은 회한이 어린 눈빛으로 먼산을 바라보며 말꼬리를 흐렸다.

"먹고 살기가 어려운 지경이라 공납금도 제대로 못내는 아이들이 많다니 정말로 큰 걱정입니다, 스님."

"허나 이 광동중학교만은 무슨 수를 써서라도 잘 키워야 해. 미군들이 도와주어서 건물은 다시 지었지만 교사들 대우를 제대로 해주지 못하고 있으니 그게 걱정이야. 도서관도 지어야 하고 과학관도 있어야 하고 해야 할 일이 태산같은데 말이야."

나라를 잘되게 하려면 인재양성이 첩경이요, 불교를 중흥시키려면 불교경전을 한글로 옮겨야 한다는 게 운허스님의 두 가지 큰 서원이었다.

운허스님은 거처가 마땅치 않아 봉선사에서 선학원으로 선학원에서 다시 통도사로 옮겨다니면서도 불교경전을 한글로 옮기는 일만은 쉬지 않고 계속하였다. 1961년에는 불교사전의 출판에 이어 한글로 된 부모은중경, 목련경, 우란분경을 펴내셨으며

 1962년에는 역시 한글로 된 승만경, 금광명경을 계속해서 펴내었다.

 운허스님은 1962년 8월 15일, 종교지도자로서의 공로를 인정받아 문화훈장을 받으셨고, 1963년 3월 1일에는 독립운동에 이바지한 공적으로 대통령 표창을 받기도 했다. 그러나 스님은 결코 이런 치하에 만족하실 분이 아니었다. 스님은 더욱더 열심히 불교경전을 우리말 우리글로 옮기는 일에 매달렸다.

 그러나 이때 스님의 나이 벌써 일흔셋.

 스님 혼자의 힘으로 저 많은 불교경전을 한글로 옮긴다는 것은 한계가 있었다. 그래서 운허스님은 당시 총무원장을 맡고 있던 이청담 스님과 당시 동국대학교 총장이던 김법린 박사를 한자리에서 만나 역경사업의 중요성을 설파하고 동국대학교에 동국역경원을 설립해 줄 것을 간절히 요청했던 것이다.

 역경원 설립에 대한 운허스님의 요청을 받은 김법린 박사는 신중한 표정으로 입을 열었다.

 "음. 불교중흥을 위해서는 역경사업이 무엇보다도 시급하다는 것은 총장인 저로서도 잘알고 있습니다. 헌데 학교에 역경원이라는 기구를 설치할 수는 있겠습니다만 재정적인 지원은 학교의 형편상 어려운 실정이니 이게 참 걱정입니다."

 재정문제에 대해서만은 난색을 표하는 김법린 총장에게 이청담 스님이 말했다.

"아, 예. 그렇다면 말씀입니다, 김총장님. 우선 동국대학교에서는 학교 안에 역경원이라는 기구만 설치해주십시오."

"글쎄. 기구만 설치를 하고 재정지원을 못하면 하나마나가 아니겠습니까, 원장스님?"

"역경원 설치에 따른 재정지원은 종단에서 책임을 지도록 하겠습니다."

"종단에서 재정지원만 책임져 주신다면 학교에 역경원을 설치하는 건 어렵지 않은 일입니다. 그러면 재정은 종단에서 맡아주시고 역경사 양성이나 역경사업 자체는 운허스님께서 맡아주시는 것이지요?"

운허스님은 당연한 일이라는 듯 흔연히 동의하며 말했다.

"아 좋습니다. 학교에서는 기구를 설치해 주시고 종단에서는 재정지원을 해 주시고 그러면 이 늙은 중은 목숨을 다 바쳐서라도 역경사를 양성할 것이오. 역경사업을 추진해서 팔만대장경을 반드시 우리말 우리글로 옮기는 일을 기꺼이 맡겠습니다."

운허스님의 말을 받아 청담스님이 말했다.

"자, 그럼 우리 불교계의 숙원사업 한가지가 오늘에야 비로소 해결되게 됐습니다."

논의가 순조롭게 매듭되어지자 운허스님은 만면에 웃음을 지으며 입을 열었다.

"원장스님 참으로 고맙습니다. 그리고 총장이신 김박사님 정말

고맙습니다. 동국대학교에 역경원이 설치되서 부처님 팔만사천 법문이 한글책으로 나오게 되면 이 나라 불교는 반드시 새로운 중흥을 맞게 될 것이니 이 아니 좋은 일이겠습니까!"

"허허허. 자 그럼 이제 운허스님만 믿겠습니다."

청담스님은 파안대소를 하며 운허스님에게 말하는 것이었다. 운허스님은 이렇게 당시 대한불교조계종 총무원장이었던 청담스님의 도움으로 동국대학교에 동국역경원을 설립하였고, 곧이어 그 초대 원장에 취임하게 되었다.

18
아, 계산을 해보면 모르겠느냐

　우여곡절 끝에 역경원이 설립되기는 했지만 아직도 시련은 끝나지 않았다. 가까스로 한 고비를 넘겼는가 했더니 산 넘어 산, 그야말로 첩첩산중이었다. 역경사업에 착수하려 해도 종단 차원의 재정 지원은 청담스님의 말처럼 수월한 게 아니었다. 아니 사실상 불가능했다.
　알고 보니 불교정화사업 이후 종단은 빚더미에 싸여 있었고 역경사업에 지원해 줄 재정적 여유는커녕 종단 자체의 운영비마저 쪼들리는 형편이었다. 낙심천만이었다.
　운허스님은 고심에 고심을 거듭하던 끝에 전국적으로 구독예약 신청을 받아서라도 이 역경사업을 추진해 나가기로 작정하였다. 그러나 예약 신청을 받고자 해도 전국 사찰의 반응은 별로 신통하지가 않았다.
　그러던 어느 날이었다. 제자 월운이 희색이 만면하여 운허스님을 찾아왔다.
 "스님, 오늘 경상남도 석남사에서 한글대장경을 구독하겠다는 신청서가 들어왔는데요."
 "석남사라면 비구니 사찰 아닌가?"
 "예, 그렇습니다, 스님. 자 보십시오."
 신청서를 들여다보던 운허스님이 고개를 끄덕이며 말했다.
 "흐음. 비구승들 보다는 오히려 비구니들이 더 도와주는구먼! 헌데 이 구독신청자 이름이 어디서 많이 보던 이름인데."
 "예. 이 분이 바로 유명한 재일교포 재벌입니다."
 "아니 그러면 이 재일교포 재벌이 석남사를 통해서 한글대장경 구독신청을 해왔단 말이던가."
 "예. 독실한 불교신자라고 들었습니다."
 "으음, 그으래? 이런 실력있는 불자가 우리 역경사업에 후원자가 된다면 좋으련만."
 "후원자를 구하시게요, 스님?"
 "이제 후원자를 구하지 아니하면 역경사업은 어렵게 됐어. 종단에는 사무비도 없지 학교에는 예산이 없으니 후원자를 구하지 아니하면 문 닫게 생겼어."
 골똘히 생각에 잠겨있던 운허스님이 갑자기 좋은 생각이 떠오른 듯 무릎을 치며 벌떡 일어섰다.
 "여, 여보시게! 내 행장을 어서 좀 챙겨주시게."

"아, 아니 스님! 갑자기 어딜 가시게요?"

"역경원이 제대로 일을 하느냐 아니면 문을 닫느냐 하는 판국에 내가 누군들 못 찾아 가겠는가. 나 이 길로 석남사로 내려가려네. 가서 이 재일교포를 만날 수 있도록 다리를 좀 놔달라고 해야겠네."

"네에?"

월운스님의 어리둥절한 얼굴을 뒤로 하고 운허스님은 그 길로 걸망을 짊어지고 기차를 탔다. 오직 역경사업 하나에 여생을 바치기로 결심한 운허스님은 경상도 석남사를 찾아가려는 것이었다. 기별도 없이 먼길을 달려온 운허스님을 본 석남사 인홍 비구니 스님은 깜짝 놀라 소리쳤다.

"아이고! 이거 노스님께서 이 먼길을 어쩐 일로 오셨는지요, 스님?"

"으음. 일전에 이 석남사에서 역경원으로 한글대장경 구독신청을 보내 오셨던데 그 명단 속에 재일교포 한 분의 이름이 들어 있기에 그분을 좀 만났으면 해서 이렇게 찾아왔네만."

"아, 예. 그 재일교포 말씀이시군요. 하온데 스님! 저, 사실은 저도 그 분을 직접 알지는 못합니다."

"잘 모른다?"

"제가 아는 학교 교장선생님께서 그 분 이름으로 구독신청을 해주시기에 받았을 뿐이옵니다."

"허면 그 학교 교장선생님하고 그 재일교포는 잘아는 사이라고 하시던가?"

"아니옵니다, 스님. 그 교장선생님도 그 재일교포를 잘 아는 사이는 아닙니다. 그저 자기 고향 학교라 학교건물 짓는데 그 교포가 지원을 해줬다고 들었사옵니다."

"흐음. 그래? 그러면 별수없는 일이로구먼 그래."

노스님이 묻는 말에 꼬박꼬박 대답을 하던 인홍 비구니 스님은 문득 의아한 생각이 들었다.

"하온데 스님! 그 재일교포는 무슨 일로 만나려고 그러시는지요?"

"역경사업 말일세. 이 역경사업이 잘되서 부처님 경전이 우리말 우리글로 옮겨져야 불교가 잘될 일 아니겠는가."

"그야 그렇습죠, 스님! 그래서 저도 스님께서 하시는 역경사업에 큰 희망을 걸고 있사옵니다."

"흐음. 헌데 이 역경사업이 뜻만 가지고 되는 일이 아니야. 종단에서는 돈이 없어 도울 수가 없고 학교에서는 예산이 없어 지원할 수가 없고. 내 그래서 생각다 못해 그 재일교포라도 한번 만나서 역경사업 후원자가 되어달라고 간청해볼 생각이었는데. 흐음, 이제 그 일마저 틀려버렸구먼!"

운허스님이 어찌나 낙담을 하시는지 인홍 비구니 스님은 노스님의 얼굴을 똑바로 바라보기가 면구스러울 지경이었다. 역경사업에

대한 노스님의 필생의 집념에 대해 들어보지 않은 바는 아니었지만 저토록 소중히 생각하시고 계실 줄은 미처 몰랐던 것이다.

역경사업에 칠십 평생을 다 바치고도 마지막 정열을 살라 그 한 길에 매달리고자 하시는 노스님의 열정은 보는 사람으로 하여금 저절로 옷깃을 여미게 하는 숙연한 모습이었다. 가슴 저 밑바닥에서부터 운허스님에 대한 존경의 염이 절로 움터옴을 느끼며 인홍 비구니 스님은 조용히 입을 열었다.

"저……하오면 스님! 그 재일교포를 만날 수 있는 방도를 제가 한번 알아보도록 하겠사오니 너무 상심하지 마십시오, 스님."

자신을 위로하는 듯한 인홍스님의 말에 운허스님은 쓸쓸히 미소 지으며 고개를 끄덕거렸다. 칠십 노구를 이끌고 경상도까지 왔지만 더 이상 어쩔 수가 없었다.

운허스님은 허탈한 심경으로 별수없이 서울로 올라오고 말았다. 삭발출가한 이후 오늘까지 수십년 동안 일구월심 진력하고 꿈꾸어 오던 역경사업이 또한번 좌절될 위기에 처해 있으니 답답한 노릇이었다.

그러나 운허스님은 꿈에라도 결코 역경사업을 포기할 수는 없었다. 찾아오는 손님을 맞을 때도, 차를 마시면서도, 경전을 보다가도 그 한가지 생각은 언제나 머릿속을 떠나지 않았다.

어떻게 하면 이 일을 성사시킬 수 있을까. 자나깨나 그 생각에만 몰두하고 있던 운허스님은 제자들의 만류를 뿌리치고 돌연 노구를 이끌고 서울 우이동 삼각산 도선사를 찾아 올라갔다. 세찬 겨울바람이 삼각산 골짜기마다 사납게 휘몰아치고 있었다.

당시 삼각산 도선사에 계시던 청담스님은 소스라치게 놀라 운허스님을 맞이했다.

"아니! 아니 세상에 운허스님이 어쩐 일로 이 험한 도선사에를 친히 올라오셨습니까?"

"예에. 이 도선사 석불님이 영험하다 하시기에 이 늙은 중 죽기를 각오하고 석불님께 담판을 지으러 왔소이다."

"아, 아니 그건 또 무슨 말씀이시옵니까, 스님?"

"이 나라 불교를 위해서 역경사업을 성취시켜 주시던지 아니면 이 늙은 중 죽게 하시던지 마음대로 하시라고 석불님과 담판하러 왔단 말입니다."

"음!"

역경사업의 성취를 향한 운허스님의 초인적인 집념에 청담스님은 그저 묵연히 서있을 뿐이었다.

운허스님은 세속 나이 일흔넷의 노구임에도 불구하고 서울 우이동 삼각산 도선사 석불전에서 오직 역경사업을 성취하게 해 달라고 일심전력 기도하기 시작했다.

"이 늙은 중 이제 살 날이 얼마 남지 않았사옵니다. 이 사바에 있는 고해중생을 건지시기 위해 부처님께서 설해주신 팔만사천 법문이 불행하게도 이땅에서는 어려운 한문 속에 갇혀 이땅의 중생들

이 보려고 하나 볼 수가 없고 배우려고 하나 배울 수가 없고 따르고자 하나 따를 수가 없으니 이땅의 중생들이 누구나 쉽게 읽고 이땅의 중생들이 누구나 보고 배워서 부처님의 감로법문을 따라 어질고 착하게 살 수 있도록 역경사업이 원만히 성취되어야 하옵니다. 이제 살 날이 얼마 남지 않은 이 늙은 중, 죽기를 각오하고 관세음보살님께 간절히 발원하오니 역경사업을 원만히 성취하게 길을 열어주시던지 아니면 차라리 이 무능한 늙은 중, 부끄러운 목숨을 그만 거두어 주십시오."

운허스님은 차디 찬 석불전 돌바닥 위에 꿇어앉아 죽기를 각오하고 간절히 간절히 기도를 드리고 있었다. 청담스님도 말리고 스님의 뒤를 쫓아온 제자들도 말렸지만 운허스님은 꿈쩍도 하지 않았다.

매서운 삭풍이 휘몰아쳐 와도 눈보라가 천지를 뿌옇게 뒤흔들어도 노스님은 석불전에 꼼짝 않고 꿇어 앉아 있었다. 돌처럼 굳어버린 것일까. 얼음기둥이 되어버린 것일까. 억장이 무너지는 심정으로 십여일에 걸친 노스님의 기도를 지켜보던 비구니 스님들은 기어이 눈물을 터뜨리고 말았다.

"스님! 스니임! 으흐흑."

그 절절한 울음소리조차 들리지 않는 것인지 스님은 무려 14일 동안을 계속해서 기도하고 계셨다. 십여일 동안 야수처럼 도선사 주위를 포효하던 눈보라도 어느새 그치고 사방은 고요하기 그지없었다. 숨막히게 쌓인 눈의 무게를 못이긴 나무가지가 따닥따닥 소리를 내며 분지러졌다.

창백한 얼굴로 기도에 몰입하고 있는 운허스님의 뒤로 누군가가 조용히 걸어왔다. 월운이었다. 그의 눈자위는 눈물로 얼룩져 있었다. 월운의 젖은 목소리가 죽음처럼 적막한 석불전에 울려퍼졌다.

"스님. 이제 그만 일어나십시오."

"……."

"스님. 석남사 인홍 비구니 스님이 좋은 소식을 가지고 올라오셨습니다."

"좋은 소식을 가지고 인홍비구니가 올라왔다고 그랬느냐?"

"그렇사옵니다, 스님. 어서 가서 만나보셔야지요."

"으음…… 그래. 그럼 내가 가서 만나봐야겠다."

월운은 주르륵 흘러내리는 눈물을 닦을 생각도 하지 않고 힘겹게 자리에서 일어나시는 운허스님을 부축했다.

인홍 비구니 스님과 마주앉은 운허스님의 눈빛은 담담하고 평온하기 그지없었다. 마치 인홍스님이 가져올 '좋은 소식'을 이미 알고 있는 것처럼 보이기도 했다.

"오, 그래. 좋은 소식을 가지고 오셨는가?"

"예, 스님. 지난번 스님께서 말씀하신 그 재일교포 말씀이옵니다요."

"그래…… 그 재일교포. 어떻게 선이 닿기라도 했단 말이신가?"
"조상 대대로 저희 절 신도이신 이후락 거사께서 그 재일교포와 가깝다 하옵니다."
"이후락 거사라면."
"대통령 비서실장이신 바로 그 이후락 거사님 말씀입니다요, 스님!"
"음. 허면 그 이후락 거사가 말씀을 해주신다던가?"
"아 저, 그게 아니라요, 스님. 이후락 거사께서 스님을 한번 만나보고 싶다 하시니 스님께서 이거사를 직접 만나 말씀을 드리시면 좋을 듯하옵니다."
"그래? 음, 그럼 내가 이거사를 한번 만나봐야겠구먼."
석남사 주지 인홍 비구니 스님 주선으로 운허스님은 당시 대통령 비서실장이던 이후락 거사를 만나게 되었다. 운허스님으로부터 역경사업의 중요성에 대한 자세한 설명을 들은 이후락 거사는 참으로 뜻밖의 제안을 해왔다.
"노스님 말씀 잘 들었습니다. 헌데 스님!"
"예."
"스님께서 추진하시는 일은 팔만대장경을 번역해서 출판하는 사업 아니겠십니까?"
"그렇습니다."
"뭐 그렇다면 팔만대장경을 한글로 번역해서 출판하는 이 일은 그야말로 민족적 문화사업이라고 할 수 있겠습니다."

"그렇지요."

"그런 큰 민족적 문화사업은 개인적인 재벌의 후원을 얻어서 할 일이 아니라고 생각됩니다."

"아니 그러면 그 재일교포한테 부탁하기가 곤란하다 그런 말씀인가요?"

"하하하. 제 말씀은요, 노스님! 이런 뜻있는 일은 어느 재벌에게 개인적으로 부탁할 것이 아니라 범국가적으로 이룩해야 할 국가사업인만치 정식으로 추진했으면 한다 이런 말씀입니다."

"아니 정식으로 추진을 한다면?"

"대통령 각하께 정식으로 진정서를 제출토록 하십시오. 마, 제가 힘껏 도와드릴테니까요."

"대통령한테 진정서를 내라구요?"

"그렇십니다, 스님. 팔만대장경을 한글로 번역해서 출판하는 일이 어떤 중요한 문화적 의의를 갖고 있는가 마, 이런 점을 자세히 적어서 진정서를 내십시오. 팔만대장경은 우리나라의 자랑스런 문화유산이요, 그 문화유산을 우리말 우리글로 번역해서 출판하는 일이야말로 정정당당하게 해야 할 일 아니겠십니까?"

"오! 이거 이거 정말 고맙소이다! 그럼 내 곧 대통령께 진정서를 내도록 하겠소이다!"

"다른 염려는 안하셔도 좋을 것이니 이 사업의 목적과 타당성,

그리고 문화적 가치를 자세히 적어 잘 작성해 주십시오. 마, 제가 힘껏 이 일을 도와드리겠십니다!"

"고맙소이다! 이거사, 이거 정말 고맙소이다!"

과연 십사일 간의 목숨을 내건 기도의 힘이런가. 이후락 거사의 생각지 않았던 제안에 운허스님은 그야말로 용기백배했다. 노스님은 부랴부랴 한글대장경 번역출판사업의 목적과 계획서를 세밀히 작성해서 대통령에게 제출했고, 뒤이어 문교부로부터 구체적인 사업계획서를 제출해 달라는 통고를 받게 되었다.

드디어 이 팔만대장경을 번역출판하는 역경사업은 민족적 문화사업으로 확정되었고, 문교부가 예산을 편성해서 국회예산 심의에 회부되기에 이르렀다. 역경사업을 지원하기 위한 예산안이 국회에서 심의 되던 날, 운허스님은 어린애처럼 안절부절 못하는 것이었다.

아침부터 초조하게 심의결과를 기다리던 운허스님은 수시로 제자들을 불러 아이처럼 물어보는 것이었다.

"이것봐라."

"예, 스님."

"국회에서는 아직 무슨 연락 오지 아니했느냐?"

"예. 아직 아무 연락도 없었사옵니다."

"으음. 이거 원! 답답해서 견딜 수가 없구나. 어 그래 국회엔 누가 나가 있느냐?"

"예. 저희 역경원 직원이 한 사람 나가 있사옵니다."

"음. 이거 일이 잘되어야 할텐데."

"너무 걱정마십시오, 스님! 어느 면으로 보거나 당연히 성사되어야 할 일인데 설마한들 무슨 일이야 있겠습니까요?"

"너희들은 잘 모를지 모르지만 오늘 일이 잘되느냐 못되느냐에 우리 불교의 흥망성쇄가 달려 있어. 이 늙은 중의 평생소원이 달성되느냐 무산되느냐는 그 다음으로 치고, 오늘 일이 잘되면 우리 불교가 잘될 것이고 오늘 일이 잘못되면 우리 불교 앞날이 큰 걱정이야."

묘엄 비구니 스님이 다반에 다기를 받쳐오며 말했다.

"스님. 그만 진정하시고 의자에 좀 앉으십시오. 차 한잔 올리도록 하겠습니다."

"그래그래. 차 한잔 다오. 허허. 이거 내가 어린아이처럼 어찌 이리 속이 타는지 원!"

참으로 긴장된 한순간 한순간이 지나가고 있었다.

스님의 평생소원이 과연 이루어질 것인가. 아니면 마지막 고비에서 또 한번 쓰라린 좌절을 맛보게 될 것인가. 일분 일초가 고무줄처럼 길게 늘어지는 것 같은 숨막히는 시간이었다. 운허스님과 그 제자들이 모여 심의 결과만을 초조하게 기다리던 그날 오후 다섯시경이었다.

갑자기 전화벨 소리가 울려퍼졌다.

전화기 앞에 대기해 있던 월운스님이 재빨리 수화기를 들었다. 그순간 운허스님을 비롯한 모든 이의 시선이 월운스님의 입으로 모아졌다.

"여보세요! 여기 동국역경원입니다. 예? 아 예. 예에? 뭐라구요? 무수정 통과요? 예! 예, 예. 알았습니다. 아아, 예. 수고하셨습니다!"

월운스님은 전화를 끊고 나서도 한손으로 가슴을 지그시 누르며 한참동안 입을 열지 못했다. 운허스님이 먼저 입을 떼었다.

"무슨 전화냐?"

"스님! 무수정 통과랍니다요! 기뻐하십시오!"

제자 월운이 감격에 찬 목소리로 부르짖는데 그러나, 운허스님은 의외로 덤덤한 표정이었다. 다들 환호성을 지르고 기뻐 날뛰는데 스님은 가라앉은 목소리로 겨우 이렇게 한마디 내뱉을 뿐이었다.

"통과되었다고?"

묘엄스님이 눈물에 젖은 목소리로 외쳤다.

"아니 스님! 기어이 스님의 소원이 이루어지셨습니다, 스님!"

월운스님도 환하게 웃으며 말했다.

"천삼백오십삼만원. 한푼도 깎이지 않고 그대로 국회에서 통과됐답니다요, 스님!"

운허스님은 자신을 둘러싸며 환호성을 지르는 제자들을 보더니 그제서야 싱긋 웃으며 말했다.
"허허. 그래그래. 그것 참 잘됐구나! 이제 우리 불교의 앞날이 훤히 밝아지게 됐어!"
묘엄스님이 스님 앞으로 나서며 말했다.
"스님의 평생소원이 기어이 이루어지게 됐으니 축하드립니다, 스님!"
"이 일은 이 늙은 중이 축하받을 일이 아니야. 이 일은 세세생생 이 나라 불자들이 다 함께 기뻐해야 할 일이야. 그리고 이 일은 인홍 비구니 공이 크고 이후락 거사의 공이지 이 늙은 중의 공이 아니다. 음, 한데 말이다. 통과된 예산이 얼마라고 하더냐?"
월운스님은 잠시 생각하다가 대답했다.
"예, 스님. 일년에 천삼백오십삼만원씩 국고보조하기로 확정된 셈입니다."
제자 월운의 말을 들은 운허스님은 신기하다는 듯 중얼거렸다.
"허어, 그거 참 이상도 하구나!"
묘엄스님은 고개를 갸웃거리더니 노스님께 여쭈었다.
"아니 무슨 일이 이상하다는 말씀이신지요, 스님?"
"내가 도선사 석불전에 올라가서 관음기도하기 두 이레였으니 열나흘이 걸렸거든."
"그런데요, 스님?"
"좋은 소식이 왔다는 바람에 열나흘을 꼬박 채우지 못하고 내려

왔더니 아귀를 채워주지 아니하시고 깎으신 모양이야, 으음."

도무지 알 수 없는 말이었다. 묘엄스님은 운허스님의 수수께끼 같은 말에 궁금증을 이기지 못하고 다시 여쭈었다.

"무, 무슨 말씀이신지요, 스님?"

"흐음, 인석들아! 아, 계산을 해보면 모르겠느냐. 내가 하루 기도하는데 백만원씩 쳐서 열사흘을 꼬박 채웠으니 천삼백만원하고 그 다음 열나흘째는 하루를 제대로 못채우고 내려왔으니 오십삼만원만 쳐주신 것 같다는 말이야."

노스님의 절묘한 대답에 묘엄과 월운은 동시에 손뼉을 치며 탄성을 올렸다.

"어이구! 정말 참 그러고보니 통과된 액수하고 스님 기도하신 날짜수하고 우연히도 일치합니다요! 예? 허허허허"

"허허허…… 인석들아. 그게 다 우연이 아닌 게야. 일구월심 기도를 허면 옳은 일은 이렇게 다 이루어지는 법이니라."

"하하하."

오랜만에 제자들과 어울려 파안대소를 하던 운허스님이 문득 묘엄에게 말했다.

"자. 그럼 나 좀 나가 봐야겠으니 거기 그 주장자 좀 이리 다오."

"어디 가시게요, 스님? 날도 저물어가는데요."

"내 도선사 석불전에 감사의 말씀 올리러 가야겠다. 석불님이 내 기도를 들어주셨으니 이젠 내가 석불님한테 빚을 졌어. 이 늙은 중

마지막 서원이 이루어졌으니 목숨을 걸고 역경사를 잘 양성해서 번듯한 한글대장경을 책으로 내서 부처님 전에 바치겠노라 다짐을 하고 올 생각이니라."

19
큰법당

 운허스님의 원력으로 설립되었고 운허스님의 지극정성으로 운영되어 온 동국역경원은 1965년 5월에 한글대장경 첫 권을 발행한 이후 오늘에 이르기까지 백오십여 권의 한글대장경을 세상에 내놓았다. 바로 이 한글대장경이야말로 한국불교를 대중화하는 견인차요 불교 포교의 원동력이었다.
 한문으로 되어 있던 불교경전을 알기 쉬운 우리글로 옮겨 출판하는 일은 참으로 어려운 일이었다. 무엇보다도 역경사를 양성하는 일이 쉬운 일이 아니었고 둘째로는 막대한 운영비와 출판비용을 마련하는 일이 쉬운 일이 아니었으며 천신만고 끝에 출판한 한글대장경을 보급하는 일마저 만만한 일이 아니었다.
 그러나 운허스님은 한국불교의 사활이 바로 이 한글대장경을 펴내는 역경사업에 달려 있다고 확신했다. 방대한 한글대장경의 한글화 작업이라는 대역사의 장정에 평생을 바친 운허스님의 그 은혜,

참으로 형용키가 어렵다 하겠다.

운허스님은 당시 나이 팔십을 바라보는 고령임에도 불구하고 수원 용주사에 역장을 설치하고 역경사를 양성하기 위해서 서울과 수원을 내왕하시며 친히 역경 연수생들을 지도하였다. 그 한 가지만을 보더라도 노스님의 역경사업에 바친 정성과 열정이 어느 정도였는가를 가히 짐작할 수 있으리라.

운허스님은 역경 연수생들을 만날 때면 곧잘 이런 말씀을 하시곤 했다.

"으음. 여러분도 아시다시피 우리 역경사업은 이제 시작이야. 해인사 장경각에 모셔져 있는 저 팔만대장경을 모두 한글로 번역을 해서 한글대장경으로 펴내자면 그동안 우리가 펴낸 한글대장경, 이 두꺼운 책으로 따지더라도 무려 이백오십 책이 넘을 것이야. 허나 우리는 사람도 모자라고 자금도 모자라서 지금 형편으로는 일년에 여덟 책씩 펴내기로 계획을 세웠는데 이 계획이 차질없이 추진된다고 해도 한글대장경을 완간하는 데는 무려 삼십년이 걸릴 것이니 이 어찌 통탄할 일이 아니겠는가! 이 늙은 중, 내일모레면 팔십이야. 눈도 어둡고 기력도 별로 없지만 밤잠을 제대로 이루지 못하고 경전과 씨름하는 까닭이 바로 여기에 있으니 단 한줄이라도 더 번역을 하여 단 하루라도 빨리 한글대장경을 펴내 세상에 전하고자 함이야. 우리 불교의 장래가 이 일에 달려 있고 이 나라의 장래가 이 일에 달려 있음이니 자비로운 부처님 말씀이 우리말 우리글로

세상에 널리 전해지면 이 세상은 그만큼 맑아지고 깨끗해지고 밝아질 것이야. 연수생 여러분들은 사명감을 가지고 이 일에 매진해야 할 것이야. 내 말 다들 알아들으셨는가."

"예, 스님. 명심하겠습니다."

운허스님은 단 하루도 쉬지 아니하시고 제자들을 채찍질하여 불교의 자비, 자비수참, 사십화엄경을 번역출간하신 데 이어 팔십화엄경, 무구광명대다라니경을 펴내었다. 또한 스님은 계속해서 문수사리발원경, 문수보살영험록을 번역하여 책으로 펴내는 데 남은 힘을 아끼지 않고 쏟아부었다.

그러나 그런 일구월심 역경사업에만 매진하는 노스님을 바라보는 제자와 신도들의 마음은 편할 수만은 없었다. 팔십 노령에 건강을 돌보지 않고 저토록 일만 하다가는 무슨 일이 일어날지 알 수 없는 일이기 때문이었다.

하루는 운허스님의 건강을 염려한 보살들이 스님을 찾아뵙고 말했다.

"스님! 이제 그 어려운 일은 제자들에게 맡기시고 편히 좀 쉬시도록 하십시오."

"허허, 쉬다니요! 내가 젊은 시절 이 절에 들어와서 먹고 입고 자고 배우고 그동안 짊어진 빚만 해도 갚을 길이 아득한데 그 많은 빚, 백분의 일이라도 갚고 가려면 한 줄이라도 더 옮겨 놓고 가야지요."

"아유 세상에! 그래도 그렇지요, 스님! 아 그동안 해놓으신 일만 해도 빚을 갚고도 남았겠습니다요, 스님!"

"아아, 천만에요! 그동안 입은 신도님들의 은혜, 스님들의 은혜, 부처님의 은혜 몇 생을 갚아도 다 못갚습니다."

"원 참 스님두! 저. 그러시면요, 스님! 오늘 저하고 같이 의정부에 좀 나가십시다요."

"으음? 의정부에는 무슨 일로요?"

"스님 약이라도 한 재 지어 드릴려구요, 스님!"

"약은 또 무슨 약! 지난번에 약값 놓고 가셔서 잘 지어먹었어요."

"아이구! 노스님은 정말 거짓말도 잘하십니다! 아, 약 지어 드시라고 돈 놓고 갔더니만 또 책내시는 데 보태셨다고 그러던데요 뭘."

"허허허. 월운이가 또 일러바쳤구먼 그래!"

"아유 참! 월운스님께서 일러바치지 않는다고 누가 모를 줄 아셨습니까, 스님은?"

"이것보시오, 보살님."

"예."

"이 늙은 중 쓸데없이 약을 먹으면 오히려 없던 병이 생기는 법이오. 그 약값으로 만인의 병을 고치는 부처님의 경전을 펴내 골고루 나누어 주었으니 보살님은 큰 복을 지으신게요. 허허. 아 우리

중생들에게 부처님 말씀보다 더 좋은 보약이 어디 있겠습니까? 허허허."

노스님께서 이렇게 고집을 피우시는데는 제자와 신도들도 더이상 할말이 없었다.

1968년 경기도 양주 봉선사는 드디어 대한불교조계종 제25교구 본사로 승격되었고, 봉선사 본사 주지에 운허스님이 취임하셨다.

바로 그 다음해 봄이었다.

갖가지 꽃들이 만개한 봉선사 뜨락에 종달새가 날아와 정답게 지저귀고 있었다. 한동안 찌부둥하게 흐려있던 하늘이 언제 그랬냐는듯 마알갛게 개어 있었다. 따뜻한 봄볕을 쬐며 뜨락을 거닐던 운허스님은 갑자기 무슨 생각이 들었는지 걸망을 챙겨지고 마을로 내려갔다.

잠시 후 운허스님은 양주군 소흘면 직동리 마을 앞길을 걷고 있었다. 헌데 이상하게도 스님은 무엇인가를 찾기라도 하는 것처럼 같은 길을 몇번이고 왔다갔다 하면서 자꾸 고개를 갸웃거리는 것이었다.

때마침 지나가던 광동중고등학교 김교남 교사가 이 광경을 목격하게 됐다.

"허허. 그 참 이상한 일이로다! 이 마을이 분명했었는데."

고샅길을 헤매고 있는 노스님의 모습을 계속 지켜보고 있던 김교남 교사가 큰소리로 스님을 불렀다.

"아, 아니 노스님!"
"으음?"
"아니 어쩐 일로 이 마을 앞을 왔다갔다 하고 계시옵니까?"
"오 그래! 자넨 광동학교 김교남 선생이지?"
"아, 예. 그렇사옵니다요, 스님! 하온대 어느 집이라도 찾고 계시옵니까?"
"오, 그래. 옛날에 아주 어려웠을 적에 말이야. 광동학교 선생님들 월급을 못드려가지고 선생님들이 굶고 계실 적이 있었는데 그때 내가 하두 죄송스러워서 탁발을 해다가 양식을 갖다 드린 일이 있었어요. 그런데 그때 바로 이 직동리 마을. 으음, 저 집이든가 이 집이든가. 하여간 이 마을 노보살 한분이 쌀을 한말 내주신 덕에 아주 정말 요긴하게 잘 쓴 적이 있었거든?"
"아, 예. 아 그러면 바로 그 집을 지금 찾고 계시옵니까?"
"으음. 그래. 그런데 내 오늘 문득 그 노보살님 생각이 나서 옛날 그 은혜를 어떻게 갚아야 하나 하고 찾아나섰는데 찾질 못하겠구만."
"하오면 그 댁 성씨도 기억이 나질 않으시나요?"
"아, 지금 와서 생각을 하니 역시 내 불찰인데 난 그때 그만 성씨도 택호도 물어볼 겨를이 없었어."
"아, 예."
"그때 그집 옆에 동산이 하나 이렇게 둥그렇게 있었고 큰 밤나무

가 한그루 서있었는데."

"하오면 스님! 오늘은 그만 돌아가시지요. 제가 마을 사람들한 테 한번 자세히 알아보도록 하겠습니다."

"음? 그래그래. 그래야 될 모양이야."

김교남 교사의 말에 노스님은 고개를 끄덕이면서도 영 아쉬운 눈길로 마을을 둘러보는 것이었다. 고샅길 옆 풀밭에 풀어놓은 황소 한 마리가 음머 하고 울음소리를 냈다.

"거 참! 세월이 흘러서 그런지 마을이 영 예전같지가 않구먼."

그날 스님은 허전한 마음으로 돌아섰다. 그러나 스님은 그 다음 달에도 직동리에 가서 기어이 옛날 쌀 한말을 선뜻 시주해 주었던 그 노보살의 집을 찾아내었다. 그 며칠 후 우연히 광동학교에 갔다가 다시 김교남 교사를 만난 운허스님은 반가운 얼굴로 말했다.

"여보시게, 김선생!"

"어이구! 예, 스님!"

"내 그 집 찾았어! 직동리 그집 말일세!"

"어유! 그러셨습니까요, 스님!"

"음. 그 밤나무를 베어낸 바람에 헷갈렸던 게야. 알고보니 우리 학교 학생 박한범이의 할머니셨어."

"아, 예. 그러셨군요."

"으음. 헌데 그 노보살님은 벌써 세상을 뜨셨다는구만! 하, 참으로 고마우신 분이셨는데."

이렇듯 운허스님은 남에게 입은 은혜를 더없이 소중히 여기는 그런 분이었다. 그것이 아무리 사소한 것이라도 결코 잊지 않고 반드시 은혜를 갚으려 하는 세심한 마음의 소유자였다. 심지어 운허스님은 누가 스님께 책이라도 한 권 소포로 보내오면 반드시 제자 월운을 불렀다.

"부르셨습니까, 스님?"

"음, 그래. 김교수가 이번에 책을 냈다구 나한테 한 권 보내왔구만. 박봉에 살기도 어려울 터인데 이런 연구를 해서 귀한 책을 보내왔으니 참으로 고마운 일이야."

운허스님은 얼마간의 돈과 쪽지 하나를 월운 앞에 내밀며 말했다.

"여기 적혀 있는 이 주소로 우체국에 가서 책값하고 소포대금을 보내드리도록 해."

"아유, 저. 그건 말씀입니다요, 스님. 스님께 증정해 올리신 책인데 책값을 보내시면 그건 좀 어색한 일이 아닐런지요, 스님?"

"으음? 아니야. 가서 보내드리도록 해. 책을 그냥 받는 건 도리가 아니야. 아 어려운 살림에 연구하고 글쓰고 책을 내준 것만 해도 고마운 일인데 책값도 안내고 책을 그냥 얻으면 되는가? 책은 절대로 거저 얻어 보아서는 안되는 것이니 그리 알고 어서 가서 송금을 해드리고 와."

"아, 예. 그럼 분부대로 하겠습니다, 스님."

"음. 아 이것봐, 월운이."

"예, 스님."

"이제 역경사업이 잘돼서 팔만대장경이 모두 다 한글대장경으로 나오면 누구나 쉽게 읽고 배워서 부처님 가르침을 바탕으로 시도 짓고 소설도 쓰고 연구도 하고 활동사진도 만들게 될 게야."

"예, 스님."

"춘원이 소설로 원효대사를 썼으니 그 덕분에 불교는 포교가 많이 되었어."

"예, 스님."

"그러니 불교가 잘되려면 그런 글쓰는 분들, 책내는 학자들, 예술가들. 우리 모두가 다 도와드려야 하는 게야. 내 말 알겠는가?"

"예, 스님. 잘 알았습니다."

이렇게 운허스님은 타인의 도움에 대해서는 그것이 비록 티끌만 한 은혜라 할지라도 두곱, 세곱으로 갚으려 하셨다. 그러나 스님은 막상 자신을 위한 것에 대해서는 검소하신 분이었다. 특히 물건에 대해서는 어찌나 아끼셨는지 스님이 지니고 있던 소지품을 보면 몇 십년 묵은 낡은 것들이 태반이었다.

창호지로 만든 집에 들어있는 거울, 오래 되어 색깔도 구분되지 않는 비누곽, 낡아서 군데군데 구멍이 난 털목도리 등 요즘 사람 같으면 거저 주어도 받지 않을 것들 투성이었다. 특히 스님은 구식 중에서도 구식인 가죽가방 하나를 가지고 계셨는데 어찌나 해어지고 낡았는지 간혹 시중을 드는 제자들이 그것을 보고 웃곤 하였다. 그럴 때마다 운허스님은 빙그레 웃으시며 말씀하시곤 했다.

"인석아, 그게 그래뵈도 니 나이의 세배는 되었을 것이야. 허허허."

운허스님은 부처님의 가르침을 우리말 우리글로 옮기는 역경사업에 전심전력을 다 기울였고, 인재양성을 위해 광동중고등학교 육성과 역경사 양성을 위해 심혈을 기울였다. 그러나 운허스님은 그런 과정에서도 단 한 번도 새벽예불에 빠지시는 일이 없었고 기도와 염불을 거르는 일이 없었다.

하루는 운허스님의 방에서 문틈으로 연기가 솔솔 새어나오는 것을 발견한 제자가 허겁지겁 달려가 문을 열어젖혔다. 그런데 방안을 들여다 보니 운허스님은 연기 자욱한 방안에 앉으신 채 염불삼매에 빠져있는 게 아닌가.

놀란 제자가 운허스님께 소리쳤다.

"아이고 스님! 어서 나오십시오! 방바닥에 불이 붙을 지경입니다, 스님!"

돌연 커다랗게 방안을 울리는 제자의 목소리에 겨우 염불삼매에서 빠져나온 스님은 의아한 얼굴로 제자를 바라보며 물었다.

"아니 대체 왜 그러는 게야."

"아이고 왜라니요, 스님! 아 저 멍청한 처사가 스님방 아궁이에 불을 너무 때서 장판이 타고 있질 않습니까요?"

"으음?"

노스님은 그제서야 시커멓게 탄 방바닥에서 연기가 솔솔 나는 것을 발견했다.

"오호! 이런! 그러고 보니 이거 내가 깔고 앉은 방석에서 연기가 나고 있구만 그래."

"어이구 스님! 어서 나오십시오. 이거 큰일나겠습니다요!"

깔고 앉은 방석에서 연기가 피어 오르는 것도 모르신 채 염불삼매에 빠져있던 스님은 그제서야 제자의 손에 이끌려 방에서 나왔다. 운허스님이 하도 이렇게 지극정성으로 기도를 올리고 염불을 하시자 어느 날 한 보살이 스님께 여쭈었다.

"스님, 부처님께 기도를 올리면 정말 효험이 있는 것이옵니까요?"

"으음? 그야 효험이 나타나는 기도가 있고 효험이 나타나지 아니하는 기도가 있지."

알쏭달쏭한 노스님의 대답에 그 보살은 고개를 갸웃하며 말했다.

"하오면, 어떤 기도를 올려야 효험이 나타나겠는지요, 스님?"

"음. 세상중생을 위해서 옳은 일, 바른 일을 하게 해달라고 기도를 하면 효험이 있을 것이고 사사로운 제 욕심을 채우기 위해서 기도를 올리거나 그릇된 일, 나쁜 일을 하려고 기도를 드리면 그런 기도는 백일기도 아니라 천일기도를 드려도 효험이 나타나지 아니

하는 것이지."

"아, 예. 하오면 스님께서는 기도를 올려가지고 효험을 보셨는지요."

"허허허. 나는 지극한 마음으로 기도를 올려가지고 크게 두 번 효험을 봤지."

"무슨 기도를 드리셨었는데요, 스님?"

"음. 한 번은 한글대장경 역경사업을 성취하게 해주십사 하고 우이동 도선사 석불전에서 삼칠일 기도를 올려가지고 그 소원이 이루어졌고."

"그럼 또 한 번은요?"

"음. 바로 육이오 때 이 봉선사 법당이 불타 천막을 치고 살던 때, 법당짓는 불사를 성취하게 해주십사 하고 가평 현등사에 들어가 또 삼칠일 기도를 드린 적이 있었지."

"그럼 그 기도효험을 정말로 보셨단 말씀이십니까?"

보살은 아무래도 믿어지지 않는다는 듯 두눈이 동그래졌다. 운허스님은 빙그레 미소를 지으며 말했다.

"아암! 순일무잡한 지극한 마음으로 삼칠일 기도를 드리고 봉선사로 돌아왔는데 생각지도 아니했던 보살님이 찾아오셔서 법당 지을 돈을 내놓고 가시는 게야. 그것도 아주 큰 돈을 말씀이야."

"하오면 저희 같은 무명중생도 지극정성으로 기도를 올리면 그 효험을 받을 수 있겠습니까, 스님?"

"그거야 아까도 내가 말을 했지만 사사로운 욕심을 채우려는 기도는 백날 해봤자 소용이 없는 게야."

"하오면 어떤 기도를 올리면 되겠사옵니까요, 스님?"

"가난한 중생을 건지게 해주십시오, 병든 중생을 도와주게 해주십시오, 어리석은 중생을 깨우치게 해주십시오 이렇게 남을 살리고 남을 구하고 남을 이롭게 해주려는 마음으로 기도를 해야 그 기도가 성취되는 게야. 자, 오늘 기왕에 절에 왔으니 그런 기도부터 올리고 가도록 해."

"예, 스님. 좋은 법문 내려주셔서 고맙습니다, 스님."

육이오 때 폭격을 맞아 불타버린 봉선사 법당을 새로 지으신 뒤, 운허스님은 이 법당 현판을 '큰법당'이라고 한글로 썼다. 육이오 전까지만 해도 법당의 현판은 한문글씨로 '대웅전'이라고 써붙여져 있었다.

한글로 법당 현판을 써붙이는 일은 처음이라 제자들마다 의아한 얼굴로 스님께 여쭈었다.

"아니 스님! 법당 현판을 한글로 붙이시게요?"

"대웅전이라고 써붙이는 것보다는 우리말 우리글로 큰법당이라고 하는 게 더 좋을 게야. 대웅전이니 대웅보전이니 하는 말이 다른 뜻인가? 결국 큰 법당이란 뜻이지."

대웅전이라 하는 현판 대신에 큰법당이라고 써붙이신 것은 참으로 운허스님이 아니고서는 감히 상상도 못할 대개혁이었다.

'큰 법당'이라는 한글 현판을 써붙이신 운허스님은 내친김에 법당 기둥에 써붙이는 주련글씨도 모조리 한글로 풀어 써붙여 놓았다.

    온세계 티끌 다 헤아려 알고
    큰 바닷물 다 마셔 없애고
    허공을 재고 바람을 얽을 수는 있어도
    부처님 공덕만은 말로 다 못하네.

대웅전이라는 한문 글자 대신에 씌어진 우리말 우리글, '큰법당'.

어려운 한문글 대신에 기둥마다 써붙여진 알기 쉬운 우리글 시구는 이때부터 봉선사의 특징이자 자랑거리가 된 것이다.

20
나 다시 오련다

운허스님은 세속 나이 팔십이 되시던 1971년 3월 봉선사 주지자리를 내놓으셨다.

그 이듬해인 1972년 1월 9일 은사이신 경송스님의 기일을 맞아 여러 문도들이 오래간만에 한자리에 모였다. 운허스님은 미소 띤 얼굴로 둘러앉은 제자들과 신도들을 바라보았다. 각자가 속한 위치에서 큰몫을 하고 있는 제자들의 의젓한 모습이 실로 흐뭇하기 그지없었다.

화기애애하게 다담을 나누고 있는 제자들과 신도들을 말없이 둘러보고 있던 운허스님이 이윽고 입을 열었다.

"이번에 경송스님 제사의 인연으로 모이신 여러분에게 이 늙은 중, 부탁의 말씀을 드리고자 합니다."

바로 옆에 앉아 있던 제자 월운이 조용히 말했다.

"분부내리시지요, 스님."

스님은 이 자리를 위해 미리 무언가를 준비한 듯 깨알 같은 글씨가 가득 씌어 있는 종이 한 장을 꺼내들었다.

"음, 그래. 에, 내 나이 이제 팔십이니 언제 갈지 모르겠고 또 언제 이렇게 여럿이 모여 얘기할 수 있을지도 알 수 없는 노릇이라 내 오늘 이 기회에 말씀드리겠습니다. 여기 내가 이렇게 몇 자 적어봤습니다."

평소와는 다른 예사롭지 않은 말씀에 제자들은 사뭇 긴장하며 스님의 입을 주시했다.

"으음, 이 몸 죽은 후의 일을 아래와 같이 부탁하노라."

"아니 스님!"

월운스님이 깜짝 놀라 소리쳤다. 운허스님이 준비한 것은 다름 아닌 유언이었던 것이다. 그러나 운허스님은 한 손을 들어 웅성거리는 제자들을 진정시킨 뒤 준비한 유언장을 읽어나갔다.

"첫째 내가 죽거든 문도장으로 하여라. 요새 무슨 장, 무슨 장하고 거창하게들 벌이던데 그렇게 번거롭게 하지 말고 문도장, 다시 말하면 가족장으로 간소하게 하라는 것이지요. 두번째 다비장소는 봉선사 화장장으로 하여라. 혹 다른 곳에서 할까 하여 여기서 하라고 하는 것입니다. 내가 여기서 산 지가 오십 년이니 여기가 내 절이고 아마 죽어서도 내가 늘 여기 있을 것이니 그러는 것이지요. 그리고 흔히들 오일장으로 하는데 그렇게 할 필요는 없습니다. 예전에는 와야 할 사람을 기다리느라 그렇게들 했지마는 요즘은 금방

연락이 되니 삼일장으로 족할 것입니다. 그리고 죽으면 곧 썩는 것이니 시체를 쓸데없이 오래 둘 필요가 없지요. 세번째, 검소하게 하라. 여기 내용을 적어봤는데 먼저 꽃상여를 만들지 말 것인 바 한번 나가면 그만인 것을 사람이 애쓰고 물자를 낭비하면서까지 그런 걸 쓸 필요가 없습니다. 또 상여는 다비장으로 곧장 갈 것이지 광릉 내까지 나갔다가 가지 말라는 것입니다. 죽은 것을 자랑할 필요가 없다는 것이지요. 그리고 그 다음은 상복을 새로 만들지 말 것이며 화환과 비단만사는 사절하도록 할 것이요, 특히 당부하는 것은 화장 후 습골할 적에 사리를 주으려 하지 말아야 합니다. 또 한 가지는 나를 대종사라 일컫지 말라는 것입니다. 그러면 뭐라고 해야 되겠는가 생각해 봤어요. 그냥 법사라고만 썼으면 좋겠습니다. 명정에는 '경전 읽고 번역하던 운허당 법사의 관' 이렇게 쓰면 될 것 같습니다. 한문으로 쓸 필요도 없고 이 몇 자가 그 생애를 다 표현한 것이니 그것으로 된 것이지요."

"스님."

제자 묘엄이 눈시울을 붉히며 어깨를 들먹거렸다. 그러나 운허 스님은 마치 남의 얘기를 전하듯이 담담한 심경으로 당신의 후사를 당부하는 것이었다. 문도들은 숨소리를 죽여 가며 스님의 말씀을 듣고 있었다.

"그 다음은 내가 가진 책이 얼마 되지는 아니하지만 화엄경 한 벌 구한 것과 고려대장경 스무 권, 역경원에서 발행한 한글대장경이 세가지는 이 봉선사에 헌납하겠습니다. 그것은 여기가 교종 본산이니 책이 있어야 할 것이기 때문이지요. 이제까지는 내 죽은 후의 내게 대한 것이었고, 다음은 권속들에게 하는 말입니다."
"예, 스님."
"부디 자기 마음 속이는 중노릇은 하지 말라는 것입니다. 마음과 겉이 그대로 똑같은 즉 생각과 행동이 같은 중 노릇을 하라는 것이지요. 또 한 가지는 문도 사이에 화목하고 파벌을 짓지 말라는 것입니다. 밖에 나가서 내 편 네 편 파벌을 지어 다투지 말라는 것이니 그건 내가 가장 싫어합니다. 다들 아시겠지요?"
"예, 스님. 스님 말씀 명심하겠습니다."
그러나 운허스님은 마지막 유촉을 남기신 이후에도 여전히 건강한 모습으로 역경사업에 매진하였다. 특히 스님은 광동중고등학교 육성에 심혈을 기울였고, 역경사들을 양성하는 일에 마지막 열정을 아낌없이 다 쏟으셨다.
어느 날 뜨락을 거닐던 운허스님은 뻐꾸기 소리를 듣고는 감탄하듯 말했다.
"허허허. 뻐꾸기 고놈, 멋들어지게도 울어대는구만!"
마침 곁에 있던 시자가 부드럽게 미소지으며 스님께 여쭈었다.
"아니 스님! 노스님 귀에도 저 뻐꾸기 소리가 잘 들리시옵니까요?"
"허허허. 어디 뻐꾸기 소리뿐이겠는가? 봄이면 종달새 소리, 여

름이면 꿩 우는 소리 못 듣는 게 없지."

"아이고 참! 그리고 보니 노스님께서는 팔순 넘기시고 오히려 더 젊어지는 것 같사옵니다, 스님!"

"그야 좋은 보약을 많이 먹었으니 젊어질 수밖에 없지."

"아니 대체 무슨 보약을 얼마나 잡수셨는데요?"

"이보시게. 이 세상에서 가장 좋은 보약이 무엇인 줄 아시는가?"

"어떤 보약인지요, 스님?"

"부처님 경전이 가장 좋은 보약인 게야."

"부처님 경전이요?"

"이봐, 옛날에 말이야."

"예, 스님."

"중국 한나라 때 맹민이라는 사람이 있었거든. 하루는 이 맹민이라는 사람이 질그릇 시루를 지고 가다가 그만 아차 실수로 떨어뜨리고 말았어."

"에이그, 저런!"

"헌데 맹민은 당황하기는커녕 뒤도 돌아보지 아니하고 그냥 가 버리더라는 게야. 그러니 그것을 본 사람들이 다들 그럴 수가 있느냐고 맹민더러 욕을 했지."

"그래서요, 스님?"

"그 맹민은 '시루가 이미 깨졌는데 돌아본들 무슨 소용이 있겠는가' 하고 대답했더라네."
 "시루가 이미 깨졌는데 돌아본들 무슨 소용이 있겠는가."
 시자는 자신도 모르게 맹민의 말을 되풀이 읊조렸다. 하지만 아무리 생각을 해봐도 무슨 뜻인지 도무지 알 수가 없었다.
 "스님, 그게 무슨 뜻인가요?"
 "이미 끝난 것, 이미 실패한 것은 어쩔 수가 없다는 뜻이지. 언뜻 생각하면 맹민이 한 짓이 어리석은 것 같지만 잘 생각해 보면 오히려 지혜있는 사람이라는 걸 알 수가 있어. 세상살이란 바로잡을 게 있으면 새로 바로잡을 것이지 걱정만 해가지고는 아무것도 되지 않는 게야. 젊게 산다는 것도 이와 마찬가지라네. 젊음이란 한마디로 마음의 평화 속에서 간직되는 게야."
 "마음의 평화."
 "사람의 걱정이란 분에 넘치는 욕심에서 나오는 것이야. 옛날 중국의 임영이란 사람은 나이 칠십에 사십의 젊음을 간직했는데 그 젊음의 비밀에 대해 늘 이렇게 이야기 했다고 하네. 젊음이란 마음의 평화에서 오며 그 마음의 평화란 번뇌하지 않고 조석의 끼니를 걱정하지 아니하며 귀한 책을 읽어 심신을 편안케 하고 또 어떠한 어려운 일에도 가슴에 응어리지게 하지 않고 곧 결단을 내리는 데 있다는 거지."
 "예에."
 "우리가 부처님 경전을 읽고 불공을 드리는 것도 따지고 보면 다

 욕심을 덜고 마음의 평화를 얻기 위해서가 아니겠는가. 그러니 자네도 부처님 경전 많이 읽고 마음 편하게 하고 지혜롭게 살면 나처럼 건강하게 오래오래 살 게야. 아시겠는가. 허허허."
 "아유 예, 스님. 분부대로 하겠사옵니다."
 "허허허허."
 운허스님은 여든둘의 고령이셨음에도 건강한 모습으로 미국여행을 한달 간이나 다녀오셨다. 미국 캘리포니아 몬트레이에 처음으로 삼보사란 절이 세워지게 되었는데 그 절을 지은 이덕산 거사가 삼보사 낙성식에 스님을 초청하였던 것이다.
 미국여행을 가셨던 스님께서 무사히 귀국하셨다는 소식을 들은 정각심 보살이 스님을 뵈러 봉선사에 찾아왔다.
 "노스님께 정각심 보살이 문안드리옵니다, 스님."
 "아 그래. 어서 들어오시게."
 정각심 보살은 방에 들어오자마자 스님께 큰절을 올렸다.
 "오 그래그래. 절은 한 번만 허고."
 "이렇게 건강하신 모습으로 돌아오셨으니 참으로 다행이옵니다, 스님."
 "음, 그래. 아무 불편없이 잘 다녀왔지."
 "바쁘신 가운데서도 미국에서 써보내주신 편지, 감사히 잘 받았사옵니다."
 "오, 그래. 내가 써보낸 편지가 태평양을 건너서 제대로 배달이 되었던 모양이군 그래. 허허허."

"예, 스님. 저 하온데 그 미국에 새로 지었다는 그 삼보사는 어떠하던지요?"

"오, 그 삼보사?"

"예."

"법당이 우리 봉선사 큰법당 보다도 더 넓고 요사채는 이백평이 넘어. 덕산 이한상 거사가 이번에 발심을 아주 크게 냈어요."

"예, 스님. 이제 미국까지 한바퀴 돌아보고 오셨으니 여한도 없으시겠네요, 스님."

"허허. 그래. 내가 소시적에 말이야."

"예, 스님."

"그때가 1912년 6월 하순이었으니 지금부터 한 60년 전의 일이 되겠구먼. 미국에 가보겠노라고 친구와 작반을 하여 그때 평북 정주에 있던 집을 몰래 빠져나온 적이 있었지."

"아이구, 스님! 그러면 이번 미국길이 초행이 아니시구먼요?"

"아, 아니야. 그땐 결국 실패하고 말았지. 그때는 비행기는 없고 배로만 가던 때였는데 가는 비용이 얼마인지, 어떻게 가야 하는지도 제대로 모르고 그저 중국 상해로만 가면 밀항선을 타고 미국에 갈 수 있으리라는 막연한 생각으로 떠났던 것인데 아 난생 처음으로 압록강을 건너서 안동현, 봉천을 거쳐 요양까지 갔지 뭐겠나?"

"예에."

"결국 미국에 가는 밀항선을 타지도 못하고 하는 수 없이 집으로 돌아왔더랬지. 그런데 이번에는 이렇게 늙어서 도미하는 여행권을 받아가지고 비행기까지 타고 편안히 다녀왔으니 감개가 무량하구만."

운허스님은 이 한달 간의 미국여행을 아주 흡족하게 여겼다. 미국도 다녀오고 종립 동국대학교에서 명예 철학박사 학위도 받으시고 이제는 더이상 바랄 것이 없어 보였다.

그러나 운허스님은 여든아홉의 고령이심에도 불구하고 늘 기도와 염불에 열중하셨다.

하루는 제자가 스님께 여쭈었다.

"스님. 아직도 못 이루신 일이 남아있으시옵니까?"

"니가 그걸 어찌 묻는고."

"스님께서 요즘에도 기도와 염불을 정성으로 하시니 대체 스님께서는 무슨 기도를 하실까 궁금해서요."

"기도라는 것은 말이야."

"예, 스님."

"부처님께서도 '일체심조교(一切心造巧)'라고 하셨거니와 정성이 지극하면 성취된다는 뜻이지. 그렇다고 해서 어리석은 마음으로 자기 일신의 사리사욕을 위한 기도를 올리면 안되지. 그것은 한낱 욕심에 불과한 것이야. 자신만을 위한 욕심을 벗어난 기도 그 간절한 마음이 바로 원(願)이야. 과거에 모든 부처님들은 보살행을 닦을 때 '이 공덕으로 모든 중생의 고통이 없게 해주십시오' 하고 기원했다네."

"그럼 스님께서는 어떤 원으로 기도 드리십니까?"

"허허, 그래. 나는 이제 소원이 꼭 한 가지 있느니라."

"어떤 소원이시온지요, 스님."

"나는 다시 사람으로 태어나고 싶고 그것도 꼭 대한민국 남자로 태어나기를 기도하네."

"남자로 태어나서 무슨 일을 하시게요, 스님?"

"나는 대한민국의 남자로 태어나되 부잣집 아들로 태어나고 싶고."

"부잣집은 왜요, 스님?"

"스무 살 먹을 때까지는 공부를 한 뒤에 삭발출가해서 다시 부처님 경전을 우리말 우리글로 옮기는 역경사업을 하려고 그런다."

"아니! 아니 저 스님! 허면 내생에도 또 역경사업을 하시려구요?"

"이생에 다 마치지 못한 역경사업을 내생에는 반드시 마치고 싶구나."

"역경사업이 그토록 좋으십니까, 스님?"

"이 세상 모든 중생을 고해바다에서 건져주신 부처님 경전이야말로 이 세상에 둘도 없는 보배야. 그 보배가 어려운 한문 속에 갇혀만 있어서야 말이 되겠느냐. 그동안 한글대장경을 애써 번역해서

책으로 펴내왔지만 사보아 주는 사람이 많지가 않아. 그러니 자금이 모자라서 고생들이 많아. 그러니 다음 생에는 내가 부잣집 아들로 태어나서 기어이 한글대장경 역경사업을 마치려는 게야."

"하오면 스님께서는 정말 이 땅에 다시 오시렵니까."

"그럼 그럼! 반드시 이 땅에 와야지. 그리고 반드시 부잣집 아들로 태어날 것이야. 그래서 돈이 없어 역경사업을 제대로 못한 이 한을 기어이 풀어야겠어."

"사람으로 다시 오시더라도 혹시 다른 나라에 태어나시면 어찌 시려구요, 스님?"

"아니 아니! 나는 다른 나라에는 결코 태어나지 않을 것이야. 이생에서의 여러 좋은 인연 덕분에 결코 다른 나라에 가서 태어나는 일은 없을 것이요 여기 이 대한민국에 태어날 것이야."

"저 하오면 스님! 저희는 어찌 하면 좋겠사옵니까?"

"역경사업을 계속해 주어야지. 헐벗고 끼니를 굶더라도 한글대장경을 펴내야 하고 사주어야 하고 이세상 모든 중생들이 읽고 배우고 실천하도록 해야 해."

금생에 다하시지 못한 역경, 포교를 위하여 내생에도 반드시 이 땅에 태어나시겠노라는 운허스님의 말씀에 제자는 눈시울이 시큰해졌다.

"예, 스님. 이 세상 떠나시더라도 속히 오셔야 합니다."

"그래그래. 한글대장경을 완간시키기 위해서라도 속히 올 것이니 그동안만이라도 쉬지 말고 역경사업에 힘쓰도록 해."

"예, 스님. 스님 분부대로 역경사업에 정성을 다 바치겠습니다."

1980년 11월 17일 음력 10월 초열흘 0시 10분.

운허스님은 둘러앉은 제자들에게 반드시 이땅에 다시 오실 것을 기약하시며 조용히 열반에 드셨다. 이때 스님의 세속나이 여든아홉 법랍 오십구년.

나라를 위해선 투철한 애국자로, 후배를 위해선 훌륭한 교육자로, 자신을 위해선 철저한 수행인으로, 학식에서는 고금을 관통한 지식인이었던 운허 큰스님은 근대 한국불교가 배출한 커다란 별이었다.

불교의 대중화, 생활화를 위하여 최우선적 포교의 과제가 어려운 한자경전을 한글화하여 중생 속에 가깝게 있도록 접목시키는 작업이라고 볼 때, 한문으로만 되어 있던 불교경전을 우리말 우리글로 옮겨 불교에 새로운 한글시대를 활짝 열어주신 운허큰스님의 업적은 실로 한국 불교사상 불멸의 금자탑이라 할 수 있을 것이다.

금생에 다하지 못한 역경, 포교사업의 완결을 위해서 내생에도 반드시 이땅에 다시 태어나 미진한 부분을 완성시키겠다 하던 운허스님. 지금도 운허스님의 문하에는 월운, 지관, 성파, 태정, 밀운, 묘엄, 명성, 환일 등 수많은 후학들이 스님 생전의 거룩한 가르침을 이어나가고 있다.